카시오페아 공주

카시오페아 공주

이재익 소설

황소북스

· 차례

 카시오페아 공주 · 9

 섬집 아기 · 115

 레몬 · 155

 좋은 사람 · 207

 중독자의 키스 · 273

작가의 글 · 316

이 넓은 우주에 오직 지구에만 생명체가 존재한다면

그것은 엄청난 공간의 낭비이다.

- 칼 세이건(Carl Sagan)

카시오페아 공주

복수에 눈먼 남자,
외계인을 만나다

외계인을 만난 건 처음이었다.

정확히 말하자면 자신이 외계인이라고

주장하는 사람이 처음이었다.

세상의 많은 일들에 대해 내가 취하는 태도가

그렇듯이 처음에는 그 말을 믿지 않았다.

뭐 다른 이들도 마찬가지였을 거다.

이봐요, 저, 사실 외계인이에요.

누군가가 이렇게 말한다면 선뜻 믿어줄 수 있을까?

그 사람이 초능력을 보여준 것도 아니고

괴상한 외모를 가진 것도 아니라면 더더욱.

외계인을 만난 건 처음이었다. 정확히 말하자면 자신이 외계인
이라고 주장하는 사람이 처음이었다. 세상의 많은 일들에 대해 내
가 취하는 태도가 그렇듯이 처음에는 그 말을 믿지 않았다. 뭐 다
른 이들도 마찬가지였을 거다.

이봐요. 저, 사실 외계인이에요.

누군가가 이렇게 말한다면 선뜻 믿어줄 수 있을까? 그 사람이
초능력을 보여준 것도 아니고 괴상한 외모를 가진 것도 아니라면
더더욱.

그녀는 우리 딸아이의 부담임 선생님이었다.

서초동에 있는 영어유치원 Reggio ELC에서는 보통 스무 명 남

짓한 아이들이 한 반이 되었다. 그 반을 두 명의 교사가 맡았다. 담임 교사는 네이티브 외국인, 부담임 교사는 우리말을 할 줄 아는 영미권 국가의 교포 선생님. 미연이는 다섯 살 때부터 그 유치원에 다녔다. 일곱 살이 되어 '이구아나 클래스'로 들어가면서 새로 바뀐 담임 선생님과 면담을 했다.

영어가 익숙하지 않은 학부형들은 영어와 한국말을 다 할 줄 아는 부담임 교사가 통역을 해주다시피 하며 의사소통을 했는데, 나는 영어로 대화하는 게 많이 불편하지 않아서 담임 선생님인 제이미 티처와 직접 이야기를 나눴다. 학교에서도 반장이 있으면 부반장이 나서는 일이 거의 없듯이 부담임 교사는 다소곳이 옆에 앉아 있었다.

"인사하세요. 새로 오신 미셸 선생님이세요. 부담임을 맡아주실 거예요."

제이미 티처가 그녀를 소개해주었다.

"만나서 반갑습니다. 미연이 아빠예요. 잘 부탁드리겠습니다."

내가 먼저 우리말로 인사를 건넸다.

"네. 미연이 봤는데 아주 예쁘고 귀엽더라고요."

그녀도 우리말로 인사하며 밝은 미소를 보였다.

올이 얇은 윤나는 머리가 어깨쯤에서 찰랑거렸다. 이마가 반듯하고 볼은 안이 비쳐 보일 듯 희고 투명했다. 부드러워 보이는 입술은 언제나 미소를 지을 준비가 되어 있는 모양이었다.

솔직히 고백하겠다. 처음 본 순간 그녀가 참 예쁘다고 생각했다. 아, 분명히 말하지만 이 여자 저 여자 집적거리는 타입은 절대로 아니다. 서른여섯 살이 되도록 연애다운 연애를 해본 경험은 손에 꼽을 정도. 여자를 보고 마음이 끌린 건 와이프를 만난 이후 처음이었다. 맹세코.

나는 자제를 잘하는 편이다. 서울이라는 크레이지 월드에서 꽤 윤리적으로 사는 편이라 자신했고, 그때도 스스로를 질책했다.

딸 유치원 선생님한테 끌리다니. 미친 거 아냐?

나의 아침은 다른 직장인의 아침보다 한 뼘쯤 더 바쁘다. 출근 준비를 다 끝낸 후에는 아이까지 챙겨줘야 하니까. 늦잠이 당연한 나이인 일곱 살 딸아이를 억지로 깨워서 아침을 챙겨 먹이고 씻기고 옷을 입혀야 한다.

"이미연, 너 눈을 감고 먹는 거야, 뜨고 먹는 거야?"

"야, 인마! 너 5분 만에 옷 다 안 입으면 아빠 먼저 가버린다!"

이런 식의 다그침을 하루도 거르는 날이 없었다. 협박과 회유로 아이를 준비시키고 출근길에 유치원에 들러 아이를 내려준다. 미셸 티처는 항상 입구에 서서 아이들을 맞아주었다. 부담임의 하루 일과 중 첫 번째 업무였다.

"아버님, 안녕하세요?"

그녀는 볼 때마다 기분 좋게 굿모닝 인사를 건넸다.

"안녕하세요, 선생님?"

나도 인사했다. 하늘색 니트와 통 넓은 하얀 치마가 참 잘 어울린다고 얘기해주고 싶었다. 오늘 입은 의상에 대한 칭찬은 머뭇거리는 사이 타이밍을 놓쳤다. 어쩔 수 없지. 유치원 건물 안으로 씩씩하게 뛰어 들어가는 아이에게 손을 흔들어주고 다시 차에 올랐다.

그랬다. 매일매일 그녀의 미소와 함께 하루를 시작했다. 그렇게 그녀는 일상의 기분 좋은 한 조각이 되었다. 딱 그 정도의 거리를 유지하고 싶었다. 그럴 수 있을 거라고 생각했다. 나는 자제를 잘하는 편이니까. 그리고 무엇보다도, 내 인생은 더 이상 복잡해지면 안 되니까.

어떤 특별한 업적을 이룬 사람이 아니더라도, 또 모두에게 추앙받는 위인이 아닌 평범한 사람 중에서도 삶 자체가 존경스러운 분이 있다. 나에겐 아버지가 그랬다.

아버지는 찢어지게 가난한 집의 장남으로 태어났다. 고등학교도 제대로 마치기 힘든 형편에서 기를 쓰고 공부해 대학에 갔다. 그것도 약학과에. 약사가 되어 여동생 두 명까지 대학을 다 마치도록 뒷바라지를 해줬다.

결혼한 뒤에는 재산도 많이 모았다. 논현동에 4층짜리 건물을 사고 청담동에 아파트도 샀다. 아내에게는 벤츠를 사주면서 본인은 환갑이 넘도록 지하철을 타고 다닌다. 골프도 치지 않는다. 유일한 취미가 등산. 약국에 안 나오는 날이면 항상 혼자 산을 찾는다.

가족 이기주의나 개인적인 탐욕과도 거리가 멀다. 아버지는 여성 노숙자 재활을 돕는 자선 단체에 매년 1000만 원 이상을 기부하고 논현동 일대에서 가장 인심이 후한 건물주이기도 하다. 엄마가 답답해할 정도로.

"아니, 이 양반은 생판 모르는 사람들한테 좋은 일 하려고 뼈 빠지게 일해서 건물을 샀나?"

엄마는 종종 그렇게 말한다. 엄마 말에도 일리는 있다. 아버지가 월세를 워낙 안 올리기 때문이다. 내가 봐도 지나칠 정도로.

나도 약대를 나왔다. 아버지는 그러라고 권유한 적도, 그러지 말라고 말린 적도 없었다. 돌이켜보면 난 큰 꿈이 없는 학생이었다. 대단한 꿈이 없었다는 게 자랑은 아니지만 정말 그랬다. 약사라는 직업이 그런 내 자신에게 최상의 선택이라고 직감적으로 판단했는지도 모른다. 물론 이렇게 아버지 약국에서 같이 일을 하게 되리라고는 예상하지 못했다. 뭐 나쁘지는 않다.

"자, 에어컨을 한 번 켜볼까?"

아버지가 약국 한쪽 구석에 서 있는 에어컨 전원 버튼을 눌렀다. 가을, 겨울, 봄 동안 켜놓지 않았던 에어컨의 퀴퀴한 냄새가 어느 정도 빠지자 상쾌한 찬바람이 약국 안을 채웠다.

약국은 논현동 주택가에 있는 아버지 건물의 1층 골목 쪽 자리였다. 2층에 있는 내과 병원에서 처방전을 받은 환자들이 많았고 유동 인구도 꽤 많아서 일반 매약 환자들도 적지 않았다. 이른바 선수촌이라고 불리는 지역인 탓에 술집 여종업원 아가씨들도 주요 고객층이었다.

"진작 에어컨 켜자니까요. 손님들도 덥다고 난린데."

늦은 감이 있는 에어컨 개시를 반가워하며 내가 말했다.

"지구를 살려야지, 이놈아. 세이브 더 플라넷."

아버지는 〈내셔널 지오그래픽〉 정기 구독자답게 에어컨과 자동차 그리고 모피 코트 등등 자연 환경과 생태계에 부정적인 영향을 주는 위협들에 대해서는 어느 정도 기준을 갖고 있었다. 나야 뭐 그런 건 관심 밖의 문제다. 더울 때는 시원한 게 좋고 힘들 때는 편안한 게 좋고 추울 때는 따뜻한 게 좋은, 그런 사람이니까.

오전 내내 처방전 손님이 끊이지 않았다. 그리 넓지 않은 조제실에서 하얀 약사 가운을 걸친 두 부자가 나란히 서서 처방전의 약들을 조제했다. 점심은 엄마가 준비해준 도시락을 먹는다.

"형부, 식사하셔야죠."

약국 카운터를 보는 이모가 아빠를 불렀다.

오늘의 점심 메뉴는 조기구이와 더덕고추장무침 그리고 미역국이었다. 콜레스테롤 수치가 높은 편인 아버지를 위해 몇 년 전부터 어머니는 고기반찬을 금했다.

식당이 따로 없어 조제실에 도시락을 펴놓고 식사한다. 손님들을 받아야 하기에 한 명씩 들어가서 먹고 나온다. 순서는 아버지, 이모 그리고 나. 식사를 마치고 우린 다시 카운터에 나란히 섰다.

"미연이 본 지 오래된 것 같다. 주말에 식사 한 번 하자."

"네, 아버지."

"너, 잘 지내는 거냐?"

아버지가 불쑥 묻는다. 종종 있는 일이다.

"그럼요."

내 대답도 항상 똑같다. 사실 조금은 과장된 억양이라는 거, 인정.

"잘 지낸다는 게 어떤 건지는 알고 말하는 거지?"

"참, 아버지, 3층 미용실 화장실 변기가 또 말썽이래요. 지난번에도 그래서 손을 봤는데 소용이 없는 것 같네요. 아예 변기를 바꾸는 게 나을 것 같아요."

나는 슬쩍 말을 돌렸다.

"그래? 그럼, 그러려무나."

점심때부터 오후 5시까지가 제일 바쁜 시간이다. 오후 5시면 이모가 퇴근을 했다. 그리고 6시엔 아버지가 들어갔다. 그때쯤이면 병원이 문을 닫고 처방전 환자가 끊기는 시간이다. 저녁 시간대의 일반 매약 환자들은 그리 많지 않았다. 주로 피로 회복제나 담배를 찾는 손님들이다. 따지고 보면 약국에서 담배를 파는 건 좀 웃긴다. 건강을 해치고 임산부와 청소년의 건강에 특히 해로운 걸 왜 약국에서 팔까?

부조리도 익숙해지면 편리하다. 그게 세상의 이치.

나의 퇴근 시간은 9시다. 집에 돌아가면 9시 30분. 장모님은 드라마를 보며 등장인물들의 막장 인생사에 혀를 차고, 미연이는 컴퓨터를 한다. 매일 같은 풍경이다. 나는 재빨리 씻고 나와서 장모님을 보내드린다.

"어머님, 조심해서 들어가세요."

"그래. 참, 내일 준비물 중에 줄넘기가 있는데 미리 못 챙겼어. 유치원 가는 길에 문방구에 꼭 들르도록 하게나."

"네. 운전 조심하시고요."

"할머니, 안녕히 가세요!"

미연이가 옆에서 꾸벅 인사한다.

그 뒤로 딱 한 시간이 우리 부녀의 놀이 시간이다. 컴퓨터 게임을 할 때도 있고, 블록 놀이를 할 때도 있고, 같이 엎드려 그림을 그릴 때도 있다. 미연이가 많이 피곤한 날은 놀이 시간을 생략하고 침대에 누워 책을 읽어주기도 한다. 가끔은 내가 멋대로 지어낸 이야기를 해줄 때도 있다. 우리 둘이 딱 붙어서 서로의 존재감과 체온을 느끼는, 하루 중 가장 중요한 시간이다.

"아빠, 그런데 제이미 티처도 남자 친구가 있대."

"그럴 수도 있지. 그게 놀라워?"

"제이미 티처는 진짜 진짜 크고 뚱뚱하잖아. 남자들은 그런 여자랑 사귀고 싶어 하지 않잖아?"

그랬다. 미연이 말대로 제이미 티처는 거구의 백인이었다. 전형적인 앵글로 색슨 풍만녀 스타일. 골격도 크고 몸무게가 어림잡아 80킬로그램은 거뜬히 나갈 것처럼 보였다. 남자 친구가 있다는 말에 나도 사실 좀 놀랐다. 그래도 아빠로서 외모지상주의를 경계해야 한다는 교훈을 심어주기 위해 힘주어 말했다.

"음, 잘 들어봐. 반드시 날씬하고 예쁜 여자만 남자 친구가 있는 건 아냐. 사람한테는 외모보다 더 중요한 게 있단 말이야."

"진짜? 그럼, 나도 뚱뚱해져도 돼?"

"아니, 아니! 그런 말이 아니지. 이왕이면 예쁘고 날씬한 게 더 좋지."

"이왕이 뭔데?"

"음… 이왕은… 자, 예를 들어보자. 똑같이 맛있는 과자가 있다고 생각해봐. 그럼, 포장이 예쁜 과자가 좋겠어, 아님 포장이 엉망인 과자가 좋겠어?"

"예쁜 과자."

"그렇지! 그럴 때 이왕이면 예쁜 게 낫다, 이렇게 말하는 거야."

"그럼, 아빠도 이왕이면 제이미 티처보다 미셸 티처가 더 좋아?"

헐. 허를 찔렸다. 대답 대신 녀석의 뺨에 쪽 뽀뽀를 해준다.

"나도 나중에 제이미 티처처럼 자이언트가 되면 어떡하지?"

"우리 미연이는 충분히 예쁘니까 그런 걱정 안 해도 돼. 그러니까 빨리 자자."

아이의 이마에서부터 콧등까지 손으로 쓰으 쓸어내린다. 그러면 아이는 잠들 때까지 더 이상 눈을 뜨지 않는다. 일종의 주문? 학습 효과랄까.

"굿나잇, 제니."

아이의 뺨에 입을 맞추며 말한다. 제니는 미연이의 영어 이름이다.

"굿나잇, 대디."

아이도 눈을 꼭 감은 채 인사한다.

아이를 재우고 안방으로 건너간다. 작년까지는 안방 침대에서 아이와 함께 잤다. 그러다 작년 크리스마스 때 약속을 했다. 일곱 살 언니가 되면 혼자 씩씩하게 자기로. 내 생각만 하자면 녀석을 꼭 끌어안은 채 자고 싶은데 너무 연약하게 키우는 것 아닌가 싶어 따로 자기로 결정했다. 아동 심리 전문가와 상담을 한 뒤에 내린 결정이었다. 아이가 부모와의 잠자리 스킨십을 필요로 하는 나이는 여섯 살까지라는 말을 듣고.

퀸 사이즈 침대에 눕는다. 집 안은 어둠에 잠겼다. 침실의 창을 통해 아파트 단지의 어렴풋한 가로등 불빛이 스며든다. 어둠을 편안하게 만들어주는 적당한 빛이다.

밤의 정적을 편안하게 만들어주는 적당한 소음도 있다. 바로 딸아이의 숨소리. 올봄부터 유치원을 마치고 태권도 학원에 다니기 시작했는데 몸이 피곤한 듯했다. 요즘은 잘 때 살짝 코고는 소리가 섞여 있다. 귀엽다. 이 세상에서 잠든 아이의 숨소리만큼 기분 좋은 자장가가 있을까?

그치 여보야? 듣고 있어? 우리 미연이가 행복하게 자고 있는 소리.

그녀를 주말에 만나게 될 줄은 몰랐다. 그것도 이종격투기 경기장에서.

근육과 뼈가 부딪히는 둔탁한 소리. 사내들의 땀 냄새. 거친 숨소리. 오직 상대를 쓰러뜨리기 위해 부릅뜬 맹수의 눈빛.

이종격투기 경기장 사각의 링은 처절함으로 가득하다. 사실 나는 이곳에서 조금 별종이다. 이종격투기를 하는 사람은 대부분 유명한 선수가 되어 생계를 보장받고 싶어 하는 젊은이다. 나는 약사라는 직업이 따로 있고 프로 선수로 성공해서 유명해지고 싶은 욕망도 없다. 따지고 보면 그럴 나이도 못 된다. 서른여섯은 격투기 선수로 치면 환갑쯤 되니까.

그렇다고 취미 삼아 격투기를 하는 건 아니다. 시작한 지 5년 반. 이긴 게임과 진 게임이 비슷하다. 키 175센티미터에 몸무게 72킬로그램. 체지방은 극도로 적고 근육량은 충분하다. 지구력과 근력, 폐활량 모두 양호하다. 미들급 선수로서는 최적의 피지컬인 셈이다. 투지? 남자에겐 생계 해결 이상의 간절함도 있다는 걸, 나는 젊은이들에게 승부를 통해 보여준다.

오늘의 상대는 스물네 살 먹은 당찬 파이터. 2006년 카타르 도하 아시안 게임 유도 동메달 리스트라고 했다. 격투기로 전환한 지 1년이란다. 해볼 만한 승부다.

"그라운드로 가면 안 돼! 타격으로 승부를 봐야 해. 턱을 노려. 오른쪽으로 살짝 감아 치라고."

형이 내 귀에 대고 말한다.

"알았어요. 걱정 마세요."

나는 마우스피스를 끼우며 자신만만하게 고개를 끄덕인다.

링 위로 올라간다. 마주 선 상대편 선수는 키가 작고 어깨가 딱 벌어진 다부진 체격이다. 오랜 시간 유도로 다져진 근육들이 선명하게 드러나 있다. 마디 굵은 손. 잡히면 불리하다. 거리를 두고 처리해야 한다.

땡! 시작을 알리는 소리와 함께 우리는 서로를 탐색하며 움직이기 시작한다. 경기가 시작되면 뒤에서 들리는 소리는 다 뭉개진다. 관중도 잘 보이지 않는다. 오직 상대 선수에게 모든 감각을 집중한다. 놈의 움직임, 눈빛 그리고 살기 또는 공포. 쓰러지느냐, 쓰러뜨리느냐, 그것뿐.

빠른 잽을 날리며 탐색전을 펼친다. 놈은 좀처럼 자신을 드러내지 않는다. 나의 오른발 로킥이 두 개 제대로 들어갔다. 발등에 짝 달라붙는 느낌이 죽인다. 녀석은 왼쪽 허벅지가 욱신거릴 것이다. 1라운드 시간이 10초 정도밖에 남지 않았을 때 놈이 허리를 감고 들어왔다. 재수 없게 잡혀들었지만 시간이 살렸다.

2라운드. 시작과 함께 뻗어나간 내 발이 놈의 어깨를 찍는다. 휘청거리는 틈을 놓치지 않고 왼손 스트레이트! 내 주먹이 놈의 턱 끝을 스친다. 턱이 돌아간 건가? 놈이 쓰러진다. 그리 많지 않은 관객 사이에서 환호성이 인다. 카운트를 일곱까지 셌을 때 놈이 일어난다. 근성 있는 녀석이다. 그래도 내 상대는 못 돼!

다시 시작. 신인답게 놈의 템포가 흐트러진다. 틈을 보다가 놈의 머리를 겨냥하고 회심의 하이킥을 올린다. 이런, 빗나간다. 그때 놈이 날 잡고 넘어뜨린다. 아차, 싶었다. 이미 늦었다. 무지막지한 힘이 내 팔을 부러뜨릴 것처럼 꺾는다.

승부는 끝났다. 암바로 2라운드 KO패.

링 바닥에 누워 패배의 쓴맛을 곱씹는다. 나를 무너뜨린 고통과 현기증이 조금씩 사라지는 순간, 그녀와 눈이 마주쳤다. 미셸 선생님이 왜 여기에? 링에서 가까운 자리에 앉아 경기를 보고 있는 건 분명히 그녀였다. 이상하게도 헤어스타일이 완전히 달랐다. 밝은 갈색으로 염색한 커트 머리 스타일이었다. 옆에는 웬지 그녀와 어울리지 않는 남자가 있었는데, 필시 건달 또는 조폭으로 보였다.

왜 선생님이 저런 남자와 함께 있는 거지? 비현실적인 상황이어서 잠시 멍했다.

정신을 차리고 몸을 일으켰을 때 그녀는 사라지고 없었다.

"팔 괜찮냐?"

"네."

"그놈 잘하는 거 같더라. 힘도 좋고 근성도 있고."

"담에 다시 붙어봤으면 좋겠어요."

"팔 제대로 부러지려고?"

"그럼, 그 친굴 스카우트하시던가요."

"그럴 돈이 없다."

형은 신호에 걸리자 정지선 앞에서 차를 멈췄다. 시동이 꺼져버렸다.

"어? 차가 왜 이러지?"

형은 괜히 놀란 듯 말하지만 놀랄 일은 아니다. 가끔 있는 일이다. 10년이 넘은 중고 소나타는 수명이 얼마 남지 않은 것 같다. 형은 낮은 소리로 하나 둘 셋까지 세고 다시 시동을 건다. 힘겨운 숨소리를 내며 차가 깨어난다.

형은 그런 사람이다. 평소에는 내 차를 잘도 얻어 타면서 시합이 있는 날이면 내 BMW를 마다하고 굳이 자신의 고물 차에 나를 태웠다.

— 인마, 아무리 똥차라도 트레이너가 선수를 태워줘야지.

내 차를 타고 가자고 할 때마다 돌아오는 그의 대답이었다.

경기에서 지고 돌아오는 길은 둘 다 별로 말이 없다. 그는 라디오에서 흘러나오는 옛날 노래를 흥얼거리고 나는 창밖을 응시하고. 이기고 오는 길에는 경기에 대한 이야기를 많이 한다.

내 기량이 절정이었던 작년에는 일본까지 건너가서 국제대회에 출전한 적도 있다. 첫 경기에서 러시아 출신의 파이터를 꺾었는데 다음 경기에서 일본 선수에게 잡혔다. 한국에 돌아와서는 인터뷰까지 했다. 신문, 잡지, 인터넷 뉴스 기자들이 나를 찾아왔다. 현직

약사 출신이라는 배경이 흥미를 끌었던 것이다.

— 약사라는 안정된 직업도 있는데 굳이 위험한 격투기 선수로 활동하는 이유가 뭡니까?

기자들의 질문은 조금씩 달랐지만 결국 요지는 똑같았다.

— 강해지기 위해서요. 나쁜 놈들을 혼내줄 만큼 강해지고 싶어서요.

내 말은 그대로 인용되었다. 나중에 인터뷰 기사를 본 미연이가 '나쁜 놈' 부분에서 깔깔 소리를 내며 웃었다.

"저녁 먹고 들어갈래? 오랜만에 고기나 좀 구울까나."

형이 체육관에 차를 대며 물었다.

"나이스!"

나도 내심 그냥 집에 들어가기는 아쉬웠던 참이다.

집에 있던 미연이도 체육관으로 데리고 왔다. 형을 도와 체육관을 관리하는 남 코치까지, 네 명이 체육관 옥상에 모여 앉았다. 고기를 좋아하는 형은 아예 옥상에 바비큐 그릴과 숯을 비치해놓고 가끔 야외 고기 파티를 열었다. 오늘 메뉴는 삼겹살과 목살.

하늘은 맑고 습도는 낮았다. 어제 내린 비로 공기도 투명했다. 초여름 저녁 특유의 청명한 바람이 선선하게 불었다. 형은 부지런히 고기를 구워냈다.

"자, 우리 미연이 많이 먹고 많이 커라."

형은 먼저 미연이에게 제일 맛있는 부위를 골라주었다.

"고맙습니다, 큰아버지."

미연이가 꾸벅 인사했다.

형을 처음 만난 건 5년 전이었다. 불행의 바닥에서 더 깊이 파고 들어간 지점에 머물던 시절. 마음속에 분노만이 가득 차 있던 시절. 남은 인생에서 더 이상 봄은 오지 않고 길고 긴 겨울만이 계속되리라는 절망이 온몸을 칭칭 감고 있던 시절에 그를 만났다.

역삼동에서 논현동으로 이사 오고 며칠이 지난 어느 날, 무턱대고 길을 걷다 문득 눈에 띈 것이 바로 이 체육관이었다. 강남 한복판에 어울리지 않는 곳이었다. 논현대로 구석에 있는 4층 건물의 2층. 간판도 따로 없이 '거북체육관 이종격투기'라는 생경한 단어가 유리창에 붙어 있었다. 나는 이런저런 판단을 하기 전에 이끌리듯 체육관으로 들어갔다.

낡은 매트리스가 깔린 체육관에 형이 혼자 앉아 있었다. 오후였는데도 지독한 술 냄새가 그의 곁에 머무르고 있었다.

눈동자에 서린 깊은 슬픔. 아마도 그의 첫인상이었을 거다.

그때 나는 회사를 그만두고 실업자 상태였다. 엄마가 미연이를 돌봐주고 있었다. 시간은 무한정 많았다. 미연이 옆에 있는 시간 말고는 몽땅 체육관에서 운동을 하며 보냈다. 그전까지 사람을 때려본 적이 한 번도 없었던 내가 매일같이 샌드백과 스파링 상대를 두들겨 팼다. 슈퍼맨에게 힘의 원천 크립토나이트가 있다면 나에겐 증오가 있었다.

1년쯤 지나자 내 몸은 격투기에 아주 적합한 상태로 변했다. 고슴도치의 가시처럼 외부로 뻗어 있던 증오도 가슴 깊은 곳으로 침전했다. 아버지 약국에 나가게 된 것도 그 즈음이었다. 내 상태가 좋아진 것과 더불어 형의 눈에 서려 있던 알 수 없는 슬픔도 사라졌다. 우리는 함께 좋아졌다.

윤 관장님이라고 부르던 호칭도 형님에서 그냥 형으로 바뀌었다. 형의 이름은 윤진수. 보통은 진수 형이라고 불러야겠지만 그때 나에겐 형이라고 부를 만한 사람이 아무도 없었다. 그래서 그는 그냥 형이다.

그 뒤로 지금까지 우리는 최고의 파트너였다. 띠 동갑인 그는 형제가 없는 나에게 맏형과도 같은 사람이 되었다. 미연이도 자연스럽게 큰아빠라는 호칭으로 불렀다. 그는 속이 깊고 가슴이 넓고 주먹은 쎈 사람이었다.

우리의 관계가 거리감 제로의 상태만큼 가까워진 다음에도 나는 내 과거를 이야기해주지 않았다. 그와 아픔을 나누기 싫어서가 아니다. 그 이야기를 털어놓으면 더 이상 격투기를 할 수 없을 것 같아서였다. 아이 엄마에 대해 묻는 말에는 교통사고로 죽었다고 거짓말을 했다. 형도 내가 알 수 없는 슬픔에 대해선 입을 열지

않았다. 그의 슬픔이 감춰져 있는 게 아니라 치유되었기를 바랄
뿐이다.

고기 파티는 끝내주게 좋았다. 네 명이서 1킬로그램이 넘는 돼
지고기를 먹어 치웠다. 기분 좋게 캔 맥주를 마셨다. 사실 평소의
내 식생활은 굉장히 규칙적이고 절제된 편이라 경기 전의 혹독한
체중 조절은 할 필요가 없었다. 삼겹살 같은 음식이나 술은 경기가
끝난 직후 이렇게 먹는 게 고작이었다. 평소에는 별로 먹고 싶지
않았다. 팽창된 증오심이 기본적인 욕구까지 억누르고 있는 모양
이다.

갑자기 미셸 티처 생각이 불쑥 났다. 정말 이상하지. 그녀는 왜
그곳에 있었을까?

다음 날, 미연이를 유치원에 데려다주고 미셸 티처에게 말을 붙
였다.

"선생님, 저 뭐 좀 물어보고 싶은데요."

"네. 말씀하세요."

먼저 그녀의 눈치를 살폈다. 이상하다. 전날 내 경기를 봤다면
이렇게 아무렇지도 않은 시선으로 나를 마주할 수 없을 텐데.

"어제 인천에서 격투기 경기 보셨죠?"

그녀는 대답 없이 묘한 시선으로 내 눈을 응시했다. 순간 조금

놀랐다. 뭔가 에너지 같은 것이 전해졌다. 뜨거운 물이 목구멍으로 넘어가는 느낌이 눈에서 느껴졌다.

"아뇨. 간 적 없는데요."

지나치게 긴 침묵이 흐른 뒤 그녀가 말했다.

정말 이상했다. 전날 본 그녀는 밝은 갈색으로 염색한 커트 머리 스타일이었는데 지금 보니까 다시 조금 긴 단발머리다. 게다가 검은색. 이상하다. 뭐가 어떻게 된 거지?

"혹시 선생님한테 쌍둥이 동생이 계신가요?"

"아뇨. 전 형제가 없는데요."

분명해. 어제 본 여자는 분명히 미셸 티처야. 똑같은 얼굴이다. 난 지금까지 단 한 번도 사람 얼굴을 헷갈린 적이 없다. 더구나 '그 일' 이후로는 더더욱. 이름을 착각할 수는 있어도 얼굴을 착각할 수는 없다. 마약 탐지견의 후각처럼 내 신경은 사람의 얼굴 모습에 극도로 예민하게 반응한다.

"그럼, 안녕히 가세요."

그녀는 공손하게 인사하고 유치원 건물로 들어갔다. 나는 바보가 되어 멍하니 서 있었다.

헤어스타일보다 더 이해가 안 되는 부분은 그녀의 태도였다. 이건 유치원 교사가 학부형을 대하는 태도가 아님은 물론이고 사실과 다른 말을 들었을 때 보이는 태도도 아니다. 이건 분명히 비밀을 숨기고 있는 사람의 태도다. 이건 진짜 아니다!

약국에 출근해서도 정신은 온통 미셸 티처에게 쏠려 있었다. 혹시 철저하게 이중생활을 하는 여자? 그러고 보니 경기장에서 그녀 옆에는 날건달 스타일의 젊은 녀석이 있었다. 도무지 그녀의 이미지와 어울리지 않는.

"왜 이렇게 멍 때리고 있어?"

이모가 나를 툭 쳤다.

"어, 아무것도 아냐."

오늘은 아버지가 지방에서 동창회 모임이 있어 자리를 비웠다. 나와 이모 둘이서 약국을 보고 있다.

잠시 손님이 뜸한 틈을 타서 이모는 진열장의 약을 정리했다. 콧노래를 흥얼거리면서.

이제 곧 쉰 살이 가까운 이모는 젊었을 때도 항상 명랑하고 쾌활했다. 기억을 더듬어도 이모가 화를 내거나 슬픈 표정을 짓던 모습은 떠오르지 않는다. 천성이 밝은 사람이랄까.

사실 이모는 몹시 힘든 생활을 이겨내고 있다. 보험 영업사원이던 이모부가 재작년에 뇌출혈로 쓰러져 식물인간 비슷한 상태가 되어버렸다. 이모는 그 뒤로 매일 병원에서 쪽잠을 자며 이모부를 돌봤다. 그러면서 고등학생인 아들과 막 중학교에 들어간 딸 그리고 여든 살 시어머니의 생계까지 책임져야 했다.

이모는 이모부를 돌보기 위해 늦어도 오후 5시에는 병원으로 가야 했다. 이모가 일하던 회사에서는 그런 사정을 봐주지 않았고, 결국 해고되었다. 이모의 상황을 받아들여줄 일터는 없었다. 결국 아버지가 나섰다. 그렇게 이모는 논현동 '제일 약국'에 합류하게 된 것이다.

아버지는 생활비를 보태주려고 했지만 이모는 한사코 사양했다. 부족하더라도 자신이 일을 해 돈을 벌고 싶다면서. 훗날 더 이상 버틸 수 없을 때가 오면 그때 동정을 구하겠다며.

이모를 보면서 좌절을 이겨내는 또 다른 방식을 배웠다. 슬픔이란 특정한 사건 때문이 아니라 사건을 받아들이는 태도 때문에 생긴다는 것도 알았다.

이모부가 미울 법도 했다. 이모부는 쓰러지기 전에도 이모를 힘들게 했다. 제대로 된 직장을 다닌 적도 없고 매일같이 술을 마셨다. 나라면 이모처럼 하지 못했을 거다. 엄마는 하나뿐인 여동생의 인생을 가여워했지만 이모는 그럴 때마다 명랑한 목소리를 냈다.

— 세상에 안 힘든 사람이 어딨어? 나야 뭐 몸 건강하고 우리 새끼들 잘 크니까 힘든 편도 아니지. 이렇게 걱정해주는 언니랑 형부도 있고. 이 정도면 괜찮지 않아?

진열장 정리를 마치고 비타민 음료를 마시던 이모가 손으로 허리를 툭툭 두드렸다. 고단하겠지. 쓰러질 것 같겠지.

"이모는 뭐가 제일 힘들어?"

내가 불쑥 물었다.

"힘든 거? 애들이 말 안 들을 때? 하하."

"이모부 안 미워?"

이모는 나를 보며 빙긋 웃어 보였다. 그리고 반쯤 남은 비타민 음료를 쭉 마시고 대답했다.

"그 사람한테 꼭 듣고 싶은 말이 하나 있긴 해."

"그게 뭔데?"

"미안하다는 말."

"왜?"

"그 사람, 나한테 고맙다는 말도 하고 사랑한다는 말도 자주 했어. 그런데도 미안하다는 말, 그것만큼은 죽어도 하지 않았어. 주변에서는 별 볼일 없는 사람으로 볼지 몰라도 자존심이 대단한 사람이야. 아마 속으로는 미안해하고 있을지도 모르지. 아니면 정말 미안하지 않은 걸지도 몰라. 어느 쪽일까? 딱 한 번만이라도 그 말을 들어봤으면 좋겠어."

아마도 이모의 소원은 이뤄지지 않을 것이다. 이모부는 더 이상 말을 할 수 없으니까. 이모부가 할 수 있는 일이란 눈을 깜빡이고 손가락을 까닥거리는 정도가 전부다.

"그 사람은 하루 종일 누워서 무슨 생각을 할까? 마음을 읽을 수 있는 기구라도 있으면 얼마나 좋을까?"

이모가 중얼거렸다.

끝없이 아쉽기만 한 사랑도 있구나. 익숙한 솜씨로 처방전 서류를 정리하는 이모를 보면서 내 가슴도 아파왔다.

아침마다 어색한 만남이 반복되었다. 나는 미셸 티처를 볼 때마다 의구심을 떨쳐내지 못했고, 그녀는 내 시선을 피하지도 않으면서 분명히 그전과는 달라진 태도로 나를 대했다. 그럴 때마다 의혹은 커졌다.

그런데 며칠 후, 그녀에게서 예상치 못한 문자가 왔다.

〈잠깐 볼 수 있을까요? 저녁 시간엔 다 괜찮습니다.〉

비밀의 문 앞에서 가슴이 뛰었다. 조심스럽게 답장을 보냈다.

〈오늘 저녁도 괜찮은가요? 제가 일이 9시에 끝나는데 10시쯤 어떨까요?〉

다시 돌아온 그녀의 짧은 답장.

〈그러죠^^〉

약국에서 시간이 어떻게 흘러갔는지 몰랐다. 문을 닫고 차에 오르면서 전화를 걸었다. 그녀 집 앞에 있는 카페에서 보기로 했다. 그녀는 편해 보이는 트레이닝복 차림으로 앉아 있었다. 내가 그 일

에 대해 물어본 뒤 아침마다 보이던 불편한 기색은 전혀 없이 생
글생글 웃는 얼굴로.

"일이 늦게 끝나시네요?"

그녀가 물었다.

"약국이 보통 그 정도까지는 하니까요. 병원 안에 있는 약국이
야 일찍 끝나겠지만."

"아버님이 저에 대해 계속 불편한 생각을 하고 계신 것 같네요."

"불편하다기보다는 궁금해서요. 저는 그날 분명히 선생님을 봤
거든요."

"맞아요."

"네?"

"맞다고요. 그날 아버님이 보신 건 제가 맞아요. 동시에 제가 아
니기도 하지만."

"알기 쉽게 말씀해주시면 안 될까요?"

"그날 보신 건 진짜 인간이에요. 저는 그 사람의 DNA 복제로 만
들어진 똑같은 육체를 가진 사람이고요."

"잠깐만요. 그럼 복제 인간이라는 말이에요?"

내가 묻는 말에 그녀는 심호흡을 하고 눈을 깜박였다. 그리고 상
상도 할 수 없는 황당한 말을 내뱉었다.

"저는 외계인이에요."

나는 잠시 할 말을 잃었다. 자기가 외계인이란다. 하하.

그녀는 지긋한 시선으로 나를 마주했다. 지난번처럼, 뭔가 뜨거운 기운이 눈을 통해 전해지는 듯했다.

"안 믿으시는군요? 전혀."

"아니, 선생님, 믿을 만한 이야기를 하셔야 믿죠."

"안 믿으셔도 상관없어요. 저는 그날 일을 설명해드리는 거니까요. 저는 지구 사람들이 카시오페아라고 부르는 별자리에서 왔어요. 지구에 와서 보니까 한국에서는 동방신기라는 아이돌 그룹 팬클럽 이름으로 유명하더라고요. 저의 고향별은 카시오페아 별자리 모양에서 손에 해당하는 별이에요. 지구의 계산법으로는 45광년이 걸리는 거리에 있죠. 물론 우리는 지구인들하고는 다른 방식으로 이동하기 때문에 거리는 중요하지 않아요."

맙소사. 그녀의 표정은 진지했다. 이런 정신 나간 사람이 교사로 일해도 되는 건가? 퍼뜩 그런 걱정이 머리를 스쳤다.

"걱정 마세요. 이런 이야기를 아이들에게 하진 않으니까요."

그녀의 말에 안심했다. 어, 잠깐. 난 걱정된다는 말을 하지 않았는데?

"알아요. 입 밖으로 말을 해야만 알 수 있는 건 아니니까요. 우린 마음속을 볼 수 있답니다."

"말도 안 돼."

나는 힘없이 중얼거렸다. 이 여자, 독심술이라도 하는 건가?

"저의 진짜 몸은 우주선에 따로 있답니다. 지구인 중 한 명을 골라 똑같이 복제한 다음, 그 속에 제 영혼을 넣은 생명체가 바로 지금 아버님 눈앞에 있는 저인 셈이죠."

좋아, 그렇다고 치자. 나는 어이없는 대화에 동참했다.

"그럼, 여기엔 언제 온 거예요?"

"여기 온 지는 지구 시간으로 2년쯤 됐어요."

"지구에는 왜 온 거죠?"

말을 하면서도 스스로가 한심했다. 지구에는 왜 온 거죠? 아이들 공상 만화영화도 아니고, 지금 내가 무슨 소릴 하는 거지?

"지구인들이 끊임없이 로켓을 쏘아 올리고 다른 행성을 탐험하는 것하고 같아요. 우린 우주를 여행하면서 다른 생명체들을 연구한답니다."

"우주에 다른 생명체들이 많나요?"

"하늘에 별이 많은 것처럼요. 모두 다르죠. 생긴 모습도 사는 방식도 문화도 역사도 모두 달라요. 아마 저의 원래 모습을 본다면 생명체가 아니라고 생각할지도 몰라요."

"어떻게 생겼는데요?"

"빛이 나요. 파동도 있고요. 뼈와 살은 없어요."

"지구에 당신 같은 사람들이 많나요?"

"가끔 그런 사람들이 있죠. 홀연히 사라져버리는 사람들. 아무도 행방을 모르게. 그런 사람이 있다면 의심해볼 만하죠. 저는 2년 동안 저 같은 외계인은 본 적이 없어요. 저 말고도 두 명이 더 지구로 왔는데, 다른 나라로 갔거든요."

"그럼, 얼마나 더 있다가 돌아가는 건가요?"

"올해가 지나고 내년 봄에 돌아가요. 유치원 학기로 치면 다음 학기까지. 미연이가 초등학교에 입학할 때쯤이겠네요."

"어떻게 돌아가나요?"

"우주선이 와요."

기가 막히는군. 우주선이 온단다. 올레!

어떻게 저렇게 진지한 표정으로 이런 헛소리를 할 수 있지? 아니, 진짜로 자신이 외계인이라고 믿는 건가?

"여전히 못 믿으시네요. 그래도 상관없어요. 아무튼 지난번에 본 사람은 지금 제가 쓰고 있는 복제품 생명체의 원본 생명체라고 보시면 돼요."

"그럼, 우주선을 타고 돌아가면 지금 쓰고 있는 몸은 어떻게 되죠?"

"산화되죠. 쉬운 말로 하면 불에 타버립니다."

그녀의 몸 구석구석을 훑어본다. 그녀는 전혀 민망하지 않은 듯 내 시선을 받아냈다. 다행히 예쁜 여자의 몸을 복제했구나. 참 나,

기가 막힌다.

"아버님도 가슴 큰 여자를 좋아하시네요."

"네?"

나는 당황할 수밖에 없었다. 방금, 그녀의 가슴이 크다는 생각을 했으니까. 이런. 이건 정말 이상한데?

"좋아요. 당신이 진짜 외계인이라고 칩시다. 왜 저한테 그런 엄청난 비밀을 털어놓는 겁니까?"

"최근 며칠 동안 아버님을 보면서, 저에 대한 의심이 점점 더 커지는 걸 알았어요. 잘못하다간 큰 문제가 생기겠다 싶었어요. 고민 끝에, 아버님은 선한 사람이니까 말을 해도 괜찮을 거라고 판단했어요. 제 말을 믿고 안 믿고는 그다음 문제겠지요."

"선한 사람?"

내가 중얼거렸다.

"네. 기본적으로 다른 존재에 대해 호의적인 사람이죠. 남을 해치기 싫어하는 사람. 돕고 싶은 의지가 있는 사람. 사랑이 넘치는 사람."

"잘못 보셨네요. 전 남을 도울 여유도 없고, 사랑이 넘치지도 않아요."

내 말에 그녀는 다시 나를 깊숙이 응시했다. 그리고 또 놀랄 만한 말을 내뱉었다.

"그렇게 생각하지 마세요. 아내분의 일 때문인가요?"

숨이 막히는 듯했다. 마른침을 삼키며 마주 앉은 그녀를 보다가 유리컵에 든 물을 마셨다. 아내의 일을 어떻게 알지? 이 여자가 보통 사람이 아닌 건 분명하다. 외계인일 리는 없지만 최소한 둘 중 하나다. 사람의 마음을 읽는 초능력자. 아니면 기가 막힌 점쟁이. 잠깐, 혹시 나에 대해 잘 알고 있는 사람이 아닐까? 나는 그녀를 모르지만 그녀는 나를 잘 아는, 그런 관계 말이다.

어느 쪽이든 내가 원치 않는 방향으로 인생이 흘러가고 있다. 복잡해지고 있다.

일요일 낮, 오랜만에 아내의 묘를 찾았다. 아이와 함께였다. 어느새 거칠게 자란 봉분의 잡초를 정리하고 아내가 좋아하는 토스카나 와인을 한 잔 뿌려주었다.

"너무 많이 뿌리지 마. 엄마가 술에 취하면 어떡해?"

"괜찮아. 엄마가 너무너무 좋아하는 거라 많이 뿌려줄수록 좋아하실 거야."

"그럼, 나도 뿌려줄래."

미연이는 잔을 받아들고 봉분 곳곳에 와인을 뿌렸다.

아이는 첫돌도 되기 전에 엄마를 잃었다. 엄마의 얼굴은 사진으로만 보고 안다. 추억도 없기에 엄마 이야기를 먼저 꺼내는 일도 별로 없다. 사실 아이는 이곳에 오는 것도 싫어했다. 자기 진짜 엄마에게 별로 정이 없으니까. 다만 자기에게도 낳아준 엄마가 있다는 사실이, 다리 밑에서 주워온 아이가 아니라는 사실이 다행스러운 정도? 미연이는 살아 움직이는 엄마를 원했다. 오죽하면 작년 크리스마스 때 소원으로 새 엄마를 원했을까.

— 정말 새엄마가 있었으면 좋겠어?

— 응.

— 아빠랑 둘이서 사는 게 싫어?

— 그것도 좋은데, 착하고 예쁜 새엄마가 있으면 더 좋을 거 같아.

과연 미연이의 소원을 들어줄 수 있을까?

나무 그늘 아래 돗자리를 깔고 아이와 나란히 누웠다. 아이는 피곤한지 이내 잠이 들었다. 평화롭게 잠든 아이의 머리칼을 쓰다듬었다.

구름 없는 하늘은 맑고 높았다. 이름 모를 벌레들이 한가로이 울었다. 도시의 공기와 확연히 다른 맑은 바람이 좋았다. 탁 트인 전망 앞에 보이는 고속도로는 한산했다. 차들이 제 속도를 내며 시원스럽게 달려갔다. 내 인생도 그랬다. 막히거나 부딪히는 일 없이 순조롭게 달리던 삶이었다. 그 사건이 있기 전까지는.

5년 전, 미연이가 돌을 앞둔 때쯤이었다. 당시 제약 회사 연구원이었던 나는 신약 출시를 앞둔 마무리 테스트와 임상 실험 데이터 정리 때문에 야근하는 일이 잦았다. 그날도 야근을 마치고 집에 들어가는 중이었다. 월간지 기자인 아내도 마감이 얼마 남지 않아 야근을 한다며 늦을 거라고 했다. 미연이는 장모님이 처갓집으로 데려갔다.

장마철이라 비가 몹시 사납게 쏟아졌다. 운전하기 불편할 만큼. 당시 우리가 살던 곳은 역삼동 주택가의 한 빌라였다. 대로에서 주택가 골목으로 들어서며 아내에게 전화를 걸었다.

— 난 이제 집에 다 왔는데. 아직 일 많이 남았어?

— 어, 진짜? 나도 지금 집 앞이야. 거의 다 왔어.

— 그래? 비 오는데 빨리 들어가. 나도 5분이면 도착해.

— 그럼, 기다릴게. 같이 들어가자.

— 에이, 집에 들어가 있어.

— 그래. 그럼 빨리 들어와.

주차장에 차를 대고 집으로 들어갔다. 뭔가가 이상했다. 분명히 아내가 집 안에 있어야 하는데 불이 전부 꺼져 있었다.

— 민서야?

목소리를 높여 아내를 불렀지만 대답이 없었다. 그때 무슨 소리를 들었다. 인기척. 사람이 조심스럽게 움직이는 소리를 분명히 들었다. 겁이 났다. 여러 가지 이유가 뒤섞인 공포였다. 그리고 한 남자가 내 앞에 모습을 드러냈을 때, 공포에 몸이 얼어붙었다. 놈은 칼을 들고 있었다. 한 뼘쯤 되는 칼날을 앞으로 쑥 내밀었다.

— 씨발놈아, 비켜!

난 비키지 않았다. 놈에게 덤벼들지도 못했다. 그냥 얼어붙어 있었다. 놈이 갑자기 발을 뻗어 나를 찼다. 예상치 못한 일격에 나는 쓰러졌고, 놈의 무자비한 발길질이 이어졌다. 그 뒤로는 기억이 없다. 정신을 차렸을 때 집 안은 깊고 깊은 어둠과 정적에 잠겨 있었다.

— 민서야.

본능적으로 아내를 불렀다. 온몸에 번지는 고통을 느끼며 몸을 일으켰다. 아내는 침실에 쓰러져 있었다. 아내가 쓰러진 주변에는 피가 흥건했다. 아내는 겨우 살아 있었다. 숨이 가쁘게 깜박거렸다.

— 민서야!

나는 울부짖었다. 덜덜 떨리는 손으로 아내를 안았다. 품에 안긴 아내는 무슨 말인가를 하려고 애쓰는 듯했다. 그러나 단 하나의 음절도 완성하지 못했다. 나와 시선을 마주한 채 아내는 죽어갔다. 흔들리던 아내의 눈빛이 내 동공에 문신처럼 새겨졌다.

응급조치를 할 정신도 없었다. 아내를 들쳐 업고 달렸다. 병원 응급실로 향했다. 병원에서도 손을 쓸 수가 없었다. 오는 길에 아내는 이미 숨이 끊어졌다. 과다 출혈.

슬픔의 틈새로 증오의 칼이 자라났다. 칼끝은 정확히 한 대상을 향했다.

나는 똑똑히 보았다. 젊은 남자였다. 짧게 깎은 머리와 단단해 보이는 인상. 그리고 똑똑히 놈의 목소리를 들었다.

씨발놈아, 비켜.

놈의 말이 맞았다. 나는 씨발놈이었다. 사랑하는 아내도 내 손으로 지키지 못한 무능한 씨발놈.

아마 그때 내가 놈을 제압했다면 아내는 살았을지도 모른다. 그러나 나는 놈에게 주먹 한 번 제대로 뻗지 못했다. 놈은 나를 비웃었겠지. 겁에 질려 완벽하게 무너진 나약한 남자를.

몇 달 동안 수사를 했지만 단서가 없었다. 결국 경찰은 미결로 사건을 처리했다. 하지만 난 놈의 얼굴을 잊을 수 없었다. 그날 이후로 놈의 얼굴은 이 세상에서 가장 보고 싶은 얼굴이 되었다. 사람의 얼굴을 사진 찍듯 정확히 가슴속에 담아두는 습관도 그래서 생겼다.

격투기에 몰입하는 이유도 같았다. 언젠가 놈을 발견하면 내 손으로 제압하고 싶었다. 내 손으로 놈의 육체를 짓이겨주고 싶었다. 그 지독한 복수심을 가슴속에만 담아놓았다면 미쳐버렸을지도 모른다.

사건 이후 매일 밤 악몽에 시달렸다. 나는 놈과 일대일로 링 위에 올랐다. 놈은 나를 갖고 놀았다. 나는 놈한테 흠씬 두들겨 맞다가 실신하기 직전 꿈에서 깼다. 그러나 격투기를 배운 지 몇 년이 지나고 직접 경기를 치를 때쯤부터는 꿈속의 승부도 달라졌다. 놈과 나는 처절한 혈투를 벌였다. 놈이 이길 때도 있었고, 내가 이길 때도 있었다. 꿈에서 깨면 침대 시트가 흥건히 젖을 정도로.

살다보면 이유 없는 확신이 들 때가 있다. 그 사건 직후부터 지금까지 나는 확신하고 있다. 언젠가는 놈과 마주치게 될 거라는 것을. 꿈속의 승부가 아닌 실제 승부로. 내 손으로 아내의 복수를 해줄 수 있을 거라고 확신한다. 그 순간을 위해 내일도 모레도 육체를 단련할 것이다.

기다려라. 누가 씨발놈인지 다시 한 번 가려보자.

복수의 불길이 확 타올랐다. 마음속 증오의 온도는 99도. 조금이라도 계기가 생기면 끓어오르고 만다. 그때마다 애써 마음을 다스려야 했다.

미리 준비한 잔에 와인을 따랐다. 나는 와인을 별로 좋아하지 않는다. 술에 취하고 싶을 때면 소주나 위스키 같은 독주가, 그냥 반주로 마실 때는 맥주가 입에 맞는다. 뭐랄까, 와인은 향부터가 맞지 않는다. 그래서 아내는 와인, 나는 위스키 콕을 주로 마셨다. 그런 내 취향에 와인 마니아인 아내는 불만을 드러내기도 했다. 그런데 아내가 죽은 뒤 나는 종종 무덤가에서 와인을 마신다. 토스카나 와인을 한 병 통째로 마신다.

"잘 있는 거야?"

소리 내어 아내에게 말을 건다. 아내는 항상 대답해준다.

그럼, 잘 있지.

"미연이는 예쁘게 크고 있어."

알아. 매일 보고 있으니까. 그러니 그만 데리고 와. 아이도 여기 오는 거 별로 안 좋아하잖아. 나중에 미연이한테 좋은 새엄마가 생기면 같이 와. 나도 인사하게.

"그런 얘기 하지 마."

희준아. 이제 나를 놔줘야지. 언제까지 이렇게 살 건데?

눈물이 흐른다. 살아 있는 동안 아내에게 했던 미안한 일들이 불치병 바이러스처럼 끈질기게 마음속에 떠돈다.

더 많이 안아줄 걸. 청소는 내가 할 걸. 아무리 화가 나도 핸드폰 꺼놓는 습관은 고쳤어야 하는데. 임신했을 때 초밥을 실컷 사줬어야 하는데. 아내가 좋아하는 체크무늬 폴로셔츠를 자주 입을 걸. 아내가 울 때는 휴지가 아니라 내 손등으로 눈물을 닦아줬어야 하는데.

내가 아내를 얼마나 사랑하는지 충분히 말해줬어야 하는데.

민서야, 미안해. 정말 미안해.

아이를 유치원에 데려다주는 일상이 미지의 세계, 또는 어이없는 사기꾼과 조우하는 순간이 될 줄은 꿈에도 몰랐다. 아침마다 미셸 티처와 인사를 나누면서 우리는 기묘한 눈빛을 주고받았다. 특별한 말을 서로 나누지 않아도 특별한 사이로 발전하고 있었다. 둘만의 비밀을 공유하는 사이.

매일매일 호기심이 증폭되었다. 그녀는 정말 초능력자일까? 이과생으로서, 약학을 전공한 나로서는 자연과학의 법칙을 벗어나는 영역을 인정할 수 없었다. 사주팔자를 본 적도 없고 종교도 없다. 심지어 기도를 해본 적도 없다. 초능력자가 아니라면 나에 대해 많이 알고 있는 사람이란 얘긴데 대체 누구지? 기가 막힌 사기꾼일지도 몰라.

결국 내가 두 번째 만남을 제안했다. 이번엔 좀 더 편하게 이야기를 나누고 싶었다. 신사역 사거리에 있는 포장마차로 약속 장소를 잡았다. 퇴근한 직장인들이 주로 찾는 '회포차'였다.

그녀는 검은색 스키니 진 그리고 몸에 달라붙는 흰색 면 티셔츠 차림으로 나왔다. 먼저 와서 앉아 있는 나를 보고는 편안하게 미소를 지었다. 약간은 불편했던 마음이 누그러진다.

"가끔 술은 드세요?"

내가 물었다.

"외계인은 술 안 먹을 것 같죠?"

"글쎄요."

"물론 제가 있던 별에는 술이 없어요. 지구인만의 문화죠. 여기 온 뒤로 여러 번 마셨어요. 맛있던데요?"

"그럼, 취하기도 하고, 숙취도 있고, 다 똑같은 건가요?"

"좀 달라요. 몸은 취하죠. 많이 마시면 혀가 꼬이고 비틀거리기도 하고. 정신은 말짱해요. 숙취도 있죠. 토하기도 하고요. 그 모든 걸 또렷하게 느껴요."

"뻥이죠?"

"뭐가요?"

"외계인이라는 거."

"레알. 완전 레알."

젊은 친구들이 쓰는 유행어 때문에 나도 모르게 소리 내어 웃었다.

안주가 나오자 그녀는 부지런히 젓가락을 움직였다. 우린 다른 사람들은 누구도 공감할 수 없는 괴이한 대화를 나누며 술을 마셨다. 그리고 조금 친해졌다. '아버님', '미셸 티처'라는 호칭이 어색해서 그녀는 나를 희준 씨라 부르기로 했고, 나도 그녀의 한국 이름을 부르기로 했다. 차지혜.

차지혜 씨 말에 따르면 이랬다. 자기는 지구인과 전혀 다른 차원의 생명체이며 지능도 인식 구조도 생명 현상도 다르다. 인간이 상상할 수 없는 범주에 있다. 그러므로 자신의 말과 행동을 이해하려고 노력해도 소용이 없다.

"그럼, 이건 어때요? 어떻게 제 생각을 알죠? 그리고 아내의 일은 어떻게 알고 있는 겁니까? 혹시 예전부터 절 알았나요?"

"지구인들은 말과 글을 통해 소통을 하죠. 저희는 달라요. 생각과 느낌, 심지어 마음속의 감정과 지난 과거, 미래에 대한 희망. 이런 것들은 일종의 파동이에요. 저희는 그 파동으로 소통을 하죠. 머릿속을 들여다보는 것과 같아요."

"그럼, 제가 무슨 생각을 하고 있는지 맞혀보세요."

내가 시험을 하듯 물었다. 그녀한테 내는 퀴즈의 답으로 코타키나발루를 생각했다. 동남아시아에 있는 섬이다. 미연이의 유치원 방학에 맞춰서 이번 여름휴가 때 다녀오려고 예약해놓은 휴양지다. 에메랄드빛 바다와 높은 하늘이 있는 바닷가를 마음속에 그렸다. 그녀는 잠시 나를 보더니 망설임 없이 대답했다.

"마음속에 어떤 영상을 떠올리려 애쓰고 있네요. 해변. 코타키나발루?"

딩동. 정답입니다.

이름까지 정확히 맞히다니! 미치겠다. 애들 표현으로, 쩐다 쩔어. 잠깐. 혹시 미연이한테 들은 게 아닐까? 나에 대해 알고 있는 정보가 미연이를 통해 들은 거라면?

"할 말이 없네요. 선생님 앞에서는 나쁜 생각을 하면 안 되겠군요."

내가 중얼거렸다.

"지금까지 제 경험으로는 나쁜 생각을 하는 사람도 많지만 안 그런 사람이 훨씬 많던데요? 안타깝게도 이런저런 걱정을 하는 사람이 제일 많고요."

그러면서 빙긋 웃었다. 내가 물었다.

"다른 사람의 마음을 다 읽는다면 정신이 없지 않으십니까?"

"신경 쓰지 않으면 괜찮아요. 제가 읽으려고 노력해야 읽히는 거니까요."

그때 문득 이모의 말이 떠올랐다.

— 그 사람은 하루 종일 누워서 무슨 생각을 할까? 마음을 읽을 수 있는 기구라도 있으면 얼마나 좋을까?

이모부가 2년째 누워 있는 병실은 양평동 허름한 병원의 6인실이었다. 병실이라고 하기엔 벽과 바닥의 묵은 때가 눈에 거슬릴 정도로 지저분했다. 환자들이 덮고 까는 이불과 시트도 제대로 소독하는지 의문스러웠다. 형편이 넉넉하지 않은 이모로서는 이런 병원에서라도 이모부를 장기 입원시킬 수 있는 게 다행이었다.

이모부는 나를 알아본 듯 눈동자를 굴리고 매트리스에 늘어뜨린 오른손 검지를 까딱거렸다. 나를 따라온 지혜 씨를 보고는 경계를 하는 듯했다. 이모가 말했다.

"희준이 여자 친구래. 예쁘지? 희준이도 계속 혼자 살 수는 없으니까."

이모부는 표정의 변화 없이 눈만 껌벅거렸다.

이모한테는 거짓말을 했다. 어쩔 수 없지 않나? 외계인 어쩌고 저쩌고 하는 이야기를 할 수는 없으니까. 이모가 성화를 댔다. 왜 엄마한테는 인사를 시켜주지 않느냐고. 난 조금 더 사귀어보고 말씀드릴 거라며 이모를 진정시켰다.

— 그런데 병실에는 왜 데려온다는 거야?

— 친척들 중에 이모가 제일 편하니까. 이모부 본 지도 오래됐고.

이모는 지혜 씨에게 이런저런 이야기를 물어봤다. 그녀는 영화 배우 뺨치게 연기하며 천연덕스러운 대답을 늘어놓았다. 헐… 님 좀짱. 당신은 절대로 외계인일 수 없어!

이모부에게 밥을 먹여주는 시간. 이모부는 턱 근육이 불편해서 겨우 음식물을 씹어 삼킨다. 무척 오래 걸리는 일이라 이모는 식사 때마다 한 시간 넘게 옆에 앉아서 시중을 들어야 했다.

창문을 통해 더운 햇살이 쏟아져 들어왔다. 이모도 이모부도 땀을 흘리며 힘겨운 식사를 계속했다. 이모부는 큰 눈을 껌벅이며 이모를 바라보고 있었다. 지혜 씨는 내가 부탁한 대로 이모부의 마음을 읽었다. 그리고 나에게 귓속말로 전해주었다.

나는 이모의 어깨에 손을 얹었다. 이모가 나를 돌아보았다. 나는 쉽게 입을 떼지 못했다. 이모가 물었다.

"왜? 무슨 일 있어?"

"이모부가 미안하대."

이모의 눈이 동그래졌다.

"이모가 밥을 먹여주는 내내 미안하다는 생각만 하고 있대. 호강시켜주지 못해서 미안하고 맥없이 쓰러져서 미안하고 이모의 인생을 묶어놔서 미안하대. 그리고 그 말을 지금껏 해주지 못해서 또 미안하대."

밥에 반찬을 얹은 숟가락을 들고 있는 이모의 손이 파르르 떨렸다. 이모의 선한 눈망울에 금세 눈물이 맺히더니 툭 떨어졌다. 이모부의 초점 없는 눈에서도 눈물이 흘렀다. 둘은 서로를 마주 보며 하염없이 울었다.

진정한 마음은 굳이 읽거나 말하지 않아도 전해진다. 우린 외계인이 아니기에 확신하지 못할 뿐. 그래서 듣고 싶고 읽고 싶은 거겠지.

그녀는 보통 사람이 아니다. 나에 대해 아무리 많이 안다 해도 이모와 이모부의 마음까지 알 수는 없잖아?

그녀가 읽은 이모부의 마음속 말을 전부 다 이모에게 전해주진 않았다. 이모부는 이런 생각도 했단다.

이제 그만 나를 버리고 떠나. 더 이상 내 옆에서 인생을 허비하지 말고. 나를 보내줘. 난 정말 간절히 원해. 죽어버리고 싶어. 제발.

그 말은 할 수 없었다. 이모는 절대로 이모부 곁을 떠나지 않을 테니까. 아무리 힘들어도 평생 이모부 곁에서 쪽잠을 자며 대소변을 받아내고 하루 세 끼 밥을 챙겨 먹이겠지. 이모와 이모부 사이를 단순히 사랑이라고만 말할 수 있을까? 부부니까 당연하다고 할 수 있을까?

사랑이 아니다. 부부지간이 아니다. 폄하하자면 집착이나 체념. 거창하게 말하자면 운명, 숙명에 가까운 개념이다. 나의 복수처럼.

코타키나발루는 말레이시아에 있는 섬이다. 미연이의 유치원 여름방학을 맞아 둘이서 함께 고른 휴가지였다.

내 무릎 위에 앉아서 컴퓨터 모니터를 보던 미연이는 발리를 넘기고 제주도를 건너뛰고 세부와 사이판, 푸껫도 마음에 안 들어 하더니 코타키나발루 섬에 열광했다. 내가 보기에는 해변과 리조트의 모습이 다 거기서 거기였는데. 그 애의 대답이 날 웃게 만들었다.

　— 미연아, 왜 하필 코타키나발루야?

　— 이름이 웃기잖아. 코딱지나 발러! 무슨 섬 이름이 이렇게 엉터리냐? 하하하!!

　딸아이는 나에게 애틋함 그 자체다. 아이는 엄마라는 존재 없이 컸다. 엄마. 그 커다란 존재감을 대신 메우기란 누구든 불가능하다. 아빠라 하더라도. 그래도 최선을 다했다.

　새끼 물고기를 품듯이 내 품에서 먹이고 재웠다. 소꿉놀이도 같이하고 머리도 땋아줬다. 엔간한 엄마들보다 머리 땋는 솜씨는 내가 나을 거라고 자부한다. 이유식 만드는 법도 배워 직접 해줬다. 지금도 컴퓨터의 즐겨찾기 대부분은 육아 사이트다.

　아이는 밝고 건강하게 컸다. 그것만으로도 감사한다. 아이에게 감사하고 하늘에 있는 그 사람에게 감사한다.

　'코딱지나 발러' 섬으로 떠나는 여름휴가를 앞두고 미연이는 무척 들떠 있었다. 어느 날 유치원에 아이를 데려다주러 갔더니 문득 지혜 씨가 말했다.

　"코딱지 섬에 간다고 아주 신났던데요?"

　"그러게요. 지혜 씨는 방학 때 어디 안 가세요?"

　"우주여행이나 살짝 하고 오려고요."

　헐. 당황한 내가 말을 못 꺼내자 그녀는 깔깔 웃으며 나를 툭

쳤다.

"농담이에요. 뭘 그렇게 놀라요? 아, 웃겨."

"아빠는 바본가봐. 사람이 어떻게 우주여행을 해? 우주엔 공기가 없어서 사람이 나가면 깩 죽어. 그것도 몰랐어?"

지혜 씨 손을 잡고 서 있던 미연이도 나를 보며 놀랐다.

"아빠도 알아. 사람은 우주에 못 가지. 그런데 혹시 네 선생님이 외계인일지도 모르는 일이잖니?"

그러면서 그녀를 슬쩍 봤다.

그녀는 얄밉게 딴청을 피우고 있었다.

"근데 아빠, 미셸 티처도 우리랑 같이 코딱지 나라 가면 안 돼?"

아이의 난데없는 제안에 깜짝 놀랐다. 아이는 천진난만한 표정으로 눈을 깜박였다. 지혜 씨는 아무렇지도 않은 듯 내 대답을 기다리고 있었다. 뭐야. 둘이 짠 거야?

"미연아, 그건 좀…."

내가 말끝을 흐렸다.

"미연이가 일주일 내내 생각한 거예요. 저한테는 아무 말도 안 했지만요. 아빠가 싫어할지도 모른다고 걱정하다가 불쑥 얘기한 거예요."

"맞아! 미셸 티처는 정말 내 마음을 잘 안다니까. 난 아빠보다 미셸 티처랑 노는 게 더 재미있어. 정말이야. 아빠, 같이 가도 되지?"

녀석이 기다렸다는 듯 말을 쏟아냈다.

"저는 괜찮아요. 미연이 상상대로 정말 그 섬에 코딱지가 많은지도 궁금하고요."

그녀가 말했다. 아니, 질러버렸다. 이걸 솔직하다고 해야 하나, 뻔뻔하다고 해야 하나?

"거 봐, 아빠! 선생님은 괜찮다고 하시잖아!"

아이는 지혜 씨의 말도 안 되는 농담에 까르르 웃으며 신이 났다. 워워. 이런 식으로 몰리면 안 된다.

"글쎄다. 비행기 예약이 되는지 모르겠다. 날짜가 얼마 안 남아서. 한 번 알아볼게. 아빠는 이제 가봐야 돼. 늦겠다. 미연이도 오늘 선생님 말씀 잘 듣고 파이팅!"

나는 일단 핑계를 대며 말을 돌렸다. 미연이와 지혜 씨는 나란히 손을 흔들며 유치원으로 들어갔다.

약국에 출근해서 여행사로 전화를 걸었다. 다행인지 불행인지 인원 한 명을 추가하는 게 가능했다. 단, 같은 객실을 써야 했다.

어쩌지?

뭐, 둘이서 가는 여행도 아니고 미연이가 있으니까 걱정하는 것만큼 어색하지 않을지도 몰라. 아냐. 아무리 그래도 한 객실을 쓰면 당장 옷 갈아입는 것도 불편할 텐데? 그래도 아이가 원하잖아?

너도 은근히 원하는 거 아냐?

예상 못한 고민 때문에 머리가 아팠다. 그때 지혜 씨의 목소리가
선명하게 들리는 듯했다.

괜찮아요, 희준 씨. 편하게 결정하세요. 마음이 가는 대로.

이런, 나도 외계인이 된 걸까?

코타키나발루는 사바 주(州)의 수도로 말레이시아 북동쪽에 있
다. 아름다운 해변과 열대 지방 특유의 울창한 자연 경관으로 세계
적인 휴양지가 되었다. 우리는 ― 여기서 우리란 나와 딸아이 그리
고 그 애의 외계인 선생님을 말한다 ― 오후 비행기를 타고 코딱
지 나라로 떠났다.

미연이는 비행기에서부터 신이 났다. 이런 조합으로 떠나는 여
행은 처음이었다. 유치원 방학 때면 나랑 둘이 가거나 할아버지 할
머니와 함께 떠났다. 그럴 때보다 두 배는 더 기분이 좋아 보였다.
녀석은 자리에 앉자마자 귀엽게 재잘거렸다. 승무원 한 명이 미연
이에게 오렌지 주스를 건네주며 말했다.

"세상에, 너 정말 예쁘구나. 어쩜 아빠 엄마를 반반씩 닮았네."

그 말에 나도 모르게 지혜 씨를 건너다보았다. 그녀는 못 들은
척 잡지를 보고 있었다.

"아니에요. 우리 엄마 아니에요. 저희 유치원 이구아나 클래스

선생님이에요."

가만히 있으면 그냥 넘어갈 것을 녀석이 쓸데없이 대답을 했다. 말실수를 깨달은 승무원이 순간적으로 나를 쳐다보았다. 이상했겠지. 아빠와 아이와 유치원 선생님. 세 명이 함께 코타키나발루로 여행을 떠난다? 내가 들어도 이상하다.

"죄송합니다. 즐거운 비행 되세요."

승무원은 그렇게 말하고 황급히 자리를 떴다.

지혜 씨가 창가 자리, 미연이가 가운데 그리고 내가 통로 자리였다. 미연이는 잠시도 가만히 있지 못하고 나와 지혜 씨에게 번갈아가며 말을 시켰다.

문득 불편했다. 지상보다 하늘에 더 많이 가까워진 비행기 안. 어쩌면 민서가 이 모습을 보고 있으리라. 아내도 알겠지. 나에겐 자기밖에 없다는 걸.

이상한 기분에 고개를 돌리니 지혜 씨가 나를 보고 있었다. 혹 마음을 들킨 건 아닌가 싶어 얼른 딴생각을 했다. 기내 면세품 리스트를 보며 생각했다. 좀 더 품목이 다양했으면…. 사실은 관심도 없었지만.

비행기는 별 탈 없이 코타키나발루 공항에 착륙했다. 인천공항하고는 비교가 안 되는 작은 공항. 제주공항보다 더 남루하다. 오히려 그런 분위기가 이국적이긴 했다. 시차는 한국보다 두 시간이 느렸다. 짐을 찾아서 공항을 빠져나왔다. 열대 특유의 후텁지근한 공기가 몸을 감쌌다. 택시를 타고 숙소로 향했다.

"아빠, 근데 코딱지는 어딨어?"

택시 창밖을 유심히 살피던 미연이가 물었다. 헐. 집착이 대단. 아직까지 코딱지 얘기를 하다니.

"미연아, 진짜로 코딱지가 있는 줄 알았어?"

"응! 코딱지 나라잖아."

"그런 건 없어. 여기 섬 이름이 그냥 그런 거야. 미연이가 미연인 것처럼 말이야."

"그래?"

아이는 잠시 실망한 표정을 짓더니 택시에서 내린 뒤에는 금세 기분이 좋아졌다. 숙소인 수트라 하버 리조트가 마음에 들었나보다. 화려하지는 않지만 충분히 크고 아름다운 리조트였다.

미연이는 왼손으로는 내 손을, 오른손으로는 지혜 씨 손을 잡고 걸었다. 누가 봐도 단란한 가족의 모습이었다. 기분이 이상했다. 정확히 말하면 안타까운 감정이었다. 아내는 단 한 번도 이런 순간을 누리지 못하고 세상을 떠났다. 아내가 미연이를 본 건 겨우 1년. 아이를 두고 하늘로 가는 마음이 얼마나 미어졌을까.

1년에 한 번 있는 외국 여행인데, 아이를 위해서라도 우울한 생각은 그만해야겠다고 마음먹었다. 난 아이가 좋아하는 만화영화 주제곡을 콧노래로 부르며 걸었다.

문제가 생겼다. 숙소에 도착한 후 침대를 바꿔주기로 했는데 여의치가 않은 모양이었다. 원래 예약한 방은 킹사이즈 싱글 침대였다. 지혜 씨와 함께 가기로 한 뒤 트윈 침대가 있는 방으로 바꿔달라고 주문했었다. 여행사에서 당장은 확답할 수 없지만 도착할 때까지 방을 찾아보겠다고 했는데 준비가 안 되었던 것이다.

직원들하고 악다구니를 할 수도 없고, 그냥 원래 예약한 방에 짐을 풀었다. 아무래도 지혜 씨가 신경 쓰였다. 아내가 죽은 뒤로 여자와 함께 한 방에 머문 것 자체가 처음이다. 게다가 열대의 섬 휴양지라니!

어떻게 하면 최대한 덜 어색하게 시간을 보낼 수 있을지 궁리했다. 낮 시간은 그나마 미연이가 항상 붙어 있을 테니까 괜찮다. 문제는 밤이다. 아이는 보통 10시 전에 잠드는데, 그 뒤의 밤 시간을 어떻게 해야 하지? 나도 9시쯤 아이랑 같이 누워버릴까? 잠을 잘 때도 미연이를 가운데 놓고 한 침대에서 자야 되겠구나. 오 마이 갓.

우린 가볍게 저녁 식사를 하고 리조트 안을 산책했다. 밤이 되자 바람이 제법 선선했다. 리조트 안의 긴 산책로는 걷기만 해도 기분이 상쾌했다. 미연이가 노래를 흥얼거렸다.

"비바람이 치는 바다 잔잔해져 오면 우리 님이 오시려나 저 바다 건너서 밤하늘에 반짝이는 별들도 아름답지만 사랑스런 그대 눈은 더욱 아름다워라."

남은 소절을 나도 모르게 따라 불렀다.

"그대만을 기다리리 내 사랑 영원히 기다리리."

지혜 씨도 함께 노래를 불렀다. 어떻게 이 노래를 알지?

〈연가〉는 아내가 미연이를 재울 때 즐겨 부르던 노래였다. 애벌레마냥 꼬물거리는 미연이를 품에 안고 젖을 먹일 때도 이 노래를 조용히 부르곤 했다. 그러면 미연이는 스르르 눈을 감고 잠들었다. 나는 그 모습을 보며 아빠라는 존재에게만 허락된 행복감에 젖어들곤 했다. 수백 번을 돌이켜봐도 똑같은 빛으로 반짝이는 순간이다.

다음 날부터 본격적인 일정이 시작되었다. 말 그대로 놀고먹고 쉬는 시간들. 난과 카레가 무척 맛있었던 아침 식사를 끝내고 우린 리조트 안에 있는 풀에서 낮 시간을 보냈다.

우려했던 대로 지혜 씨는 비키니 수영복을 입었다. 또 우려했던 대로 옷을 입었을 때와 비교할 수 없을 만큼 육감적인 몸매였다. 오죽하면 아이가 너무 예쁘다며 탄성을 질렀을까.

원래는 아이를 그녀한테 맡기고 나는 풀 사이드 선탠 비치에 누위 책이나 읽을 생각이었다. 그런데 녀석이 굳이 우리 둘 다 함께 풀에 들어오라고 성화를 부렸다.

아이의 까르르 웃음소리, 그녀의 환한 미소, 흩어지는 물방울, 열대의 햇살이 함께 어우러졌다. 어떤 순간에도 마음껏 행복할 수 없었던 내 마음 역시 적잖이 누그러졌다. 나도 많이 웃었다.

그렇게 리조트 안에서 종일 시간을 보내고 저녁에는 보트를 빌렸다. 아들이 하나 있는 다른 가족과 함께 배에 올랐다. 맑기만 하던 하늘이 갑자기 어두워지더니 스콜이 쏟아졌다. 한 10분쯤 비가 내렸을까? 항구로 돌아왔을 때는 언제 그랬냐는 듯 비가 그치고 다시 하늘이 개었다.

"와아. 미연아, 정말 예쁘지?"

그녀가 노을을 가리키며 감탄했다.

각양각색의 돛을 단 배들이 정박해 있는 작은 항구. 그 위로 번지는 노을이 기막히게 붉었다. 아이는 별다른 감흥이 없는지 어깨만 으쓱했다. 나는 오랫동안 노을에서 시선을 떼지 못했다.

다음 날은 마누칸 섬으로 향했다. 리조트에서 멀지 않은 섬이었다. 배를 타고 가는 내내 미연이가 소리를 질렀다. 투명한 바닷물에 물고기들이 보였기 때문이다.

"아빠, 저기도 있어!"

녀석은 어부라도 된 듯 물고기만 보이면 소리를 지르며 나를 잡아끌었다.

스노쿨링, 예쁜 돌 줍기, 도마뱀 구경, 바비큐. 우리는 느긋하게 섬을 즐겼다. 그녀는 어제와 다른, 조금 더 과감한 디자인의 비키니를 선보였다. 나는 그녀를 똑바로 보지 못했다.

리조트로 돌아와서 저녁을 먹었다. 미연이는 너무 신나게 뛰어논 탓에 방으로 돌아오자마자 곯아떨어졌다. 겨우 8시였다. 이제 어떡한다?

"뭘 그렇게 불안해해요? 무슨 죄지었어요? 맥주나 한잔해요."

그녀가 내 마음을 읽었다. 그리고 편안해 보이는 원피스 차림으로 호텔 방 미니바에서 맥주를 꺼내 왔다. 우리는 방에 딸린 넓은 테라스로 나가서 나무 테이블에 나란히 앉았다.

리조트 메인 빌딩 로비에서 연주하고 있는 보사노바 밴드의 노랫소리가 어렴풋이 들렸다. 그들은 〈이파네마의 소녀〉를 한가롭게 부르고 있었다.

밤하늘이 깨끗했다. 별빛 반짝이는 소리가 들릴 것 같았다. 멀리 보이는 해변의 불빛도 근사했다. 그중에서도 제일 반짝이는 건 그녀의 눈이었다.

우리는 완벽하게 로맨틱한 상황에서 오랫동안 앉아 있었다.

"저기 보여요?"

그녀가 팔을 뻗어 밤하늘을 가리켰다. 그녀의 손끝이 W 모양의 카시오페아 별자리를 향했다.

"나는 저 별에서 왔어요."

그녀의 목소리가 조용한 어둠 속으로 흩어졌다. 맙소사. 이렇게 낭만적인 말이 있을까? 나는 저 별에서 왔어요. 가슴이 두근거렸다. 설레는 목소리가 이어졌다.

"저 별에 딸린 다섯 번째 행성이 제가 살던 곳이에요."

그 순간에는 아무래도 상관없었다. 그녀가 외계인이라 해도. 그녀가 거짓말을 하고 있다 해도.

"당신도 우리랑 같은 감정을 느끼나요?"

내가 물었다.

"많은 부분 그렇지요. 지구인들의 몸과 신경 체계를 빌렸기 때문에 같은 자극, 같은 감정 그리고 같은 욕망을 공유해요. 배도 고프고 졸리기도 하고 사랑의 감정도 느껴요."

"사랑의 감정도 느낀다."

나는 그녀의 말을 되풀이하며 중얼거렸다.

잠시 침묵이 흘렀다. 앞을 보고 있는데도 그녀의 시선이 강하게 느껴졌다.

"괜찮아요. 키스해도 돼요."

그녀가 조용히 말했다. 이럴 줄 알았어.

심호흡을 한 번 했다. 망설이지도, 급하지도 않았다. 그녀의 입술 위로 내 입술을 포갰다. 그녀가 내 머리를 두 손으로 감쌌다. 나는 한 손으로 그녀의 등을 편하게 안고 다른 손으로는 목을 감쌌다. 우린 천천히 오랫동안 제대로 된 키스를 나눴다.

"불쌍한 사람. 당신을 도와드리고 싶어요."

그녀가 말했다.

그녀는 외계인이 아니었다. 따스한 체온과 불규칙한 호흡을 가진 지구인이었다. 그중에서도 가장 아름다운.

아내가 떠나고 5년 동안 단 한 번도 다른 여자와 키스한 적이 없었다. 섹스는 물론이다. 고백하자면 욕망 때문에 괴로울 때도 있었지만.

5년이란 시간이 너무 길었던 탓일까? 내 페니스가 철없는 고등학생처럼 딱딱하게 솟아올랐다. 이런, 이런. 이건 안 돼.

"미안해요."

나는 결국 그렇게 말하고 일어날 수밖에 없었다. 물론 잔뜩 발기한 채로 어기적거리며. 화장실로 들어가 거울 앞에 섰다. 흥분이 가라앉기를 기다렸다. 마음이 혼란스러웠다. 페니스가 완전히 침착해진 뒤에 화장실에서 나왔다. 그녀는 방에도 테라스에도 없었다.

미연이 옆에 누웠다. 새근새근 숨소리를 내며 잠든 아이의 머리

칼을 쓰다듬었다.

인생에 질서 따위는 없다고 믿는다. 질서가 있다면 그토록 바르고 착하게 살아온 아내가 죽어야 할 이유가 없다. 세상에는 아내보다 나쁜 사람이 수억 수십억 명 있을 텐데, 왜 아내가 죽어야 하는가? 마찬가지로 지혜 씨가 내 인생에 툭 나타난 일도 인생의 질서하고는 상관이 없다. 이유도 연관성도 없는 일이다. 교통사고처럼. 그냥 툭.

코타키나발루에서의 마지막 날이었다. 시내 투어를 하고 공항으로 떠나는 일정이었다.

잠에서 깨니 지혜 씨는 아무렇지도 않게 미연이 옆에서 자고 있었다. 밤늦게 들어왔나보다. 잠에서 깬 그녀가 환하게 웃으며 인사했다.

"잘 주무셨어요?"

아무 일도 없었다는 듯. 이 태도는 뭐지? 우리의 키스는? 그냥 해프닝인가?

어색하게 인사하고, 나는 침대에서 내려왔다.

우리는 간단하게 씻고 외출했다. 시내의 허름한 쇼핑센터에 들렀다. 옷이 무척 쌌다. 다른 건 살 것도 없었다.

그리고 코타키나발루에서의 마지막 저녁을 먹고 공항으로 출발했다. 밤 10시까지 겨우 버티던 미연이는 대기실 의자에 앉은 채 잠이 들어버렸다. 비행기에 탑승하려면 한 시간쯤 남았다. 그녀와 나는 잠든 미연이 옆에 나란히 앉아 어색하게 커피를 마셨다. 문득 그녀가 말했다.

"그러면 안 돼요."

"뭘요?"

"죄책감 때문에 남은 일생을 감정 없이 살 셈인가요?"

"다 아는 척 얘기하지 마세요."

"미안하지만 다 보여요. 도와드릴게요."

"이봐요, 당신이 무슨 재주로 그렇게 내 마음을 알아내는지 모르지만 분명히 알아둬요. 세상에는 직접 겪어보지 않으면 절대로 공감할 수 없는 일들이 있어요. 알아들어요? 당신네 별에서는 어떨지 몰라도 우리 사람들은 그렇다고요."

"비꼬지 말아요. 아직도 안 믿고 있잖아요."

"뭘 믿으란 겁니까? 당신이 카시오페아에서 온 우주 공주라고요? 지금 장난해요? 이봐요, 난 유치원 학생이 아니에요. 물리학과 논리를 공부한 성인이라고요."

그녀는 쓸쓸한 미소를 지을 뿐 더 이상 말이 없었다.

그녀의 말이 맞았다. 나는 여전히 그녀를 의심하고 있었다. 그리고 죄책감으로 내 인생을 꽁꽁 동여매놓고 있었다. 어쩌겠는가?

내 마음이 그런 걸. 마음을 고쳐먹으라고? 마음을 다잡으라고? 엄마가 그랬다. 세상에서 제일 먹기 힘든 음식이 마음이라고. 세상에서 제일 잡기 힘든 줄이 마음이라고.

"그거 아세요?"

그녀가 나지막이 말했다.

"희준 씨는 정말 좋은 사람이에요. 그러니 앞으로도 행복하게 살았으면 해요."

"행복합니다. 당신이 걱정 안 해줘도, 안 도와줘도 행복하다고요. 알겠어요?"

난 이미 속이 뒤틀려 있었다. 어느 누구라도 그때 일을 잘못 건드리면 걷잡을 수 없는 상태로 빠져버리니까. 그녀는 아쉬움이 묻어나는 시선으로 나를 보고 있었다.

미연이는 코타키나발루 여행이 백점 만점에 백점으로 즐거웠던 모양이다. 워낙 명랑한 녀석이긴 했는데, 여행을 다녀온 뒤에는 기분이 몇 계단쯤 더 업된 상태로 지냈다.

그녀와 나는 어색해졌다. 싸우고 나서 화해 못한 연인이라도 되는 양 매일 아침 인사할 때마다 슬쩍 시선을 피하곤 했다.

일상에 활력을 불어넣는 사건도 있었다. 겨울에 국제대회 시합이 잡혔다. 상대는 일본 출신 주짓수 파이터였다. 기량도 경력도 나보다 조금 나은 선수였다.

"괜찮겠냐?"

형은 시합을 잡을 때마다 그렇게 말했다. 이번에도 마찬가지였다.

"그럼요. 자신 있어요."

나도 항상 같은 대답을 했다.

"너, 요즘 좀 이상해."

"뭐가요?"

"인마, 난 네 눈만 봐도 네가 무슨 생각 하는지 알아."

형도 외계인이라고 고백하실 셈인가요?

나는 말없이 피식 웃었다.

"뭐 속에 걸리는 거 있냐?"

"그런 거 없어요. 미연이도 잘 크고 약국도 잘 되고."

"저녁에 술이나 한잔할까?"

우리는 자주 가는 집 앞 포장마차에서 전어회와 함께 소주잔을 기울였다. 이런저런 이야기로 술잔을 나누던 중 형이 사뭇 진지한 말투로 변했다.

"이번 경기 하고 나서 운동 그만두면 안 되냐?"

"네? 왜요?"

"나이도 있고."

"참 나. 제가 무슨 세계 챔피언을 하겠다는 것도 아니고. 갑자기 왜 나이 타령이에요?"

"그런 생각을 많이 했어. 넌 한 번도 나에게 왜 운동을 하는지 말해주지 않았어. 그래도 나는 알고 있어. 네 마음속에 어떤 짐이 있고, 그 짐을 덜기 위해 운동을 한다는 걸 알아."

헐… 외계인 맞네요.

"안 될 거다. 그런 식으론 절대 벗어날 수 없을 거야."

"형도 그렇지 않나요?"

내 카운터펀치에 놀란 형이 눈을 크게 떴다.

"형도 지우지 못하는 과거가 있잖아요."

"괜한 소리 하지 마라. 과거 없는 사람이 어디 있냐?"

"그런 게 아니라는 거 잘 아시잖아요. 우리가 처음 만났을 때 기억 안 나요? 그 시절 형은 텅 빈 눈빛으로 대낮부터 술에 절어 있었죠. 세상에서 제일 불행한 사람처럼. 어쩌면 우리는 둘 다 똑같은 상황이었을지도 몰라요. 이유는 달랐어도 인생의 바닥을 친 시절. 둘 다 그랬던 거 아닌가요?"

형은 말없이 심각한 표정이 되었다. 정말 그랬으니까. 우리는 동지처럼 서로 손을 잡고 슬픔의 심연에서 조금씩 빠져나왔다.

"형이 말씀해주시면 저도 말씀드릴게요."

내가 용기를 냈다. 형은 여전히 무거운 표정으로 버티고 있었다.

마치 나 자신을 보는 것 같아서 안타까웠다.

"제가 먼저 말씀드릴까요? 그럼, 털어놓으실래요?"

내가 조금 더 용기를 냈다.

"아니다. 내가 먼저 떳떳해지면 그때 너한테 이야기하마. 네 과거가 뭔지는 모르겠지만 난 그런 과거를 들어줄 자격도 없다."

아내의 사건 뒤로 지인들과 접촉을 피했다. 그러다보니 외톨이 신세 비슷한 상황이 되었다. 형은 지금 유일하게 '친구'라고 말할 수 있는 사람이다. 거리감 없이 편하다. 나는 진심으로 형이 좋은 사람이라는 걸 알고 있고, 형 또한 나를 그렇게 보고 있다고 느낀다. 우리 둘 사이의 온기는 포장마차의 어묵 국물처럼 적당히 따뜻하다. 결혼도 하지 않고 혼자 사는 그에게 나는 '가족'이라는 의미에 가장 가까운 사람일지도 모른다. 그러니 곧 서로의 마지막 비밀을 털어놓게 될 거야.

나는 더 이상 고집하지 않았다. 우리는 남은 소주를 비우고 일어섰다. 말없이 손을 들어 보이며 인사하고 헤어졌다.

그날 밤 침대에 누워 오랫동안 뒤척였다. 그녀 때문이었다. 형에게 먼저 손을 내민 것처럼 내가 먼저 손을 내밀어야 한다. 어색하게 마무리된 매듭을 다시 풀어야 한다. 그런데 대체 어떻게 할 셈인데? 스스로에게 물어보았다. 그녀와 사귀기라도 할 거니?

날 좋은 가을이 그렇게 흘러갔다. 큰 시합을 앞두고 그 어느 때 보다 더 단단하게 몸을 만들었다. 아버지에게 양해를 구하고 출근 시간을 좀 늦췄다. 매일 오전 두 시간씩 체력 훈련과 스파링을 하 고 약국에 나갔다. 느낄 수 있었다. 내 주먹에 실린 힘이 최고로 강 해졌다는 걸. 투지 또한 그렇게 불타올랐다.

어느 토요일 밤이었다. 약국 문을 닫고 들어오니, 딸애가 나를 보자마자 내일 놀이공원에 가자며 졸라댔다. 내일은 약국이 쉬는 날이어서 승낙을 했다. 그런데 아이가 또 그녀 이야기를 꺼냈다. 나는 최대한 조심스럽게 거절했다.

"선생님도 불편해하신단 말이야. 일주일 내내 너희들 봐주시느 라 힘들기 때문에 선생님도 주말에는 집에서 쉬어야 돼. 우리 둘이 가서 재밌게 놀다 오면 되잖아. 그치?"

"아니야. 내가 물어봤는데, 선생님은 괜찮다고 하셨어. 그런데 아빠가 싫어하실 거라고 했단 말이야. 아빠는 왜 싫어? 아빤 내가 좋은 거라면 다 좋다고 했잖아? 아빠, 거짓말한 거야?"

아이를 당해낼 수 없었다. 결국 그녀에게 연락을 했다. 참 희한 한 캐릭터다. 조심스럽게 전화를 건 내가 민망할 정도로 기다렸 다는 듯 명랑하게 전화를 받았다. 그러고는 다짜고짜 이렇게 얘 기했다.

"제가 김밥 싸갈까요? 저, 김밥 디땅 맛있게 말아요."

다음 날 오전에 만나기로 하고 전화를 끊었다. 숨 돌릴 틈도 없이 엄마한테서 전화가 왔다. 엄마가 대뜸 말했다.

"어떻게 하냐! 네 아버지가 전화를 안 받는다!"

"아버지가? 아버지가 어딜 갔는데?"

"어디 가긴 어디를 가! 오늘 아침 북한산에 간다고 했는데, 돌아올 시간이 됐는데도 안 와. 전화도 안 받고."

밤 10시가 가까워지고 있었다. 아직 핸드폰에 익숙하지 못한 아버지는 전화를 안 받을 때도 많았다.

"왜 호들갑을 떨고 그래? 등산하고 내려와서 친구분들하고 막걸리라도 한잔하시나보지 뭐. 좀 기다려봐요."

"그래도 이 시간 넘도록 안 올 사람이 아닌데."

"아버지 혼자 가셨어?"

"몰라. 나가긴 혼자 나갔지. 내가 네 아버지 친구들 연락처를 아는 것도 아니고."

"별일 없을 거예요. 조금만 더 기다려봐요."

"이상하다, 이상해."

엄마는 불안감을 숨기지 못하고 겨우 전화를 끊었다. 나도 마음이 편치는 않았다. 별일 없을 거라고 마음을 진정시키며 아이를 재웠다.

자정이 조금 안 된 시간. 다시 엄마의 전화가 왔다. 아직도 아버지는 들어오지 않았다. 연락도 안 된다. 엄마는 패닉 상태였다.

엄마 말이 맞다. 무슨 문제가 있을 가능성이 많았다.

바로 119에 실종 신고를 했다. 너무 늦은 밤이라 북한산으로 출동해 수색하는 작업은 곤란하다는 대답이 돌아왔다. 핸드폰으로 위치 추적을 해보려 했으나 전화기마저 꺼져 있다고 했다.

이건 진짜 뭔가 이상하다. 전화를 안 받을 때는 많아도 좀처럼 전원을 끄는 일은 없었는데. 위치를 알 수 없어서 날이 밝아야 본격적으로 수색이 가능하다고 했다.

기도란 이럴 때 하는구나 싶었다. 나는 밤이 새도록 잠을 이루지 못하고 기도했다. 특정한 종교가 없어서 어떤 신이라도 내 기도를 듣고 있다면, 나에게 이런 식의 불행이 또 닥쳐오게는 하지 말아달라고 애원했다.

가을 밤은 길고도 길었다. 아침 7시가 다 되어서야 조금씩 어둠이 물러났다. 전화를 걸어 장모님의 잠을 깨웠다. 사정을 대충 설명한 다음 미연이를 봐달라고 부탁했다. 바로 집을 나와 엄마를 태우고 북한산으로 향했다. 가는 길에 혼자 잠에서 깬 미연이에게서 전화가 왔다. 좀처럼 그런 일이 없었던지라 놀란 모양이었다.

"걱정하지 말고 집에 있어. 외할머니가 곧 오실 거니까."

아이를 안심시켰다.

다시 연락을 취해보니 119 구조대원과 북한산국립공원 소속

산악구조대원들이 아버지를 찾아 나섰다고 했다. 하지만 처음부터 문제가 생겼다. 어떤 코스로 산을 탔는지 알 수가 없었다. 나도 엄마도 등산에는 전혀 관심이 없어서 아버지와 함께 북한산에 와 본 적이 없었다. 아버지가 다니는 길을 대충이라도 짐작하는 건 불가능했다. 구조 작업이 제대로 진행될 리 없었다. 엄마는 발만 동동 구르고, 나는 그런 엄마를 진정시키느라 바빴다. 입 안이 바싹 말랐다.

핸드폰이 울렸다. 지혜 씨였다. 아, 놀이공원 약속을 깜빡 잊고 있었다. 긴급 상황임을 설명해주었다. 그러자 그녀가 엉뚱한 질문을 했다.

"지금, 아버님이 무슨 생각을 하고 있을 것 같아요?"

"네?"

"아버님이 지금 무슨 생각을 하실 것 같으냐고요."

"글쎄요, 가족들 생각을 하겠죠?"

"희준 씨랑 미연이 생각도 하겠죠?"

"그렇겠죠."

"다시 전화 드릴게요."

그리고 그녀는 전화를 끊었다.

엄마가 울기 시작했다. 구조대원들은 가장 일반적인 코스 주변부터 훑기 시작했다. 그런 식으로 이 넓은 북한산을 언제 다 훑을 수 있을까? 그야말로 해변에 떨어진 동전 찾기다.

절망감과 싸우고 있을 무렵 다시 전화가 왔다.

"지금 그쪽으로 가고 있어요. 기다려요."

"네?"

"아버님이 계신 곳을 알아냈어요."

"어딘데요!"

나도 모르게 소리를 질렀다. 엄마가 놀라서 울음을 그쳤다.

"말로는 설명할 수 없어요. 가서 말씀드릴게요."

황당한 이야기였지만 왈가왈부 따질 시간이 없었다. 그녀는 정말 30분 만에 도착했다.

"아버님은 저쪽에 있어요."

그녀는 검지를 곧게 펴서 한 방향을 가리켰다. 우리 곁에 있던 구조대원 두 명이 미친 여자 아니냐는 듯 그녀를 보았다.

"가봅시다!"

내가 앞장섰다. 따라나서겠다는 엄마는 겨우 설득해서 입구에 있는 구조대 사무실에 남도록 했다.

지혜 씨는 사냥개처럼 자신만만하게 걸음을 옮겼다. 나는 구조대원 두 명과 함께 한 시간쯤 그렇게 '외계인 내비게이션'을 따라갔다. 좁은 길 오른쪽 아래로 가파른 절벽이 펼쳐졌다. 어느 순간, 그녀가 걸음을 탁 멈췄다.

"잠깐만요. 이 근처예요."

그녀가 단호하게 말했다. 그녀의 시선을 따라 우리는 아래쪽 경사면으로 시선을 돌렸다. 일반인들은 쉽게 내려가기 힘든 경사였다. 그녀가 정신을 집중하더니 손가락으로 정확히 한 지점을 가리켰다.

"아버님은 저기 계세요. 아직 살아계시네요."

아버지는 왼쪽 다리와 오른쪽 팔꿈치가 골절되었다. 적지 않은 찰과상도 입었지만 생명에는 지장이 없었다. 실족해서 미끄러지는 바람에 핸드폰 배터리가 분리되고 갈비뼈 하나가 부러져 폐를 눌러 큰 소리를 낼 수도 없는 상태였다. 구조를 요청할 수도, 구해 달라고 소리를 칠 수도 없었던 것이다. 자칫하면 그곳에서 발견되지 못한 채 끔찍한 일을 당할 뻔했다.

아버지를 입원시키고 지혜 씨를 만났다. 그녀는 또 엉뚱한 약속 장소를 제안했다. 야구장.

그것도 가장 장내가 시끄럽다는 롯데 자이언츠와 기아 타이거즈의 경기였다.

KTX를 타고 나란히 앉아서 부산으로 내려갔다. 서울 잠실 구장도 아니고 굳이 부산까지 내려가야 하는 이유가 궁금했지만 잠자코 그녀의 제안에 따랐다.

"부산까지 왔으니까 돼지국밥은 먹어야죠."

경기가 시작되기까지 남은 시간에 돼지국밥을 한 그릇씩 말아 먹었다. 그녀는 부산 사람처럼 익숙하게 돼지국밥을 싹싹 비웠다.

사직구장은 경기 시작 전부터 응원 열기로 들썩거렸다.

그녀는 하필이면 부산 팬과 광주 팬 사이 애매한 경계에 자리를 잡았다. 오른쪽에서는 억센 부산 사투리가, 왼쪽에서는 얼큰한 전라도 욕설이 귀를 울렸다.

"고마 학 쎄리마! 대호야, 홈런 하나 퍼뜩 치삤나!"

"와따 시방 우리 종범신 수비 봤는가. 워매 환장해부러."

격투기를 빼고 어떤 스포츠에도 관심이 없었다. 올림픽이나 월드컵 때도 남들이 흥분하는 평균치 정도만 관심이 있을 뿐이다. 야구장에 온 것도 처음이다.

"아버님은 좀 어떠세요?"

"곧 나아지시겠죠. 한 달 넘게 입원하셔야 된대요. 식구들이 모두 지혜 씨한테 고마워하고 있어요."

"이상하게 생각하지는 않고요?"

"미연이 유치원 선생님이라는 얘기는 일부러 안 했어요. 설명할 자신이 없어서. 그냥 제가 아는 무당이라고 말했어요."

"졸지에 굿하게 생겼네요."

그 농담에 나는 혹시 이 여자가 진짜 무당일지도 모른다고 추측했다. 그녀가 째려보는 바람에 생각을 접었지만.

"원래 야구를 좋아하세요?"

내가 화제를 돌렸다.

"일주일 전부터 좋아하게 됐어요."

"뭐가 좋은데요?"

"열기. 특히 롯데 자이언츠 경기가 재밌어요."

"왜요?"

"다들 미친 것 같으니까요. 이 사람들 틈에 앉아 있으면 정말 짜 릿한 걸요."

그녀는 나를 보며 한쪽 눈을 찡긋 하고는 "롯데 파이팅!" 하고 큰 소리를 질렀다.

나는 경기에 몰입할 수 없었다. 그녀에게 꼭 할 말이 있었기 때 문이다. 일종의 부탁이었다. 어떻게 말을 꺼내야 할지 몰랐다. 하 긴 지금까지 실력으로 봐서는 내가 굳이 말을 꺼내기도 전에 알아 차릴 테지만 그래도 이 부탁은 꼭 직접 하고 싶었다. 하지만 그녀 가 워낙 응원에 몰입해서 타이밍을 찾기가 어려웠다. 게다가 관중 석이 너무 시끄러워 긴 대화가 불가능했다.

"요즘 어떻게 지냈어요?"

내가 물었다.

"바쁘죠. 이것저것 하느라."

"하긴 우주선이 온다는 날짜가 얼마 안 남았으니까요. 그렇죠?"

나도 이제 반쯤 믿고 있었다. 아니, 뭐가 뭔지 헛갈리는 상태였다.

"우주선이 오면 이제 다신 지구에 못 오나요?"

"글쎄요, 특별한 일이 없는 한 100년 정도는요?"

"100년이요?"

"지구 시간으로 치면요."

"당신들은 보통 몇 살까지 살아요? 지구 나이로."

"특별한 일이 없으면 천 살 정도는 살아요."

"그럼, 지구를 떠나서 또 다른 행성으로 가는 겁니까?"

"아뇨. 일단은 카시오페아 별로 돌아가요. 다시 다른 별로 떠날지 말지는 그때 결정하게 되죠."

"대단하군요."

하긴 천 살쯤 산다는 외계인한테 대단하다는 말 외에 무슨 얘기를 하겠는가?

야구가 끝날 때까지 그녀는 열광적으로 응원했다. 롯데 자이언츠가 5대 4로 극적인 역전승을 거뒀다. 광분한 롯데 팬들이 펄쩍펄쩍 뛰며 승리를 자축했다. 한참 동안 승리의 기쁨과 패배의 실망이 공존하던 경기장은 조금씩 진정되었다. 사람들이 거의 다 떠난 뒤에도 그녀는 텅 빈 그라운드를 보며 앉아 있었다.

"안 가요?"

내가 물었다.

"할 얘기 있으면 하세요."

"이미 다 알잖아요?"

"그래도 하세요. 말로 하고 싶잖아요."

그래요. 맞아요. 나는 그녀를 정면으로 바라보며 말했다.

"도와주세요."

그녀는 아무 말도 하지 않고 나를 마주 보았다. 우리는 서로의 시선과 침묵 속에서 한참을 앉아 있었다. 내가 다시 말했다.

"당신에게는 사람의 마음을 읽는 능력이 있잖아요. 모르는 사람이라 할지라도. 설령 멀리 떨어져 있다 해도."

"영상, 단어, 소리, 냄새, 이야기, 촉감, 감정…. 마음속의 모든 것들이 파동이니까요. 바람을 느끼듯 느끼는 거죠."

"우리 아버지를 구할 때 했던 것처럼 해줘요. 누군가의 마음속에 이런 장면이 있을 거예요."

그러곤 눈을 감고 5년 전 끔찍했던 그날 밤을 떠올렸다. 최대한 세밀하게. 그 개자식의 얼굴을 그렸다. 그리고 직접 보지는 못했지만 그날 벌어졌을 비극적인 사건을 머릿속으로 재현했다.

그녀가 심호흡을 하고 입을 열었다.

"무슨 말인지는 잘 알겠어요. 미안하지만 부탁을 들어줄 수 없네요."

낙담과 짜증이 동시에 밀려왔다. 나는 화를 내듯 물었다.

"어려운 일 아니잖아요?"

"어려운 일이 아니라고요? 무척 위험하고 어려운 일이에요. 거리가 멀수록, 선명도가 떨어질수록 마음속의 파동을 느끼기가 힘들어요. 잘은 모르겠지만, 지금 희준 씨가 부탁한 것은 마치 이 야구장 저쪽 반대편 끝에서 나비가 날갯짓해서 일으킨 바람을 여기서 느껴보라는 것과 마찬가지라고요. 거리에 따라서, 파동의 선명도에 따라서 기하급수적인 에너지가 필요한 일이에요. 아버님 사고 이야기를 처음 전화로 들었을 때도 10분 넘게 집중하면서 진을 뺀 후에야 위치를 알아냈다고요."

"10분이요? 진을 뺐다고요? 전 그 일 때문에 5년 동안 진을 빼고 있어요."

"당신 부탁을 들어주다가 카시오페아로 못 돌아갈지도 몰라요. 지구인들 표현대로 하면, 죽을지도 모른다고요."

그녀의 말에 나는 놀라서 할 말을 잃었다.

"설명해드릴게요. 우리의 생명도 당신들의 생명처럼 에너지로 이루어져 있어요. 따라서 에너지를 많이 쓰게 되면 우주선이 왔을 때 탑승할 에너지가 모자라게 돼요. 아예 막을 뚫지 못한다고요. 그럼 우주선에서는 제가 죽은 줄 알 거예요. 우주선은 다시 오지 않아요. 정확히 약속한 시간에 약속된 장소에 딱 한 번 나타날 뿐이죠. 그러면 이 복제한 육체의 시간이 다할 때 저도 죽게 되는 거죠. 제가 그냥 재미로 지구에 와 있는 것 같아요? 사실은 지구인으로 와 있는 이 상황 자체가 제 목숨을 건 일이에요. 예를 들어, 교통사고로 이 육체가 죽으면 제 생명도 같이 소멸해버린단 말이에요."

그녀의 논리가 내 인내심의 한계를 벗어났다. 그 말이 거짓이라면 그녀는 정말 대단한 거짓말쟁이인 셈이고, 미쳤다면 아주 제대로 미친 셈이었다. 대체 그 말을 어디까지 받아들여야 할까? 정말 우주선이 나타날까?

"우리한테도 그 우주선이 보입니까?"

내가 물었다.

"그럼요. 많이들 봤죠. UFO라고 하는 물체. 사진도 많이 있잖아요."

맙소사. 오 마이 갓. 대박. UFO까지 등장했다. 그럼 ET랑은 친구인가?

평— 소리와 함께 야구장 조명 스탠드의 불이 꺼졌다.

어렴풋한 어둠 속에서 내가 물었다.

"좋아요. 알겠어요. 그럼, 그때는 왜 나를 도와주었나요? 당신 말대로 에너지까지 써가면서 왜 우리 아버지를 찾아주었나요?"

그녀가 내 손을 끌어 잡았다. 그리고 온화한 목소리로 말했다.

"당신을 좋아하니까요. 당신이 간절히 기도했잖아요. 기도를 들어주고 싶었어요."

이번에는 그녀가 내 입술에 먼저 입을 맞췄다. 기도하듯 정성스러운 키스가 이어졌다.

긴 키스가 끝났다. 나는 그녀의 두 뺨을 양손으로 감싸고 떨리는 목소리로 물었다.

"그 기도밖에 듣지 못했나요? 다른 기도는 못 들었나요? 5년 동안 매일 밤낮으로 빌어온 간절한 기도는?"

"그건 당신을 불행하게 하는 기도예요. 이제 그만 멈춰요."

그녀가 나를 꼭 안았다. 엄마가 아이를 안듯이. 어쩌면 아내가 나를 안아주던 것처럼. 진심으로.

슈퍼 파이터스 결전의 날이 다가왔다. UFC나 프라이드 같은 메인 리그에 비해서는 규모도 지명도도 떨어지지만 케이블 TV로 중계까지 할 정도로 꽤 인기가 있는 이종격투기 대회였다. 특히 아시아권 선수들이 많아서 우리나라와 일본에서 주로 경기가 많이 열렸다.

내 상대인 주짓수 파이터는 '이시카와 후리모리'라는 일본 선수였다. 체격은 나하고 비슷한데 각종 대회에서 쌓은 경력이 만만치 않았다. 우리 매치는 메인이벤트에 앞서서 열리는 매치들 중 하나였다.

보통은 형과 코치 두 명 그리고 격투기에 입문한 지 얼마 안 되는 후배들이 따라왔는데 그날은 좀 달랐다. 지혜 씨가 굳이 따라오고 싶어 했다. 나는 말렸지만 고집을 부렸다.

— 이제 몇 달 있으면 지구를 떠나는데, 뭐 하나라도 더 보고 느껴야 하지 않겠어요?

결국 그녀는 코칭스태프와 함께 링 사이드에서 시합을 보게 되었다.

이시카와의 눈빛은 보통이 아니었다. 팬티 한 장만 입은 채 알몸으로 서로를 마주 보고 있으면 대략적인 컨디션을 금방 파악할 수 있다. 그는 매우 꾸준하게 훈련을 해온 파이터였다. 몸에 군살이 없고 근육은 탄력이 있었다. 스텝은 가볍고 자신이 어느 방향으로 움직이는지 또 어느 방향으로 움직여야 하는지를 정확히 알고 있었다.

"희준아! 파고들어! 파고들라고!"

형이 소리쳤다. 나도 안다. 그런데 놈이 틈을 주지 않으니 별수가 없다.

잠깐 방심하는 사이 놈이 시원한 킥을 뻗었다. 발끝이 내 뺨을 스쳤다. 살갗이 찢어졌다는 걸 직감했다. 아니나 다를까. 눈 옆으로 더운 피가 쭉 흘러내리는 느낌이 선명했다. 이럴 때는 두 가지다. 투지가 솟거나 공포에 짓눌리거나. 난 전자였다.

스텝에 속도를 붙이면서 안으로 파고들었다. 왼손을 슬쩍 날리는 척하면서 오른손 스트레이트를 놈의 면상에 꽂았다. 몸의 균형이 흐트러지면서 휘청하는 무게감이 느껴졌다. 기회는 이때다. 나는 연타를 날렸다. 그런데 놈의 맷집도 만만치 않았다. 금방 균형을 잡더니 맞받아치기 시작했다. 잠시 무자비한 난타전이 이어졌다. 주먹을 주고받다가 서로 거리를 두고서는 킥이 오갔다. 녀석은 킥보다 주먹이 셌다. 화끈한 장면에 관객들의 함성이 크게 일었다.

1라운드는 그렇게 치열하게 끝이 났다. 오랜만에 얼굴에 상처가 많이 났다. 미연이한테 설명해줄 일이 까마득하다. 예전에는 그냥 운동을 하다가 그랬다고 얼버무렸는데. 일곱 살이면 무턱대고 속일 수 없는 나이다.

2라운드가 시작되었다. 1라운드하고는 양상이 달랐다. 서로 실력이 엇비슷하다는 것을 확인한 뒤라 조심스러운 탐색전이 이어졌다. 그러다가 그라운드 상황이 생겼다. 내 취약한 부분이자 놈의 강점이기도 했다. 다행히 놈의 품에서 빠져나왔다. 악력이 정말 대단했다.

"괜찮아?"

형이 내 얼굴의 상처를 보며 물었다.

"네."

가쁜 숨을 몰아쉬며 대답했다.

"잘 견뎌. 판정으로 가면 승산이 있다."

"아직 뛸 만한데요?"

"아냐. 체력으론 저놈이 더 유리해. 괜히 힘 빼다가 큰 거 맞는다. 가드 잘 올리고 거리 지켜. 알았지?"

나는 고개를 끄덕였다. 경기 도중에는 판단을 내리기가 어렵다. 특히 이렇게 막상막하의 난타전에서는. 코칭스태프 의견을 따르는 게 최고다. 그때 그녀가 내 귀에 입을 바싹 댔다.

"하체가 흔들리고 있어요. 방어를 잘하면서 로킥으로 승부해요."

고개를 돌려 그녀를 보았다. 그녀가 찡긋 윙크하는 것과 동시에 3라운드가 시작되었다.

그녀의 말과 달리 놈의 하체는 멀쩡해 보였다. 스텝도 여전히 좋고 킥도 유연했다. 신중하게 거리를 지키다가 시험 삼아 발을 뻗어 놈의 허벅지에 로킥을 꽂았다. 퍽, 소리와 함께 놈이 인상을 구겼다. 통증이 심하구나. 직감으로 알 수 있었다. 그 뒤로 기회를 계속 노렸다. 놈이 그라운드로 끌고 가기 위해 파고드는 틈을 타서 다시 로킥! 놈이 휘청하며 흔들렸다. 한 번 더 로킥을 날리자 자리에 주저앉고 말았다. 관중들의 함성이 불꽃처럼 터졌다.

대전료에 상금까지 더해서 1000만 원 가까운 돈이 생겼다. 경기를 마치고 바로 가락동 수산시장으로 향했다. 형을 포함한 체육관 사람 세 명과 나 그리고 그녀까지. 다섯 명이었다. 나는 그녀를 여자 친구라고 소개해버렸다. 아는 후배, 친한 동생, 아이의 유치원 선생님 등등 어떤 식으로 소개해도 의혹이 따를 것 같아서였다.

"요즘 농어가 아주 좋습니다. 서비스로 개불도 드릴 테니까 갖고 가이소."

단골집이 따로 없어서 제일 먼저 우릴 붙잡은 아지매 가게에서 횟감을 샀다. 아줌마의 권고대로 농어 한 마리와 도미 한 마리를 골랐다. 너무 배가 고파서 혼자서도 다 먹을 수 있을 것 같았다.

일요일 저녁의 가락동 수산시장은 사람이 많지 않은 편이었다. 특유의 강렬한 비린내는 여전했다. 긴 골목을 따라 늘어선 가게, 상인들의 씩씩한 목소리, 수조 안에서 꿈틀거리는 생선. 그녀는 이런 식으로는 회를 안 먹어봤는지 신기해하며 시장을 둘러보았다.

"UFO 오기 전에 실컷 봐둬요. 다른 건 몰라도 카시오페아 별에 이런 시장은 없을 테니까. 그렇죠?"

내가 놀리듯 말했다.

"네, 없어요. 우린 그렇게 많이 먹지 않아요."

적어도 그녀의 마지막 말은 거짓이었다. 그녀는 엄청 먹었다. 매운탕 국물까지 후루룩 마셔가면서.

기분 좋은 밤이었다. 나보다 형이 승리를 더 기뻐해주었다. 그는 오랜만에 술을 많이 마셨다. 그녀도 머뭇거리지 않고 술잔을 부지런히 비웠다. 잠깐, 외계인도 취한다고 했던가?

모두 즐거워했다. 별것 아닌 이야기에 다들 깔깔 웃기도 하고 진지하게 토론을 하기도 했다. 때론 길고 편안한 침묵 속에서 자기 술잔을 비우기도 했다. 그녀는 기분이 좋은지 대화를 주도했다. 그리고 나와 수십 번은 더 시선을 마주쳤다. 그리고….

"축하해요."

틈이 날 때마다 내 귀에 속삭였다. 그녀의 목소리가 알코올처럼 녹아들었다.

말수가 많지 않은 형은 혼자만의 회상에 잠긴 듯했다. 그러다 문득 나와 눈이 마주쳤는데, 이렇게 말하는 듯했다.

이제 됐어. 이쯤에서 그만둬라.

나는 그만 술자리를 마무리하고 집에 들어가야겠다고 생각했다. 뭔가 이상한 기분이 들어 고개를 돌렸다. 그녀가 나를 물끄러미 바라보고 있었다. 좀처럼 볼 수 없는 표정이었다. 정말이지 절절한 시선.

"잠깐 화장실 좀 다녀올게요."

그녀가 말했다. 나는 고개를 끄덕였다. 그녀의 안색이 별로 안 좋아 보였다.

화장실에 간다던 그녀는 10분이 지나도록 돌아오지 않았다. 전화를 걸어보았다. 받지 않았다. 화장실을 찾아보았다. 없었다. 자기 멋대로 사라진 건가? 우주로 가버린 거야? 못 말리는군.

결국 그녀는 돌아오지 않았다. 나는 일행에게 급한 일이 생겨서 여자 친구가 먼저 집에 갔다고 둘러댔다. 집으로 돌아온 나는 미연이가 잠든 것을 확인하고 샤워를 했다. 침대에 눕자마자 깊은 잠에 빠져들었다.

다음 날, 유치원에 미연이를 데려다주는 길에 그녀에게 한마디 했다.

"사람이 왜 그래요? 화장실에 간다고 해놓고는 그냥 가버리면 어떡해요?"

"미안해요."

내 시선을 피했다. 예전에도 한 번 이런 적이 있었는데. 그녀가 내 눈에 처음 띄었을 때 그 사실을 감추려던 모습이 꼭 그랬다. 거짓말이 서툴구나.

"무슨 일이에요?"

"아무것도 아니에요."

"지혜 씨, 이러지 말아요."

"몸이 좀 안 좋아서 그래요."

그녀는 건물 안으로 사라졌다.

머리가 복잡했다. 그녀와 나의 관계가 나를 힘들게 하고 있음을 깨달았다. 인정할 수밖에 없었다. 남자가 여자를 좋아하는 감정으로 그녀를 대하고 있음을. 그녀가 외계인이건 초능력자건 간에 그녀 또한 여자가 남자를 좋아하는 감정으로 나를 대하고 있다. 입은 거짓말을 할 수 있을지 몰라도 눈빛은, 키스는 거짓말을 하기 힘들다고 믿는다.

아내를 잃은 지 5년 만이다. 젊은 내가 혼자 지내는 게 청승맞았는지 그동안 주변에서 여자를 소개해주겠다는 말을 참 많이도 했다. 엄마는 강제로 몇 번 선을 보게 한 적도 있고, 심지어는 장모님마저도 작년쯤부터 언제까지 이렇게 혼자 지낼 거냐며 좋은 사람 좀 만나보라고 하실 정도였다.

내키지가 않았다. 그건 아내에 대한 죄책감하고는 달랐다.

그렇게 5년 동안 닫혀 있던 내 마음이 드디어 열렸다.

좋다. 그래. 연인 관계가 된다고 치자. 하지만 그녀는 이제 몇 달 뒤면 카시오페아 별로 돌아간다. 아, 물론 그녀의 말을 다 믿는 건 아니다. 어쨌든 그녀 말로는 그렇다. 4월 어느 날 우주선이 자기를 태우러 올 테고, 그러면 자기는 고향별로 돌아갈 거라고. 그리고 최소한 100년쯤은 지구를 찾지 않을 거라고. 이렇게 말하는 여자하고도 사랑을 할 수 있을까? 5년 만에 생긴 연애 감정의 대상이 외계인이라니. 아니, 자기가 외계인이라고 주장하는 여자라니.

그날 밤 나는 그녀를 불러냈다. 일방적으로 그녀 집 앞에 있는 카페에서 만나자고 약속을 잡았다. 그녀는 트레이닝복 차림으로 나왔다. 예전의 당돌한 모습과는 많이 다른 분위기였다. 다른 사람이 된 것 같은.

"제 마음을 읽으려고 하지 마세요."

먼저 부탁했다. 그녀는 고개를 끄덕였다. 무슨 말이든 하려고 했지만 입이 떨어지지 않았다. 그녀는 내 마음을 읽은 걸까? 아니면 내 부탁대로 마음을 읽지 않고 그냥 있는 걸까? 어쨌든 그녀는 침착하게 내 말을 기다렸다.

"좀 달라 보여요, 지혜 씨."

"그런가요?"

"그래요. 갑자기 사람이 달라진 것 같아요."

"꼭 그런 건 아닌데. 하여튼 관심 가져줘서 고마워요."

"고향별에 무슨 일이 생겼거나 그런 건 아니죠?"

"아니에요." 하면서 쓸쓸하게 웃었다.

"저, 지혜 씨 좋아합니다."

그녀는 큰 눈을 깜빡이며 나를 보았다. 가슴이 급하게 오르내렸다.

"그런데 어떻게 해야 할지 모르겠어요. 지혜 씨는 몇 달 있다 가버린다면서요?"

"네."

"그럼, 제 마음을 정리하는 편이 낫겠네요. 또 누군가를 좋아했다가 혼자 남겨지는 상황은 너무 가혹하니까요."

"좋아하는 마음을 숨기는 게 더 가혹하지 않나요? 전 희준 씨와 더 가까운 사이가 됐으면 좋겠어요. 지구인들 표현대로 하면, 마음껏 사랑할 수 있었으면 좋겠어요."

정말 뻔뻔하군요, 하고 말하려다 그만뒀다.

우린 데이트를 시작했다. 나란히 걸을 때는 팔짱을 꼈고 틈이 나면 뜨거운 키스를 나눴다. 무늬만 보면 여느 연인들과 다를 게 없었다.

그러나 그녀의 말처럼 마음껏 사랑하는 연인으로 발전하지는 못했다. 사랑한다는 말도 서로 하지 않았다. 그 말을 하면 마치 불운한 주문처럼 관계가 깨질 것만 같았다.

스킨십도 마찬가지였다. 몸이 맞닿을 때면 나는 본능적으로 달아올랐고 그녀도 내 접근을 허락하리라는 확신이 있었지만 키스 이상의 스킨십으로 이어지지는 않았다. 가쁜 숨을 억누르며 내가 먼저 고개를 돌리는 경우도 종종 있었다. 상처받는 게 두려워서일지도 몰랐다. 정말 훌쩍 떠나버릴지도 모르니 너무 깊이 빠져들면 안 돼. 이런 식의 자제력?

아, 긍정적인 변화도 있었다. 말을 편히 놓게 되었다. 그녀도 반말을 하려고 하기에 내가 막았다.

— 지구에서, 적어도 한국에서 존댓말은 나이 순이야. 나는 반말, 너는 존댓말. 너도 알고 있잖아?

오빠. 그녀는 나를 그렇게 불렀다. 서울에서 연애 중인 여자들 대부분이 남자를 부르는 호칭으로.

나는 새로 바꾼 스마트 폰에 그녀의 번호를 저장하면서 닉네임을 '카시오페아 공주'로 바꿨다. 가끔 비아냥거리고 싶을 때면 '공주님'이라고 부르기도 했다. 그녀는 자기를 놀리는 줄도 모르고 공주라는 말을 좋아했다.

사실 우리 관계가 발전하면서 최대 수혜자는 미연이었다. 그토록 바라던 새엄마가 생긴 것처럼 우리 사이에서 마음껏 행복해했다. 그런 아이를 보면서 한편으론 또 두려웠다. 정말 그녀가 사라지면 미연이도 상처를 입을 텐데….

반반이었던 것 같다. 그녀가 떠날 거라는 두려움 반 그리고 계속 내 곁에 있을 거라는 기대 반. 그러면서도 그녀가 외계인이라는 믿음은 거의 없었다. 남들과 다른 정신적 능력의 소유자라는 점은 100퍼센트 인정했지만.

우리는 연인이면서 연인이 아닌 상태로 한 해를 마무리하고 봄을 맞이했다.

이제 그녀의 우주선이 날아올 시간이었다.

예고한 대로, 지혜 씨는 새 학기가 시작되자 유치원을 그만두었
다. 가슴이 덜컥했다.

그리고 저녁을 먹으면서 분명하게 이별을 통보했다. 주말에 본
영화가 재미있었다거나 어젯밤에 잠을 많이 못 잤다는 얘기를 하
듯 무심한 표정으로.

"보름 뒤에 우주선이 오기로 했어요."

그 말을 듣자 입 안이 바싹 말랐다. 달리 해줄 말이 없었다.

"정말… 우주선이 오는 거야?"

그녀는 고개를 끄덕였다.

"그럼, 우리는?"

대답이 없었다. 웃음도 슬픔도 없는 무표정한 얼굴이었다.

나는 거의 무의식적으로 회덮밥을 퍼 올리던 숟가락을 내려놓
았다. 입맛이 싹 가셨다.

"보름 뒤에 헤어지겠다는 말을 어떻게 그렇게 아무렇지도 않게
해?"

"예전부터 말했잖아요."

"하지만…."

그래. 그녀 말이 맞다. 그녀는 처음부터 솔직하게 말했다. 막상 그 순간이 닥치니 내가 찌질해진 거다.

그 뒤로 애써 만나고 싶은 걸 참았다. 흔히 말하는 연애의 밀땅, 밀고 당기기랄까? 보름이라는 데드라인 앞에서 누구 인내심이 더 센지 겨루기라도 하듯 멍청한 밀땅을 했다. 돌이켜보면, 그녀는 아무렇지도 않은데 나 혼자만 그런 심정이었는지 모른다. 그녀가 말한 데드라인을 겨우 이틀 앞두고, 내가 반쯤 미쳐갈 때쯤 전화가 왔다.

나는 여전히 삐친 태도를 풀지 않았다. 그녀는 아랑곳하지 않았다.

"만나서 할 얘기가 있어요."

우리가 다시 만난 날은 벚꽃이 좋은 4월의 봄날이었다. 전날 내린 비로 대기가 무척 투명했다. 아침 뉴스에서는 남산 타워 전망대에서 인천 앞바다가 보일 거라고 기상 캐스터가 말했다. 인천 앞바다를 보고 싶지는 않았지만 그녀를 데리고 남산 타워로 갔다. 날 좋은 휴일 오후라 사람들이 많았다. 미연이는 엄마한테 맡겼다. 이야기가 길어질 것 같아서.

적당히 닳아서 표면이 부드러워진 나무 벤치에 나란히 앉았다. 명랑하고 밝기만 한 성격인 줄 알았는데 요즘 그녀의 표정을 보면 그렇지도 않다. 오히려 사색적이고 멜랑콜리하다는 형용사가 더 잘 어울린다. 날씨로 치면 안개비가 내리는 저녁 같다.

"뭐라고 말 좀 해봐."

내가 중얼거리듯 말했다.

"무슨 말이요?"

"뭐든."

"모르겠어요."

"할 얘기가 있다면서?"

긴 침묵이 흘렀다. 답답해서 화가 날 지경이었다.

"정말 끝이야?"

감정 실린 내 질문에 그녀는 긍정도 부정도 하지 않고 나를 바라보기만 했다. 맑고 시원한 눈동자에 슬픔이 고였다. 이윽고 얇은 입술을 열었다.

"알아냈어요."

그 딱 한 단어가 납덩어리처럼 내 가슴을 꾹 눌렀다. 결국, 알아낸 건가?

"에너지를 많이 쓰면 위험하다면서?"

"알아내려고 노력하지 않았어요. 그냥 알게 됐어요. 그 사람이 저를 찾아왔다고나 할까?"

허무하군. 5년 동안 가슴에 악을 담은 채 눈을 부릅뜨고 다녀도 찾지 못한 그놈이 제 발로 찾아왔다고?

"어디 있는데?"

심호흡을 길게 하고 물었다.

"오빠가 선택해야 해요. 둘 중 한 가지를."

"뭘 선택해?"

"첫 번째 초이스. 마음속의 증오를 용서로 푸는 거예요. 대신 제가 떠나지 않고 곁에 있을게요."

역시, 넌 외계인이 아니었어.

"두 번째는?"

"저한테 비밀을 듣는 거죠. 대신 전 오빠 곁에 머물 수 없어요."

잠시 정리를 해보았다. 명확하게 이해가 되지 않는 부분이 있었다.

"이해가 안 가는데? 나한테 비밀을 말해주는 것하고 네가 내 옆에 있는 거랑 무슨 상관이 있지?"

"지금 오빠 가슴속에는 스스로를 파괴할 만큼 엄청난 증오가 끓고 있어요. 비밀을 알게 되는 순간, 오빠는 더 이상 오빠가 아니게 될 테니까요. 그런 오빠 곁에서 저는 아무 의미가 없을 거예요."

"그럼, 왜 굳이 나한테 이런 선택을 하라는 거야? 그놈이 어디 있는지 알게 되었다 해도 나한테 말 안 하고 숨기면 그만이잖아?"

"알잖아요. 제가 거짓말에 서툰 것. 오빠한테 가장 큰 비밀을 계속 숨기고 산다면 저 역시 제가 아닌 사람이 될 거예요. 오빠도 요즘 제가 이상하다고 했죠?"

맞다. 그녀는 그동안 내가 알고 있던 차지혜가 아니었다. 그녀 말이 다 맞다.

말을 마친 그녀는 처분을 기다리는 사람처럼 입을 다물었다.

간단했다. 아내의 복수를 할 것이냐, 정체불명의 연인을 지킬 것 이냐.

아버지는 거실 소파에서 평화로운 표정으로 책을 읽고 계셨다.

아버지 사건으로 엄마는 무척 상심했다. 인생무상이라며 탄식 하던 엄마는 남은 인생을 더 편하고 풍족하게 살기로 단단히 결심 했다.

— 올해 안으로 약국 일도 그만둬요. 희준이한테 다 넘겨줘요. 이제 당신은 운동하고 여행 다니면서 그렇게 지내는 거예요. 안 그 러면 제가 가출할 테니까 그렇게 아세요.

엄마의 엄포는 농담 같지 않았다.

집에는 아버지 혼자였다. 내가 들어오자 아버지는 책을 내려놓 고 빙긋이 웃었다.

"전화도 없이 어쩐 일이냐?"

"안 심심하세요?"

아버지 곁에 가서 읽고 계신 책 제목을 확인했다.

《인류의 기원》. 아버지는 내 기대를 저버리지 않았다. 나보다 더 열렬히 과학과 논리를 신봉하는 아버지에게 그녀를 소개시켜주면 어떤 반응을 보일까?

"어쩌면 지금 인류가 크로마뇽인의 후손이 아닐 수도 있다고 하는구나. 아예 다른 인류일 수도 있단다."

아버지는 사뭇 진지한 목소리로 말했다. 인류학 토론을 할 시간이 없었다. 그녀에게 오늘 밤까지 선택할 시간을 달라고 했다. 내가 알고 있는, 이 세상에서 가장 현명하고 믿을 만한 사람을 찾아서 조언을 구할 생각이었다. 나는 바로 본론을 꺼냈다.

"어려운 선택을 해야 되어서요."

아버지는 내 얼굴을 살폈다.

"민서를 죽인 놈을 찾을 수 있을 것 같아요."

좀처럼 구겨지지 않는 아버지의 미간에 깊은 주름이 졌다. 눈초리의 떨림도 선명했다.

"어떻게 찾아낸 거냐?"

"경로는 묻지 마세요. 제가 전화 한 통만 걸면 그놈이 어디 있는지 알 수 있어요. 이해가 잘 안 될지도 모르지만 들어주세요. 요즘 제가 만나는 사람이 있어요. 미연이도 무척 따르고 저한테도 잘해주는 사람이에요. 민서가 그렇게 된 이후로 처음이죠. 어쩌면 마지막일지도 모르고요. 그런데 제가 민서를 죽인 놈을 알아내면 그 사람을 다시는 못 보게 될 거예요. 반대로, 제가 그 일을 그냥 묻어버리면 그 사람하고는 계속 만날 수 있고요."

아버지는 내 말을 있는 그대로 이해하려고 애썼다. 길게 숨을 쉬고는 입을 뗐다.

"그놈을 찾게 되면 경찰에 신고할 거냐?"

"아뇨."

나는 바로 대답했다.

"벌써 5년 전 일이에요. 놈이 아니라고 잡아떼면 그만이에요. 사건 당시에도 물증이 없어서 용의자 하나 못 찾았잖아요."

"그러면?"

"전 누구보다도 강해요."

복수를 향한 의지가 너무 단호해서 떨리기까지 하는 아들의 목소리를 들은 아버지의 얼굴은 슬픔으로 가득 찼다.

"그놈을… 찾지 마라."

예상한 답이었다.

"놈을 용서하라는 말이 아니다. 내일을 위해 어제를 놓으라는 게다."

아버지는 내 손을 잡았다. 내가 태어나고 나서 그토록 힘껏 내 손을 잡은 적은 없으리라. 늙은 아버지의 눈에 눈물이 고였다.

"희준아, 민서도 네가 이러는 걸 원하지 않을 게다. 애비를 위해서라도 제발."

아버지를 안아주었다. 마음을 먹었다. 나는 울지 않으려고 혀를 얼얼하도록 깨물었다.

아버지의 집을 나오면서 그녀에게 전화를 걸었다. 혹여나 마음이 흔들릴까 싶어 인사도 하지 않고 말했다.

"알려줘. 그놈이 어디 있는지."

긴 정적이 흘렀다. 그녀가 물었다.

"그럼, 저는 내일 떠나야 해요."

"어쩔 수 없어. 미안해. 평생 후회할지도 모르지만 지금 내 마음은 또렷하고 강렬해."

"좋아요. 차마 제 입으로는 말할 수 없네요. 지금 편지를 쓸게요. 오늘 밤 안으로 오빠 집 우편함에 넣어놓을게요."

나는 더 이상 아무 말도 할 수 없었다. 하고 싶은 얘기가 더 있는 듯 그녀의 호흡이 가빠졌다. 하지만 결국은 "그럼, 끊을게요." 하고 말했다.

우리 둘 사이를 잇던 끈이 툭 잘려나가는 기분이었다. 정말 이 순간을 평생 후회할지도 모른다. 그러나 어쩔 수 없다.

그녀가 편지를 써서 우리 집 우편함에 넣으려면 최소한 한 시간 이상은 더 있어야 할 것이다. 그 힘든 시간을 어떻게 기다리지? 그냥 집에 들어가 있을까?

그때 좋은 생각이 났다.

우리 집 현관문처럼 익숙하고 편안하던 체육관 문이 낯설게 내 앞을 가로막았다. 금속 자물쇠를 사용하다 작년에 번호 키로 바꾼 문 앞에서 잠시 서 있었다. 비밀번호를 누르고 문을 열었다. 체육관은 어둠에 잠겨 있었다.

"무슨 일이냐?"

체육관에 딸린 방문이 열리더니 형이 고개를 내밀었다. 형은 처음 만났을 때부터 쭉 그 방에서 살았다. 낡은 티셔츠와 헐거운 반바지 차림인 걸 보니 막 잠자리에 들려고 했던 모양이다. 워낙 일찍 자고 일찍 일어나는 사람이긴 하다. 10시 전에 잠들어 새벽 5시 전에 눈을 뜬다. 조금만 더 늦게 왔으면 못 만날 뻔했다.

"그냥 지나가다가 들렀어요. 차나 한 잔 마실까 하고."

"오려면 좀 일찍 오지. 벌써 9시가 넘었는데."

그러면서도 형은 다기 세트를 내어 왔다. 테팔에 물을 금방 끓여서 어린 녹차 잎을 우려냈다. 그는 사시사철 뜨거운 녹차를 마신다. 한여름에도 냉녹차를 마시는 법이 없었다.

"차 좋네요."

"얼마 전에 거금을 주고 산 거다."

"비싼 게 제 값을 하니까요."

형은 잠시 내 눈을 보며 말이 없었다. 그래요. 형이 짐작하는 게 맞아요.

"형이 원하는 대로 됐어요."

"무슨 뜻이냐?"

"운동, 그만할게요."

앞에 놓인 찻잔을 들어 길게 한 모금 마셨다. 아직 채 식지 않은 녹차가 식도를 자극했다. 형도 바닥으로 시선을 떨어뜨린 채 차를 마셨다.

잠시 망설였다. 형한테 내 비밀을 이야기해줄까. 그런데 형이 먼저 입을 뗐다.

"이제 너한테 말해도 되겠구나. 털어놓고 싶을 때가 많았는데, 그러지 못했어. 그런 엄청난 과거를 털어놓는 순간 더 이상 너를 가르칠 수 없었을 테니까."

그는 잠시 숨을 고르고 이야기를 계속했다.

"어릴 때 권투를 했었다. 스무 살에는 전국체전에 나가서 은메달을 딸 정도로 유망했어. 그때가 선수로서 정점이었지. 그다음부터는 한 경기도 제대로 풀리지가 않았어. 그 와중에 아버지가 재산을 거의 다 날리는 사고를 치셨지. 그냥 있다가는 길거리에 나앉을 판이었어. 하나뿐인 여동생은 대학을 포기하고 집을 나갔어. 게다가 아버지는 몸까지 불편해졌어. 나는 운동을 그만두고 닥치는 대로 일을 시작했지. 그렇게 10년 넘는 세월이 흘렀어. 아득바득 살았는데도 남은 게 아무것도 없더라. 지금 네 나이쯤 되었을 때 유일한 가족이던 아버지가 돌아가셨어. 그 뒤로 몇 년 동안의 세월은 내 기억에 없다. 한 푼 두 푼 돈을 모으면서 하루살이처럼 살았어. 그러다가 겨우 체육관을 내게 되었지. 그때 15년 만에 여동생이 불쑥 나타났어. 남편과 함께. 여동생은 당장 병원 치료를 받지 않으면 살아남기 힘든 병에 걸린 상태였어. 남편이라는 녀석은 여동생보다 몇 살이 더 어렸는데, 알고 보니 교도소를 들락거리던 인간 말종이었지. 어떻게 해서든 여동생을 살리고 싶었어. 어쨌든 유일한 가족이었으니까. 그런데 가진 돈이라고는 쥐뿔 아무것도 없었지. 그때 그 남편 녀석이 나한테 제안을 하나 하더군.”

형은 찻잔에 남아 있던 녹차를 비웠다. 일종의 고해성사였다.

“놈의 계획은 간단했어. 자기가 빈집털이에는 일가견이 있다는 거야. 예전에 같이 일하던 놈들하고 쿵짝이 안 맞아서 감방에 간 적은 있지만 우리 둘은 같은 배를 탄 상황이니까 서로 믿을 만하다는 거였지. 나보고는 그냥 자기 옆에 있기만 하면 된다고 했어. 그래선 안 됐는데. 놈의 유혹에 빠져들었어. 비가 엄청 오던 날. 아직도 기억이 생생해. 놈은 불 꺼진 집을 골라 창문을 따고 들어갔어. 놈이 말한 작업 시간은 딱 30분. 30분 동안만 운이 따라주면 만사 오케이라고 했지. 그런데 그만큼의 운도 허락되지 않았던 거야. 집 안에 있는 귀금속이랑 현금을 챙기고 있는데, 집주인 여자가 들어왔어. 놈은 여자가 비명을 지르지 못하도록 입을 막았어. 그리고 안방으로 여자를 데리고 와서는 나보고 감시를 하라고 했지. 나는 이미 패닉 상태였어. 놈이 시키는 대로 할 수밖에 없었지. 놈은 다시 집 안을 뒤지기 시작했어. 그런데 갑자기 여자가 방에서 뛰쳐나가는 거야. 무슨 일이 일어났는지도 몰랐어. 정신을 차렸을 때는 여자가 내 앞에 쓰러져 있더군. 내 손에는 칼이 들려 있고, 바닥에는 피가 흥건했어. 방에 들어온 녀석이 기겁을 하며 뭐라고 소리를 질러댔어. 난 더 이상 그곳에 있을 수가 없었어. 놈을 놔두고 혼자 나왔어. 들어왔던 것처럼 창문을 통해서. 그게 끝이었어. 며칠 동안 지방을 떠돌다 집에 돌아왔더니 거짓말처럼 여동생하고 그 녀석은 사라지고 없었지. 경찰이 나를 찾아낼 거라고 생각했어. 하루하루 저승사자를 기다리는 기분으로 보냈어. 깨어 있는 시간의 대부분은 술에 취해 있었지. 그렇게 몇 달이 지난 뒤에 네가 찾아온 거야. 나만큼이나 깊은 슬픔과 두려움에 잠겨 있던 네가. 너와 함께 훈련하면서 나도 조금씩 나아졌지."

듣는 내내 그의 얼굴을 보지 못했다. 고개를 숙인 채 물었다.

"그 집이 어디였는데요?"

"역삼동."

그가 짧게 대답했다.

"그랬군요."

내 목소리가 심하게 떨리기 시작했다. 이어서 물었다.

"저한테 털어놓고 나니까 좀 후련하세요?"

"아니. 벌을 받아야 후련해지겠지."

나는 고개를 들었다. 그를 마주 보았다. 온화한 미소가 가득한 얼굴이었다.

"내일, 자수하러 갈 생각이야."

그가 힘주어 말했다.

내 입에서 긴 한숨이 새어나왔다. 나는 무슨 이유에선지 고개를 세차게 흔들었다. 고통에 짓눌린 신음 소리가 흘러나왔다. 내 고통의 이유를 정확히 모르는 그가 안심을 시키듯 손을 잡아주었다.

"괜찮아. 가끔 면회나 와주면 고맙고."

"정말로 자수하실 건가요?"

"내가 만든 감옥에 갇혀 있는 것보다는 낫겠지. 자네를 안 만났으면 어떻게 되었을까 싶어. 그렇게 폐인처럼 지내다가 죽어버렸을까? 아님 그 사실을 숨긴 채 평생 살았을까? 아니면 좀 더 빨리 자수를 했을까?"

그제야 알 수 있었다. 그녀는 마지막 경기가 있던 날 밤 다 같이 술을 마시는 자리에서 윤 관장의 마음을 읽게 되었던 것이다. 술에 취해 고통스러운 기억을 떠올리는 그의 마음속 파동이 그녀에게 전해졌을 것이다. 그 뒤로 나를 대하는 그녀의 태도가 확연히 달라졌으니까.

"이제 나는 다 털어놨어. 네 차례야. 내가 얘기하면 너도 과거를 말해주겠다고 했잖아."

그는 한결 편안해진 목소리였다.

"아니에요. 그냥 해본 소리였어요."

나는 자리에서 일어나려고 했다. 로킥을 열 대쯤 맞은 것처럼 다리가 후들거렸다. 휘청거리며 겨우 몸의 균형을 잡았다.

"많이 당황스럽지? 힘든 이야기 들어줘서 고마워."

그가 다시 내 손을 잡았다. 나도 모르게 불쑥 불렀다.

"형."

그러고는 말없이 마주 보기만 했다. 앞으로도 그를 '형'이라고 부를 수 있을까? 그의 얼굴을 다시 볼 수는 있을까? 내 아내를 죽인 놈을?

영문을 모른 채 그는 내 침묵을 위로로 받아들인 것 같았다.

제대로 인사도 나누지 못하고 체육관을 빠져 나왔다. 집까지 터벅터벅 걸었다. 그 길에서 무슨 생각을 했는지 모르겠다. 수십 가지 다른 상념들이 뭉쳐 있었겠지.

아파트 현관 우편함을 확인했다. 단정하게 접힌 종이가 한 장 들어 있었다. 편지를 들고 텅 빈 아파트 벤치에 앉았다. 불 꺼진 우리 집 거실 창을 바라보았다. 장모님이 미연이를 재우고 집으로 돌아가셨을 시간이다. 씩씩한 일곱 살 '언니' 미연이는 혼자 자고 있겠지.

편지를 열어 보았다. 그녀는 결국 털어놓지 못했다. 대신 마지막 인사를 남겼다.

약속을 지키지 못해서 미안합니다.

당신은 좋은 사람이고 앞으로도 그랬으면 좋겠어요.

이렇게 떠나게 되어 가슴 아픕니다.

잊지 않겠습니다.

혹여나 제가 그리울 때면 밤하늘에서 카시오페아 별자리를 찾으세요.

그리고 당신이 할 수 있는 가장 큰 파동을 보내주세요.

저도 그곳에서 같은 파동을 보내고 있을 겁니다.

행복했습니다.

고맙습니다.

그리고 사랑합니다.

편지를 손에 쥔 채 울었다. 그녀의 얼굴과 아내의 얼굴이 뒤섞이듯 눈앞을 스쳤다. 속으로 누군가를 미친 듯이 불렀다. 그녀였는지 아내였는지 모르겠다.

다음 날, 유치원에 미연이를 데려다주고 약국으로 가는 길에 그녀에게 전화를 걸었다. 지금 거신 번호는 없는 번호입니다. 확인 후 다시 걸어주시기 바랍니다. 안내 멘트가 흘러나왔다.

이제 그녀는 없는 사람인가?

별과 달이 몽땅 사라진 밤하늘처럼 마음이 텅 빈 기분이었다. 속이 메스껍고 현기증이 나서 대로변에 차를 잠시 멈추고 밖으로 나와 섰다.

천만 명 넘는 사람들이 사는 메트로폴리스 서울의 아침은 언제나 그랬던 것처럼 바쁘고 빡빡하게 움직이고 있었다. 나는 이방인이 된 심정으로 잠시 그 질서를 방관했다. 오래는 아니었다. 마음을 진정시킨 뒤 바로 약국에 출근해 부지런히 일했다.

늦은 오후에 전화가 걸려왔다. 중저음의 침착한 목소리를 가진 남자가 자신을 강남경찰서 강력계 김인식 형사라고 소개했다. 5년 전 아내 사건의 범인이 자수했다며 나보고 출두하기를 바란다고 했다. 나는 내일 경찰서에 들르겠다고, 하지만 범인과 대면하고 싶지는 않다고 말했다. 형사는 내가 너무 침착해서 당황한 듯했다.

"지금 진술을 들어봐서는 진범이 맞는 것 같거든요? 이 사람이 운영한다는 체육관에서 당시 범행에 썼던 칼도 발견했습니다. 어쨌든 범인을 안 만나시겠다는 거죠?"

"네. 그렇습니다."

나는 짧게 대답했다. 제발 형사가 빨리 전화를 끊길 바라면서.

오후 시간이 어떻게 지나갔는지 몰랐다. 최대한 생각을 하지 않으려고 틈이 날 때마다 신문의 관심 없는 정치면 기사를 되풀이 읽었다.

아버지가 약국 일에 손을 떼면서 내 퇴근 시간이 좀 늦어졌다. 9시가 조금 넘어 퇴근했다. 막 잠들기 전인 아이와 잠깐 놀아주었다.

"아빠, 미셸 티처 보고 싶다."

아이가 칭얼댔다.

"미셸 티처 이제 못 볼지도 몰라. 멀리 가셨거든."

"나도 알아."

순간 좀 놀랐다. 아이한테는 아직 그녀가 떠났다는 말을 하지 않았는데.

"선생님이 아까 유치원에 잠깐 왔었어. 미국으로 돌아간다고 했어. 편지를 주셨어."

미연이가 가방에서 키티 그림이 깔린 분홍빛 편지 봉투를 꺼내 보여주었다.

"뭐라고? 미국으로 간다고 하셨어?"

"응. 미셸 티처 원래 집이 미국이잖아."

"미국 어디래?"

"그건 몰라."

그녀가 아이에게 남긴 편지를 읽어보았다. 선생님이 아이에게 남길 수 있는 최고의 애정이 담긴 편지였다. 그뿐이었다.

미연이를 재우고 거실 소파에 털썩 앉았다. TV를 켰다. 언제나 되풀이해서 일어나는 사건을 전하는 보도가 이어졌다. 정치인들은 항상 싸우고, 기업들은 변함없이 탐욕스럽고, 범죄자는 곳곳에 들끓고, 탈선하는 청소년들은 점점 더 많아진다. 가끔 선행을 하는 이들도 있다. 1년 전 뉴스를 나란히 틀어놓으면 싱크율 80퍼센트는 넘을 텐데.

막 TV를 끄려는데 앵커의 목소리가 내 귀를 잡아끌었다.

"서울 광화문 상공에서 미확인비행물체, UFO가 촬영됐습니다. 무교동에서 열린 향토 먹을거리 축제에 참여했던 서울 시민 정이준 씨가 오늘 오후 5시 23분께 촬영한 동영상에 정체를 알 수 없는 발광체가 비행하다 교보빌딩 뒤쪽으로 사라지는 모습이 찍혔습니다."

짧은 동영상이 나왔다. 축제 현장을 촬영하다 우연히 찍힌 동영상이었다. 삼각형 또는 육각형으로 대형을 이룬 일곱 대 정도의 발광체가 광화문 상공 왼쪽에서 오른쪽으로 서서히 비행하고 있었다. 아주 짧은 시간이었지만 빛은 또렷하고 분명했다.

"이 장면은 약 20여 명의 시민들이 함께 목격하기도 했습니다.

동영상을 확인한 전문가들은 이처럼 높은 고도에 있는 물체를 지상에서 볼 수 있다는 것은 스스로 빛을 내는 물체라는 증거라며 미확인비행물체일 가능성을 시사했습니다. 한편, 공군 당국은 당시 현장에서 비행 훈련이나 출격이 전혀 없었음을 확인해주었습니다. 다음 뉴습니다."

앵커는 무표정하게 서해안 고속도로에서 발생한 3중 추돌 교통사고 소식을 전했다.

TV를 끄고 밖으로 나갔다. 바람이 적당히 선선했다. 앞으로 어떻게 살아야 할지 생각했다.

이제 링 위에 오를 일도 없다. 5년 만의 연애도 끝이 났다. 아이는 조금만 있으면 아빠보다 또래 친구들과 어울리고 싶은 나이가 될 것이다. 친구도 취미도 없다. 억지로 뭘 배우거나 누구를 사귀고 싶은 생각도 없다. 그러고 보니 아득했다. 우주 한가운데 내동댕이쳐진 기분에 어쩔 줄을 몰랐다.

리셋(reset). 그때 내 기분을 가장 적절하게 표현하는 단어였다.

그래도 앞이 어둡게만 보이지는 않았다. 막막한 심정 속에는 가보지 않은 길 앞에서 느끼는 한 줌 정도의 설렘도 섞여 있었다.

서른여섯. 인생을 다시 시작하기에 너무 늦은 나이는 아니겠지?

그녀가 보고 싶었다.

혹여나 제가 그리울 때면 밤하늘에서 카시오페아 별자리를 찾으세요.

그리고 당신이 할 수 있는 가장 큰 파동을 보내주세요.

저도 그곳에서 같은 파동을 보내고 있을 겁니다.

밤하늘은 맑았다. 카시오페아 별자리는 한층 더 밝게 빛나고 있었다.

그녀는 정말 외계인이었을까? 아니면 지금쯤 미국으로 가는 비행기에 있으려나? 어쩌면 지방에 내려가서 유명한 점쟁이가 될지도 몰라.

그녀에게 배웠다. 이 세상에는, 우리 인생에는, 과학과 논리를 넘어서는 질서도 있다는 가르침을. 직접 겪어보지 않고서는 이해할 수 없는 일들도 있음을. 결국은 용서가 증오보다 힘이 세다는 것을.

그날 밤 카시오페아 별자리를 보며 간절히 기도했다. 그녀의 표현대로 내가 할 수 있는 가장 큰 파동을 보냈다. 당신이 필요해. 당신이 그리워. 간절하게. 당신을 사랑해.

카시오페아 공주님, 돌아와줘요.

섬집 아기

내가 진짜
    무서운 얘기 해줄까?

내가 진짜 무서운 얘기 해줄까?

돌아삐린 동네 머슴아들이

하나같이 죽기 전에 모라 캤는지 아나?

얼라 귀신을 봤단 기라.

자고 있는데 얼라가 올라탔다는 놈도 있고,

화장실에서 봤다는 놈도 있고.

돌잡이 정도 된 얼란데

눈에 피눈물을 흘리면서 그래 울더란다.

아기 귀신 봤다는 놈들 얼마 안 돼서 다 죽었다.

펀드 매니저의 하루 일과는 항상 바빴다. 여의도 한복판에 있는 증권 회사 사무실에서 마음 편히 쉴 수 있는 시간은 하루 10분도 되지 않았다. 그래서인지 업무를 끝내고 퇴근하는 길에는 항상 카스테레오의 볼륨을 한껏 높이곤 했다. 나에겐 오아시스 같은 휴식인 셈이다.

우리 세 식구가 사는 집은 삼성동 주택가에 있었다. 재력가이던 장인어른이 결혼 선물로 주신 집. 천장 높은 거실로 들어오면서 나는 넥타이를 완전히 풀어버렸다.

"늦었네요. 밥은?"

아내 미선이 옷과 가방을 받아들었다. 나보다 다섯 살 어린 그녀는 무척 동안이다. 아이가 열 살인데도 애 엄마라는 사실을 알면 다들 놀랄 정도로. 앳된 얼굴과 탄력 있는 몸매가 아직도 처녀 시절 그대로였다.

"먹었어. 진우는 방에 있어?"

"네. 올라가봐요."

2층에 있는 아들 진우의 방으로 올라갔다. 아이는 무표정한 얼굴로 그림책을 보고 있었다. 날 보더니 쓱 고개를 돌려버린다. 불쑥 치밀어 오르는 화를 겨우 억눌렀다.

"아빠 다녀오셨어요, 해야지."

"다녀오셨어요."

아이는 내 얼굴도 보지 않고 중얼거렸다.

언제부터였을까. 아이 입에서 '아빠'라는 말이 나오지 않았다. 나에게만 그러는 게 아니었다. 아이는 엄마에게도 입을 닫았다. 꼭 필요한 말만, 그것도 단답형이 대부분이었다. 원래 그런 아이가 아니었는데. 애교도 많고 엄마 아빠와 더없이 잘 지냈는데. 왜 아이가 정신과 상담을 받을 정도로 자폐 성향을 드러내게 됐는지 도무지 특별한 계기를 찾을 수 없었다. 치료를 받아도 효과는 금방 나타나지 않았다.

더운 물로 샤워를 했다. 바디 클린저의 거품을 헹구는데 다리 쪽에 이상한 기분이 들었다. 희멀건 허벅지를 타고 올라오는 벌레가 있었다. 열대 지방의 벌레처럼 거대한 크기였다.

"으악!"

비명을 지르고 손으로 벌레를 쳐냈다. 바닥에 떨어진 벌레는 다시 나에게 다가왔다. 집게벌레 모양이었지만 크기는 하늘소만큼 컸다. 슬리퍼 신은 발로 벌레를 밟아버렸다. 키틴질 껍질 깨지는 소리와 함께 벌레의 내장이 튀어나왔다.

저런 사이즈의 벌레가 가정집 화장실에서 나올 수 있나? 물리지 않은 것이 다행이었다.

"무슨 일이에요?"

침실로 들어가자 아내가 물었다.

"혹시 화장실에서 이상한 벌레 못 봤어? 집게벌레처럼 생긴 큰 벌레."

"아뇨? 바퀴벌렌가? 약을 놔야겠네."

"바퀴벌레는 아닌 것 같은데. 여하튼 기분 나빠."

이불을 덮고 누웠다. 아내는 침대 곁에 있는 붉은색 스탠드를 켰다. 그리고 내 가슴을 쓰다듬기 시작했다.

"오늘은 좀 피곤한데."

"언제는 안 피곤해요? 의사 말 기억 안 나요? 겁내지 말고 적극적으로."

"담에 하자."

아내의 말을 잘랐다. 정말 내키지 않았다.

"내 생각도 좀 해봐요."

"미선아, 저기, 우리…."

아내가 입술로 내 입술을 덮었다. 그리고 한쪽 손으로 아래를 어루만졌다.

눈을 감고 마음을 여유롭게 하려고 애썼다. 바지를 벗겨내고 오럴 섹스를 시도하는 아내의 뒤통수가 붉은 조명에 어른거렸다. 빌어먹을. 흥분은 없었다.

결국 아내는 긴 한숨을 쉬며 내려왔다. 나는 몸을 웅크리며 돌아누웠다.

회의 도중 아내에게서 계속 연락이 왔다. 좀처럼 이러는 법이 없는데. 몇 시간째 이어진 긴 회의가 끝나고 바로 전화를 걸었다. 아내는 불안한 목소리를 쏟아냈다.

— 이상한 사람이 집 앞에 와 있어요. 당신 친구라는데, 노숙자 같아. 경찰을 부를까 하다가 혹시라도 진짜 친구일지 몰라서 그냥 문만 안 열어주고 기다리는 상황이에요. 지금도 문밖에 그냥 퍼져 앉아 있어요. 자기 이름이 태규라는데?

가슴 한구석이 푹 꺼져버리는 기분이었다.

놈이 왔다.

이 개자식이 어쩌려고.

퇴근하는 길에 녀석을 데리고 집으로 들어왔다. 녀석은 들개처럼 입성이 거칠고 더러웠다. 아내가 노숙자로 오인할 만했다. 영문을 모르는 아내에게 어릴 적 친구라고 대충 둘러댔다.

태규는 저녁 식사 테이블에 한 자리를 차지했다. 그리고 엄청난 양의 음식을 먹어치웠다. 손톱에 새카맣게 때가 낀 손으로 갈비찜을 뜯었다. 씹으면서 큰 소리로 떠드느라 입 안의 음식물이 식탁 여기저기로 튀었다.

"이야, 아지매 요리 끝내주네. 요리 잘하는 여자가 연애도 잘하는데. 속맛을 아는 기라."

태규의 외설적인 말에 아내의 얼굴이 붉어졌다. 그런 말을 하면서도 태규의 시선은 아내의 풍만한 가슴에 고정되어 있었다. 개자식.

아내도 그 노골적인 시선을 느낀 게 분명했다. 군은 얼굴로 수저를 놓았다. 침실로 들어가는 아내를 뒤따라갔다.

"누구예요?"

아내의 목소리가 부들부들 떨렸다.

"친구라니까."

"친구? 무슨 친구요? 당신한테 저런 친구가 어딨어요?"

"어릴 때 친구야."

"장난해요?"

"자세한 건 나중에 얘기해줄게."

"그래요. 자세한 건 나중에 얘기해주고, 일단 밖으로 데리고 나가요. 절대, 다신! 집에 들이지 말아요. 평생 세수도 안 한 것 같잖아요. 말하는 것도 그렇고, 사람 보는 눈빛도 그렇고. 뭐 저런 막 돼먹은."

거기까지 말하고 미선은 말을 멈췄다.

아, 이런. 어느새 침실 문을 열고 태규가 고개를 쑥 내밀고 있었다. 아내의 말을 모두 들은 게 분명했다.

"야, 집 좋네. 이런 집은 얼마쯤 하노? 1억? 10억? 100억?"

태규는 성큼성큼 침실 안으로 들어오더니 갑자기 침대로 몸을 날렸다.

"배도 부르고, 이쁜 색시랑 떡이나 시원하게 치고 푹 자면 좋겠다!"

아내는 방을 나가버렸다. 등 뒤로 태규의 끈끈한 시선이 들러붙었다.

동네 상가의 허름한 카페로 태규를 데려갔다. 녀석은 글라스에 소주를 부어 마셨다. 잠시 기다리면서 녀석을 어떻게 처리할지 고민했다. 뾰족한 수가 없었다.

"그동안 어떻게 지냈냐?"

내가 물었다.

"알면서 와 그라노?"

"내가 어떻게 알아?"

"친구한테 관심이 없구만. 내 배 탄단 얘기 몬 들었나? 니 배 안 타봤재? 배 타믄 말이다. 거기 있는 놈들 절반은 기소중지고 절반은 전과자다. 뭐 나도 그랬지만. 배 타다가 나오니까 뭐 할 게 있나? 배 타면서 알던 형들 따라댕깄다."

태규의 팔에는 조악한 문신이 낙서처럼 그려져 있었다. 놈은 담배에 불을 붙이고 또 소주를 들이켰다.

"빵에 두 번 갔다 오고."

"왜?"

"첨엔 강도상해, 그담엔 특수강도강간. 지난달에 나왔다."

놈은 또 소주를 글라스에 콸콸 따랐다. 멍청하긴 해도 이렇게 막 나가는 놈은 아니었는데. 나도 모르게 태규의 팔목을 잡았다.

"너 왜 이렇게 됐어?"

내 말에 태규는 코앞까지 얼굴을 들이밀었다.

"니 몰라서 묻나? 니가 이렇게 만들었잖아. 안 글나? 니 고향에는 그 뒤에 가본 기가?"

대답을 할 수 없었다. 술집 벽에 매달린 TV로 시선을 돌렸다.

"못 가봤겠지. 내 같애도 거긴 차마 못 간다. 안 글나? 흐흐."

놈은 기분 나쁘게 웃으면서 담배 연기를 뿜어냈다. 난 담배 연기를 고스란히 얼굴에 뒤집어쓴 채로 앉아 있을 수밖에 없었다.

잔뜩 취한 놈을 부축해서 집으로 데리고 왔다. 손님방에 데려가 눕혔다. 그 광경을 보고 있던 아내가 내 팔을 거칠게 잡아끌었다.

"당신 미쳤어요? 이 사람 진짜 우리 집에서 재울 거예요?"

그때였다. 내가 대답도 하기 전이었다. 만취해서 잠든 줄 알았던 놈이 아내의 발목을 콱 잡았다. 아내는 비명을 지르며 발을 빼려 했지만 놈의 완력에는 어림도 없었다.

"놔요! 이거 놔!"

아내가 안간힘을 썼다. 놈은 기어코 아내와 눈을 마주치고는 씩 웃어 보였다. 그리고 발목을 놔줬다.

일요일 아침 식사 자리였다. 우리 가족 셋에 태규까지 넷. 아내가 준비한 메뉴는 잘 구워낸 식빵으로 만든 토스트와 달걀이었다. 샤워를 했는데도 놈은 씻지 않은 사람처럼 지저분해 보였다. 산발한 머리와 제멋대로 자란 수염이 비현실적으로까지 보였다. 진우가 그런 태규를 힐금힐금 쳐다보았다.

"니는 엄마 닮았나, 아빠 닮았나?"

그러면서 놈은 주머니에서 뭔가를 꺼내 진우에게 건넸다. 나와 아내의 시선도 그 물건에 집중되었다. 나무를 깎아 만든 말 인형이 었다.

"선물이다. 아저씨가 직접 만든 거야."

"정말요?"

아이는 눈을 반짝이며 물었다. 아이의 그런 적극적인 감정 표현에 우리 부부는 깜짝 놀랐다.

"그럼! 나중에 만드는 거 보여주까? 아저씨는 그런 거 잘 만든다. 칼을 잘 쓰거든."

놈이 젓가락을 칼처럼 획획 저어 보였다. 아이는 재미있다는 표정으로 눈을 떼지 못했다.

"또 뭐 만들 수 있는데요? 사람도 만들 수 있어요?"

"인마, 말보다 사람이 더 쉽지. 말은 다리가 네 개고 사람은 두 개잖나! 사람은 한 시간도 안 걸린다. 이따 만들어주까?"

"네!"

아이는 신이 났다.

정원에 놓인 파라솔 밑에서 태규는 칼로 나무를 깎았다. 오래 걸리지 않아 사람 모양의 인형을 만들었다. 아이는 신기하다는 표정으로 그 옆에서 구경했다. 아내는 집 안으로 들어갔다. 기회를 보던 내가 태규에게 조심스럽게 제안했다.

"지낼 만한 데 알아봐줄게. 호텔도 있고, 오피스텔도 있고, 니가 원하는 곳으로 알아보자."

"내가 원하는 곳? 진짜로?"

"응."

"윤현호, 의리 있네. 그래, 그럼, 그렇게 하자. 내가 원하는 곳은 여기다."

개자식. 나는 할 말이 없었다.

"우리 진우하고 친해져서 딴 데 못 가겠는데?"

놈이 아이의 머리를 쓰다듬었다. 아이는 해맑게 웃었다. 정말 몇 달 만에 보는 웃음이다.

"애 엄마가 좀 불편한가봐. 서울도 좋고, 지방도 좋으니까."

"난 여기가 좋다. 이 집. 꼭 내 집같이 편하다."

태규는 더 이상 그 문제에 대해선 이야기를 나눌 생각이 없는 듯했다. 놈은 완성한 나무 인형을 진우에게 건넸다.

"어떻노?"

"와, 멋있어요. 애는 이름이 뭐예요?"

"음, 슈퍼맨."

"슈퍼맨? 근데 왜 날개가 없어요?"

"진짜 슈퍼맨은 그런 거 필요 없거든. 이거 꼭 갖고 있어. 그럼 아무도 니 못 건드린다."

진우는 진지하게 슈퍼맨을 보았다. 그러고는 즐거운 얼굴로 나무 인형을 들고 정원을 뛰어다니기 시작했다. 그렇게 밝은 아이의 모습은 정말 오랜만이었다. 얼떨떨한 기분이 들었다.

"올라가서 TV나 볼란다."

태규가 따분한 표정으로 일어섰다.

"사우나 안 할래? 근처에 좋은 데 있는데. 옷도 좀 사 입고."

"와? 제수 씨가 그러더나? 내가 구질구질해서 싫다고?"

"아니, 그런 게 아니라."

"그럼, 오랜만에 때 좀 벗겨보까?"

사우나에서 모습을 드러낸 태규의 몸은 도시인들의 밋밋한 육체와는 차원이 달랐다. 헐벗은 야수의 몸뚱어리였다. 배 위에서 탄 검은 피부에 우락부락한 근육. 그 위로 어지럽게 흩어져 있는 싸구려 문신들. 키도 덩치도 한 체급씩은 더 컸다. 그리고 페니스. 불법으로 수술을 한 듯 울퉁불퉁 흉측한 모습으로 변해 있었다.

"와? 징그럽재? 빵에 있을 때 작업했다. 다마도 넣고 칫솔대도 박고. 심심해서. 원체 내 거시기가 크기도 하고. 가시나들이 첨엔 아프다고 지랄을 하재. 근데 한 번 맛보고 나면 아주 환장한다. 킥킥킥."

사우나를 마치고 미용실과 백화점을 차례로 들렀다. 이발과 면도를 하고 옷까지 최신 트렌드의 캐주얼을 걸친 태규는 다른 사람으로 변해버렸다. 패션 잡지에 등장하는 근육질의 터프 가이처럼 놈은 야성적인 페로몬을 강하게 발산했다.

집으로 돌아왔을 때, 테이블 파라솔 밑에서 잡지를 읽던 아내는 멍한 표정으로 태규를 바라보았다.

"제수 씨 맘에 들라고 때 빼고 광냈다 아입니까. 맘에 듭니까?"

아내는 대답도 하지 않고 집 안으로 들어갔다.

"제수 씨 스타일은 아닌가보네?"

놈이 기분 나쁜 소리를 내며 웃었다.

머리가 복잡했다. 저녁을 먹고 밤이 될 때까지도 어지러웠다. 뭔가 일이 벌어질 것 같은 불안감. 마치 동물들이 기상의 변화를 미리 알아채고 날뛰듯 신경이 날카롭게 곤두서서 신호를 보내는 것 같았다.

잠을 청하려고 눕자 아내가 내 몸 위로 올라왔다.

6개월쯤 전이었다. 진우가 이상한 변화를 보이기 시작한 것과 동시에 내 남성도 말을 듣지 않았다. 비뇨기과에서 신경성 발기부전이라는 진단을 받고 약을 먹은 지 한 달. 아내는 꾸준히 시도하라는 의사의 충고를 충실히 이행하는 중이었다.

"그만해."

나는 나지막하게 중얼거렸다.

아내는 대답을 할 수 없었다. 이미 내 페니스를 머금고 혀로 애무하는 중이었으니까. 난 포기한 채 눈을 감아버렸다. 그녀는 정성껏 의식을 거행했다. 그러던 아내가 흠칫 놀라며 몸을 일으켰다. 그리고 커튼을 닫았다. 혹시 놈이 정원에서 엿보고 있었나?

아내는 화장실로 들어갔다. 나는 알고 있다. 그녀가 자위를 한다는 걸. 지금 아내는 무슨 생각을 하며 클리토리스를 자극하고 있을까? 커튼을 조금 열고 밤하늘을 보았다.

달은 점점 보름달로 차오르고 있었다.

블루 먼데이. 개운치 않은 기분으로 월요일을 시작했다. 증시도 오전 장부터 폭락세였다.

애널리스트들과 회의를 할 때도 나는 다른 곳에 정신이 팔려 있었다.

지금 집에서는 무슨 일이 벌어지고 있을까? 아내와 태규가 집에 함께 있을 텐데.

괜찮겠지?

일을 마치고 회사에서 돌아왔을 때, 태규가 정원에서 기다리고 있었다.

"할 말 있다."

놈이 툭 말을 던졌다.

"피곤하다. 할 얘기 있으면 내일…."

외면하면서 들어가려고 했지만 놈이 막아섰다.

"니 각시 한 번 먹자."

말도 안 되는 소리를 하면서 놈은 능글맞은 표정으로 날 보고
있었다.

"이 새끼가 보자보자 하니까!"

"내가 지금 무리한 부탁 하는 기가?"

"야, 인마. 어떻게…."

"니 다 잊어버렸나?"

"이 새끼!"

놈의 멱살을 잡아 올렸다. 하지만 키도 덩치도 훨씬 더 큰 태규
는 꿈쩍하지 않고 날 내려다볼 뿐이었다. 이 개자식.

"손님 대접 제대로 좀 해도. 어차피 니는 안 서잖아? 내 다 봤다.
킥킥킥."

"야, 이 새끼야!"

나는 폭발했다. 주먹을 날렸다. 힘없이 놈의 손바닥에 막혀버렸
다. 놈의 아귀힘은 엄청났다. 손목이 꺾인 나는 고통스러운 표정으

로 무릎을 꿇을 수밖에 없었다.

"아직 6개월 더 남은 거 알재? 주말까지 얘기 없으면, 나도 어쩔 수 없다."

태규가 나를 뇌쳤다.

후들거리는 걸음으로 방에 들어왔다. 곧장 따뜻한 물로 샤워를 하고 잠을 청했다. 내일 중요한 프레젠테이션 스케줄이 잡혀 있었다. 겨우 반쯤 잠들었다 싶었는데 또 신경을 거슬리는 소리가 들렸다. 몸을 일으켰다. 그런데….

아내가 없다.

침대엔 나 혼자였다. 멀리서 들리는 아내의 교성이 귀를 파고들었다. 피곤에 눌려 있던 감각들이 살아났다.

소리가 나는 곳을 따라 걸어갔다. 태규가 지내고 있는 손님방. 방문 틈에 귀를 갖다 댔다.

"아파요, 아파."

"아파? 그만할까?"

"아뇨, 아니! 계속… 아!"

살과 뼈가 부딪치는 소리….

천천히 문을 열었다. 아내가 보였다. 아내는 놈의 몸 위에 올라 탄 채 격정에 휩싸여 허리를 돌리고 있었다. 이런, 씨발.

히죽거리는 태규와 내 눈이 마주쳤을 때, 잠에서 깼다. 새벽 3시.

식은땀으로 침대 시트가 축축이 젖어 있었다. 옆에서는 아내가 곤히 잠들어 있다. 난 머리를 쥐어뜯으며 몸을 일으켰다. 연거푸 한숨을 내쉬다 화장실로 들어갔다.

거울에 얼굴을 비춰보았다. 이틀 동안 잠을 설친 탓에 눈이 움푹 들어갔다. 세면대의 물을 트는데 버석, 뭔가가 밟혔다. 지난번 화장실에서 본 것보다 더 큰 집게벌레가 슬리퍼에 밟혔다. 맙소사. 이럴 수가. 반쯤 몸이 터졌는데도 불구하고 벌레는 집게를 움직이고 있다!

생활이 엉망이 되어버렸다. 밤에는 뜬눈으로 지새우다 환청과 환상에 시달렸고 낮에는 몽롱한 상태에서 업무를 망쳐버렸다. 동료이자 경쟁자인 김 이사는 노골적으로 나를 무시했다.

"좀 쉬는 게 어때? 자네가 망친 프레젠테이션 때문에 날아간 돈이 얼마인 줄 알지?"

더 이상 견딜 수가 없었다. 판단력이 정상이 아니라는 생각이 들었다. 그때 변호사 친구인 M이 생각났다. 절친한 사이인 데다 충분히 믿을 만한 캐릭터였다.

M에게 전화를 걸었다. 늦은 밤의 은밀한 이야기가 가능한 술집에서 만나자고 약속을 잡았다.

"얘기해봐. 천하의 윤현호가 이러는 거 처음 본다."

M은 달래듯 부드러운 목소리로 말을 건넸다. 베테랑 변호사답게 묘하게 사람을 안심시키는 능력이 있는 친구였다.

나는 위스키 병을 절반가량 비운 후에야 M에게 고백을 시작했다. 원죄를 털어놓는 고해성사였다.

나는 시골, 그것도 섬 출신이었다. 초등학교 5학년까지 살다가 서울로 전학을 왔다. 그 뒤로는 한 번도 고향을 찾지 않았다. 그러던 중 대학교 때 고향의 초등학교에서 전화가 왔다. 시골 아이들에게 좋은 이야기를 들려달라는 일종의 초청 전화였다. 10년 만에 고향에 내려갔다. 섬에서 가장 큰 길 입구에 '서울대학교 경제학과 윤현호 선배님 모교 방문'이라는 플래카드가 붙어 있었다.

모교에서 어린아이들에게 이런저런 이야기를 해주고 학교에서 나왔다. 태규가 기다리고 있었다. 어린 시절 내 곁을 졸졸 따라다니던 놈이었다. 덩치만 크고 바보 같은, 공부 잘하는 아이 심부름을 도맡아하는 그런 아이. 흔히 '꼬붕'이라고 불리는 놈이었다. 녀석은 10년이 지났는데도 변함이 없었다.

잘 곳이 마땅치 않아 태규네 집에서 하룻밤 묵기로 했다.

어린 시절 개를 키워 팔던 태규네 집은 많이 쇠락해 있었다. 마당에서 키우는 개도 몇 마리 되지 않았고, 부모님도 계시지 않았다.

"아부지가 몸이 안 좋아서 뭍에 있는 병원에 갔다. 어매도 아부지랑 같이 있고."

태규의 표정은 우울했다. 더 이상 물어보지 않았다. 사실, 관심도 없었다. 태규는 술을 준비했다. 술을 마시며 내 대학 생활 이야기를 넋이 빠진 표정으로 들었다. 미팅이니 엠티니, 이런 말을 할 때마다 놈의 얼굴에는 부러운 표정이 가득했다. 그때 갑자기 개들이 요란하게 짖었다.

대문이 열리더니 젊은 여자가 들어왔다. 시골에서 가끔 볼 수 있는, 약간 정신이 모자란 여자였다. 낡은 옷에 오랫동안 감지 않은 긴 머리. 얼굴에도 때가 꼬질꼬질했다. 난 갑작스러운 여자의 등장에 깜짝 놀랐지만 태규는 익숙한 듯 농을 건넸다.

"우리 은주 안 자고 모하노? 오늘은 오빠 바쁘니까 그냥 가라."

그러자 여자는 "바빠? 오빠 바빠?" 하면서 성큼성큼 툇마루로 걸어왔다. 결국 여자는 태규에게 소주 한 잔을 얻어먹었다.

"아래 바다 쪽에 사는 가시난데, 쪼끔 헷갈린다. 흐흐."

그러면서 태규는 여자에게 말했다.

"은주야, 오빠한테 인사해야지. 짤지 인사 한 번 해봐라."

태규의 말에 여자가 두 손을 내밀었다. 태규는 1000원짜리 몇 장을 여자한테 건넸다. 갑자기 여자가 치마를 홀러덩 걷었다. 그러고는 더러운 팬티를 쓱 내렸다. 허연 속살에 거뭇한 음모가 고스란히 드러났다.

"은주 짬지 만 원. 만 원이에요."

여자는 히죽 웃으며 다시 손을 내밀었다.

"야가 그냥은 안 해주거든. 꼭 만 원을 받아야 해준다."

태규는 그렇게 말하고 여자를 보냈다.

"너도 아까 그 여자하고 해봤나?"

내가 물었다.

"그럼. 이 섬에서 좆 달린 놈은 전부 해봤을 끼다."

다음 날, 아침이 밝았다. 문득 마루 벽에 걸린 엽총이 눈에 띄었다. 태규 아버지가 사냥꾼이었다는 사실이 떠올랐다. 심심하던 차에 잘됐다 싶었다. 태규는 내키지 않아 했지만 나는 막무가내로 사냥에 나섰다. 깊은 산속에서 뭔가가 움직이는 기척을 발견하고 방아쇠를 당겼다. 힘찬 총소리가 메아리를 만들었다. 달려가서 사냥감을 확인했다. 그런데….

그 여자, 은주가 쓰러져 있었다.

총을 맞은 가슴에서 피가 콸콸 쏟아졌다. 아직 여자는 살아 있었다. 경련을 일으키며 팔다리를 부들부들 떨었다. 그 순간, 나는 머릿속으로 수많은 선택을 점검한 후 결정을 내렸다. 태규를 회유하고 협박했다.

섬에 병원이 없을뿐더러 산에서 내려가는 동안 여자는 죽게 된다. 그렇다면 태규 너도 일종의 살인 방조죄가 된다. 네가 감옥에 들어가면 병원에 있는 아버지는 어떻게 되겠느냐? 내 말대로 하면 아버지 병원비도 도와주겠다.

녀석은 겁에 질려 고개를 내저었다. 나약한 새끼! 나는 멱살을 잡아 올리며 소리쳤다.

"아무도 모르는 일은 안 일어난 일이나 마찬가지야! 촌동네 미친년 하나 없어진 거야! 아무도 관심 없다고!"

"현호야… 그래도… 씨바…."

"사람이라고 다 같은 사람이냐? 미친년 때문에 우리 둘 인생이 끝장나도 괜찮아? 내 평생 네 신세 안 잊을게. 무슨 부탁이든 들어줄게."

결국 녀석은 고개를 숙이고 일어섰다. 녀석이 집에 가서 삽을 가져오는 사이 여자는 숨이 완전히 끊어진 것 같았다. 우리 둘은 땀에 온몸이 젖는 것도 모른 채 땅을 팠다. 구덩이에 여자를 던지려고 하는데, 갑자기 여자가 내 팔을 움켜잡았다. 살점이 떨어져나갈 정도로 상처가 났다. 나는 여자의 머리를 삽으로 내리쳤다. 개 같은 년! 그리고 축 늘어진 여자를 묻어버렸다.

나의 고백이 끝나고, 긴 침묵이 흘렀다.

"총은 어떻게 했냐?"

M이 물었다.

"바다에 던져버렸대. 태규가 그랬어."

다시 긴 침묵. M이 건조한 목소리로 설명했다.

"사건 발생 당시엔 우발적 살인보다는 과실치사 쪽에 가까워. 근데 사체 유기 때문에 문제가 복잡해. 사체 유기 자체도 형량이 있는 데다 고의성이 더해지니까 심각하지. 살인 쪽으로 몰아갈 수도 있어. 태규라는 친구가 원하는 게 정확히 뭐야?"

"나도 모르겠어. 돈은 아닌 것 같아."

"돈이 아니라면, 왜 그런 걸까? 공소 시효는 그 친구 말대로 아직 6개월이 남았어. 중요한 건 과연 혐의를 입증할 증거가 있냐는 거지."

"증거?"

"사체가 있는지 없는지 여부가 중요해. 그다음에는 너하고 연관이 있는지 없는지 여부가 중요하고. 두 가지가 다 입증되면 문제가 커지겠지."

"네 말은… 사체가 없거나, 사체가 있더라도 내가 연관된 증거가 없으면, 태규 증언만 가지고는 처벌이 안 된다, 이거지?"

M은 말없이 고개를 끄덕였다.

고향으로 향했다. 아내에게는 말도 안 되는 핑계를 댔다. 회사에서 단합 대회로 1박 2일 산행이 있다고.

며칠 동안 스트레스에 시달려 머리가 너덜너덜해진 기분이었다. 환각과 환청 현상도 심해졌다. 멍한 생각에 잠길 때면 이상하게도 무당의 모습이 보였다. 알록달록한 옷을 입고 무구를 흔들어대는 늙은 무당의 모습.

섬에 도착했을 때는 어둠이 내린 뒤였다. 미리 준비한 손전등을 비춰가며 밤길을 걸었다. 인적이 드문 산길 아래로 군데군데 불이 켜진 시골 섬마을이 보였다. 기억을 더듬으며 천천히 산을 올랐다. 어둠 속에서 누군가가 따라오는 것만 같아 슬쩍 뒤를 돌아보았다. 아무도 없었다.

태규의 집으로 향했다. 삽 때문이었다. 미리 휴대용 삽을 등산 배낭에 챙겨 오긴 했지만 큰 삽이면 일이 더 수월해질 터였다. 집은 폐가가 되어 있었다. 마당에는 텅 빈 도사견 우리들이 아무렇게나 방치되어 있고, 금방이라도 허물어질 것 같은 집 구석구석에는 거미줄이 가득했다.

창고에서 삽을 챙겼다. 문득 호기심이 생겨 태규의 방문을 열어보았다. 놀라서 소리를 지를 뻔했다. 방에 사당이 꾸며져 있었다. 맙소사. 요즘 들어 정신을 어지럽히는 환상 속의 공간이 바로 거기 있었다. 흉측하게 생긴 늙은 무당이 굿을 하는 바로 그 장소였다.

나도 모르게 뒷걸음질을 쳐서 마당을 나오다 뒤에 있는 누군가와 부딪혔다. 결국 비명을 지르고 말았다. 뒤를 돌아보자 수령이 백년은 넘은 듯한 나무 한 그루가 내려다보고 있었다. 도망치듯 집 밖으로 나왔다.

오랜만이지만 길을 못 찾을 리 없었다. 절대로 잊을 수 없는 길. 손전등 하나에 의지해 이윽고 도착했다. 한눈에 봐도 알 수 있는 커다란 바위 아래. 그 여자를 묻었던 곳이다.

배낭에서 손전등을 하나 더 꺼내 땅을 비추도록 나무에 고정시킨 뒤 땅을 파기 시작했다. 삽자루에 손때가 거뭇거뭇했다. 어쩌면 그 여자를 묻을 때 쓴 삽일지도 모른다. 온몸에서 땀이 흘렀다. 아귀 같은 산모기들이 떼로 달려들었다. 감각이 마비된 것처럼 쉬지 않고 땅을 팠다.

어느 정도 구덩이가 파였다. 땅속에는 아무것도 없었다. 뭐야, 왜 없지? 왜? 그럴수록 마음은 더 급해지고 삽질에도 힘이 들어갔다. 산모기들의 공격은 그칠 줄을 몰랐다. 얼굴이 퉁퉁 부어버렸다.

"이런 씨발…."

나도 모르게 욕지거리를 내뱉는 순간, 누군가가 어깨에 손을 턱 걸쳤다. 나는 비명을 지르며 휘청거리다 구덩이에 빠져버렸다. 동 트는 하늘을 배경으로 태규가 비릿한 미소를 지으며 서 있었다.

"둘이서 파던 거를 혼자 파려니까 힘들재?"

놈이 담배에 불을 붙이며 말을 이었다.

"그날, 니가 서울로 올라가고 며칠 뒤에 큰비가 왔다. 흙이 쓸려 내려가서 동네 할매가 은주 발을 본 기라. 경찰이 조사에 나섰고, 동네 머슴아들이 전부 취조를 받았다. 은주하고 빠구리 친 새끼가 한둘이어야지. 근데 전부 무혐의인 기라. 왠지 아나? 은주 손톱에 서 가해자 혈흔이 발견됐거든. 살해 당시 가해자의 흔적이 남은 거 재. 부산까지 보내서 DNA인가 뭔가 검사를 했는데, 우리 중에는 임자가 없는 기라."

놈은 길게 연기를 내뿜으며 나를 노려보았다.

"결국 미제 사건이 되가꼬 덮었지. 근데, 그 뒤로 은주 귀신이 나 온다 캐서 섬에 난리가 났다. 은주랑 잤던 새끼들이 귀신을 봤다는 기라. 한 놈도 아니고 몇 놈이. 그 새끼들 전부가 돌아뻤다. 헛소리 하고, 이상한 짓을 하다가 죽어뻔 기라. 언 놈은 목 매달아 죽고 언 놈은 절벽에서 떨어지고…. 근데 다른 놈들이 다 봤다는 그 귀신 이… 내 눈에는 안 보이더라. 진짜 이상하지 않나? 씨발, 귀신이 내 한테 제일 먼저 와서, 내부터 죽여야 되는 거 아이가? 지금 생각해 도 이상하재…. 그기 더 사람 미치게 하더라. 왜 내는 안 죽이는지, 언제 내한테 찾아올지 내는 그게 제일로 무섭다. 내 인생이 요 꼬 라지가 된 게 다 그거 때문이다."

"태규야, 미안하다…. 정말 미안하다. 내가… 내가… 어떻게 하면 되겠냐?"

"얘기했잖아."

놈은 차갑게 웃으며 말했다.

"니 마누라. 한 번만 먹자. 나 오래 못 기다린데이. 니 공소 시효가 얼마 안 남았잖나."

"왜? 왜 하필 내 와이프야?"

"좆 꼴린 대로 하는 거지. 내도 잘 모르것다. 누가 내를 조종하는 거 같다. 내도 모르게 니네 집으로 찾아간 기다. 지금 생각해보면, 왜 진작 안 갔나 몰라. 흐흐흐."

"미안하다…. 하지만… 제발…."

놈의 다리를 붙잡고 애원했다. 꼼짝도 하지 않던 놈이 중얼거리듯 말했다.

"내가 진짜 무서운 얘기 해줄까? 돌아삐린 동네 머슴아들이… 하나같이 죽기 전에 모라 캤는지 아나?"

나는 모기에 뜯겨 입술까지 퉁퉁 부은 얼굴로 태규를 바라보았다. 하늘은 푸른 새벽빛으로 가득했다.

모텔 방으로 올라가는 내 심장은 터져버릴 듯 쿵쾅거렸다. 오랜만에 아내와 근사한 외식을 하며 말을 꺼냈다. 특별한 공간에서 특별한 방식으로 부부 관계를 해보는 게 발기부전 극복에 도움이 된 대. 의사가 그렇게 말했다는 거짓 핑계를 대고 아내를 모텔까지 데 려온 것이다.

604호, 강이 내려다보이는 교외의 러브호텔.

나는 팬티와 브래지어만 입은 아내의 눈을 가렸다. 아내는 재미 있어하는 눈치였다.

"진짜 흥분되네? 근데 이렇게까지 해야 돼?"

나는 눈을 가린 아내의 두 팔을 침대 기둥에 묶으며 중얼거렸다.

"이렇게까지… 해야 돼."

내 목소리는 격랑을 만난 배처럼 출렁거렸다. 천천히 침대에서 내려왔다. 아무런 접촉 없이도, 눈을 가리고 묶여 있는 것만으로도 아내는 흥분하는 것 같았다. 아내의 가슴이 빠르게 오르락내리락 했다.

모텔 방 구석에서 천천히 모습을 드러낸 태규는 완전 알몸이었 다. 몸은 문신투성이였다. 놈이 나에게 윙크를 하면서 침대로 다 가왔다. 자연스럽게 침대 위로 올라간 놈은 거칠게 애무를 시작 했다. 난 그 자리에 얼어붙어 움직일 수가 없었다. 눈을 감을 수도 없었다.

"자기야, 미치겠어!"

아내가 소리쳤다.

놈은 느긋하게 브래지어와 팬티를 벗겼다. 아내의 사타구니로 향하는 놈의 커다란 손. 아내의 입에서 신음 소리가 터져 나왔다.

문득 사타구니에 전율이 느껴졌다. 언제 발기부전이었냐는 듯 내 남성이 뻣뻣하게 일어섰다. 놈은 삽입을 시작했고, 아내는 자지러지듯 교성을 내뱉었다.

놈의 허리질은 폭력에 가까웠다. 그런데도 아내는 눈물을 흘릴 정도로 느끼는 모습이었다.

어쩌면 아내는 알고 있을지 모른다. 지금 자기 몸속에 들어와 있는 남자가 누군지.

나도 초라한 내 것을 잡고 흔들기 시작했다. 내 눈에서도 눈물이 흘러내렸다.

모든 것이 달라졌다. 놈은 이제 집 안에서 없어서는 안 될 존재가 되었다. 진우는 잘 웃고 장난도 치던 예전 모습으로 돌아갔다. 아내도 놈과 농담을 주고받는 사이가 되었다. 집에서 제일 어색한 사람은 바로 나였다.

식사 자리에서도 그랬다. 한참 밥을 먹던 놈이 꺼억, 트림을 하자 진우가 장난스럽게 트림을 따라했다.

"장기 자랑 하니?"

아내의 말에 태규와 진우가 깔깔대며 웃고, 결국 아내도 함께 웃는 식이었다. 나는 방세도 제대로 못 내는 하숙생처럼 고개를 푹 숙인 채 밥을 먹었다.

환청과 환상은 점점 더 심해졌다. 쿵쿵, 지하실에서 뭔가가 울리는 소리도 들렸다. 눈만 감으면 놈과 아내가 섹스하는 장면이 선명하게 그려졌다. 회사 업무도 엉망이 되었다. 놈을 처리할 방법을 고민해봤다. 방법이 없었다. 내가 과거의 비밀이 들통날까봐 겁내고 있는 사이 이미 가족은 내 편이 아니었다.

조퇴를 하고 이른 저녁부터 혼자 술을 마셨다. 술에 취해 비틀거리며 집에 들어왔을 때, 거실 소파에서는 놈과 아내, 아이가 나란히 앉아 TV를 보고 있었다. 개그 프로그램을 보면서 셋이 함께 깔깔 웃는 중이었다. 퇴근한 나를 신경 쓰는 사람은 아무도 없었다. 술김에 아들 앞으로 걸어갔다.

"진우야! 아빠 다녀오셨습니까, 해야지!"

아이는 말없이 멀뚱한 표정으로 날 쳐다봤다.

"아들! 아빠한테 인사 안 할 거야?"

하지만 인사 대신 차가운 대답이 돌아왔다.

"비켜요."

아이 말에 태규가 낄낄거렸다.

"모하노? 야가 비키라잖아? 진우야, 저 새끼가 제일 웃기지?"

놈은 TV 화면을 가리키며 아이에게 물었다.

그러자 아이가 놀라운 대답을 했다.

"응, 저 새끼 진짜 웃겨."

아내가 큭큭거렸다.

아, 이건 악몽이다.

화장실로 향했다. 변기 앞에 무릎을 꿇고 구역질을 하기 시작했다.

쿵. 쿵. 쿵. 쿵. 쿵.

도저히 환청 같지 않은 선명한 소리가 귀를 괴롭혔다. 한참 토를 하다가 본 거울에는 그 여자, 은주의 모습이 있었다. 화장실 바닥에는 집게벌레 서너 마리가 기어 다녔다.

"이 개새끼들, 다 죽여버릴 거야!"

나는 소리를 지르며 벌레들을 밟아 죽이기 시작했다.

잠을 제대로 못 잔 지 일주일이 넘었다. 몸도 마음도 통제가 안 될 정도로 흔들렸다. 결국 수면제의 힘을 빌려 겨우 잠들었다. 하지만 곧 견딜 수 없는 소리가 잠을 깨웠다.

쿵. 쿵. 쿵. 쿵. 쿵. 쿵. 쿵. 쿵. 쿵. 쿵. 쿵. 쿵.

자리에서 일어났다. 분노에 몸이 떨렸다. 아내는 그 소리가 전혀 들리지 않는 듯 옆에서 편히 자고 있었다. 나는 소리가 들리는 지하실로 향했다.

계단을 내려가는 동안 쿵쿵, 부스럭거리는 소리는 점점 커졌다.

뭔가 웅얼거리는 소리. 신음 소리 같은 소음도 들려왔다. 지하실로 통하는 문손잡이를 잡았다. 심호흡을 했다. 잠시 망설이다가 문을 열었다.

숨이 멎을 뻔했다. 며칠 동안 환각 속에서 나타났던 나이 많은 무당이 지하실 입구에 서 있었다. 짙은 무녀 화장에 무당 옷까지 입은 노인. 지하실은 사당으로 꾸며져 있었다. 무당 할머니가 두 손으로 내 얼굴을 감쌌다. 무당은 태규 어머니였다.

아내와 태규를 깨워서 정원으로 데리고 나왔다. 한밤중의 기괴한 모임이었다.

"어무이 말이, 이 집에 귀신이 있단다."

놈이 태연하게 하품을 하며 말했다.

"귀신이 있다면 네 어머니가 귀신이겠지. 대체 지하실엔 언제 들어가서 그렇게 한 거야?"

내 목소리는 떨리고 있었다.

"며칠 됐어."

놀랍게도 아내가 대답했다.

"당신은 알고 있었어?"

"지난주에 찾아오셨더라고. 지하실에서만 계시겠다기에 그러시라고 했어."

"뭐? 그걸 말이라고 해?"

아내의 뺨을 향해 날아간 내 손을 태규가 잡아 비틀었다.

"어디라고 손을 대? 죽고 싶냐?"

태규가 나를 노려보며 경고했다.

아내는 비웃음이 묻은 표정으로 나에게 말했다.

"이 집, 우리 아빠가 물려주신 거야. 그리고 잊었어? 당신도 당신 맘대로 손님 불렀잖아."

"아이, 씨이발! 나 미치는 것 보고 싶어? 엉?!"

나는 분한 마음에 어린아이처럼 소리쳤다.

현관 앞에 무당이 마귀 같은 모습으로 서서 나를 보고 있었다.

일요일 낮. 약속 장소인 잠원동 한강시민공원에서 한 시간 전부터 멍하니 앉아 있었다. M은 정확한 시간에 도착했다. 나를 발견하고는 깜짝 놀랐다.

"너, 일단 병원부터 가봐. 얼굴이 반쪽이 됐어. 이게 뭐야! 무슨 병에 걸린 사람 같잖아?"

눈을 꾹 감았다 떴다. 룸미러로 내 얼굴을 비쳐보았다. 피가 번진 듯 안구가 붉게 충혈되어 있었다. 뻑뻑하다 못해 모래가 눈 안쪽에 박혀 있는 느낌이었다.

"잠은 제대로 자는 거야? 제대로 먹긴 해?"

M이 물었다.

"나, 자꾸 이상한 게 보인다."

"이상한 거?"

"보면 안 되는 것들이 보이고, 들으면 안 되는 소리가 들려."

M이 내 뺨을 때렸다.

"정신 차려, 인마! 너 지금 나랑 있을 게 아니라 당장 병원에 가 봐야 돼. 응?"

그랬다. 아무도 나를 도와줄 수 없다는 걸 그제야 알았다.

M과 헤어진 뒤에도 집에 들어가지 않았다. 일요일 오후의 평화로운 한강공원을 보며 몇 시간을 혼자 있었다. 어둠이 내려앉을 때가 되어서야 집으로 향했다.

저녁 내내 서재에 틀어박혔다. 정량보다 두 배나 되는 수면제를 먹고 침대에 누웠다.

꿈일까? 뭔가가 볼에 툭툭 떨어지는 느낌이 들어 눈을 떴다. 침대 옆의 스탠드 불을 올리고 뺨을 손으로 닦았다. 피다. 다시 뺨 위로 피가 떨어졌다.

그 여자가 왔다. 은주가 천장에 붙어 있었다. 정확히 말하면, 중력을 무시하고 천장에 엎드린 자세로. 피는 그녀의 뒤통수에서 떨어지고 있었다.

나는 침대에서 내려왔다. 아내는 방에 없었다. 대신 화장실에서 기어 나온 벌레들이 방 안을 스멀거리고 다녔다. 이제 상관없었다. 뭐가 됐든 상관없어.

부엌으로 가서 독일제 식칼을 뽑아 들었다. 지하실 문을 열자 제단 앞에서 방울을 짤랑거리는 무당의 뒷모습이 보였다.

"그만해!"

무당을 향해 소리쳤다.

무당은 계속해서 방울을 흔들었다. 격하게 몸을 떨면서. 나는 식칼로 무당의 목을 찔렀다. 늙은이의 피가 칼날을 타고 내 손등 위로 흘렀다.

"그만하라고 했잖아."

속이 후련했다. 그래. 진작 이렇게 했어야 해.

지하실을 나왔다. 내 발길이 향한 곳은 2층 손님방이었다. 이미 2층 복도에서부터 남녀의 흥건한 교성이 들려왔다. 천천히 손님방 문을 열었다. 아내가 태규 몸 위에 올라탄 채 춤을 추듯 몸을 흔들고 있었다.

망설임 없이 아내의 등을 찔렀다. 아내는 비명을 지르며 쓰러졌다. 그녀를 발로 밀어버렸다.

"이 새끼! 야! 야, 인마!"

태규는 두려움에 떨며 벽으로 물러섰다. 하지만 이미 내 손에 들린 칼끝이 놈의 눈 속으로 빨려 들어가듯 꽂혔다. 놈은 비명을 지르며 칼날을 손으로 잡았다. 나는 칼을 빼서 놈의 배를 찔렀다. 한 번 두 번 세 번…. 난도질은 계속 이어졌다.

방 안이 피바다가 되고 나서야 손에 들린 칼이 움직임을 멈췄다.

그때 등에서 서늘한 기운이 느껴졌다. 금속성의 단단한 무엇이었다. 고개를 돌렸다. 아들 진우가 서 있었다. 손에는 총을 들고 있었다. 오래전, 바다 속 깊이 사라졌을 거라고 믿었던 그 총이. 놈이 숨겨놨었구나. 그런데 아이가 이상한 소리를 했다.

"엄마가 안 와요, 나 배고픈데. 엄마가 자장가 불러줘야 잘 수 있는데."

"진우야, 그게 무슨 소리니?"

"아저씨, 우리 엄마 왜 죽였어요?"

그 순간 맥이 풀리면서 바닥에 주저앉았다. 지난주 은주의 시체를 파내기 위해 고향 마을로 찾아갔을 때, 동트는 산속에서 태규가 했던 말이 떠올랐다.

— 내가 진짜 무서운 얘기 해줄까? 돌아삐린 동네 머슴아들이… 하나같이 죽기 전에 모라 캤는지 아나? 얼라 귀신을 봤단 기라. 자고 있는데 얼라가 올라탔다는 놈도 있고, 화장실에서 봤다는 놈도 있고, 돌잡이 정도 된 얼란데 눈에 피눈물을 흘리면서 그래 울더란

다. 아기 귀신 봤다는 놈들은 얼마 안 돼서 다 죽었다.

나는 모기에 뜯겨 부르튼 입술에 침을 바르며 무슨 얘기냐고 물었다. 놈이 대답했다.

— 우리가 그때 묻은 가시나. 은주. 갸한테 얼라가 있었던 기라. 산 뒤쪽에서 혼자 사는 줄 알았는데, 갸가 아를 하나 낳아 키웠던 기라. 누구 앤지는 아무도 몰랐다. 생각해보믄, 갸가 예전에 배불러 다니는 걸 봤다 카는 사람도 있었던 거 같고. 여하튼 은주, 갸가 동네 돌아댕기면서 돈 얻어가지고 지 아하고 둘이서 그렇게 살았던 기라. 우리 둘이 은주 묻고 나서 그 아는 엄마를 찾다가 방에서 혼자 굶어죽은 기라. 경찰이 은주 방으로 찾아갔을 때, 얼라 죽어서 다 썩은 거를 발견했다 카더라.

무당 노인의 저주 같은 목소리도 귓가를 스치고 지나갔다.

— 이 집에 귀신이 있어. 한이 맺혀서, 백번을 다시 죽어도 풀리지 않는 한이 맺혀서, 구천을 떠도는 귀신이 있어.

"말해봐요, 아저씨. 우리 엄마 왜 죽였어요?"

진우의 다그침에 나는 정신을 차렸다. 아이의 손가락은 방아쇠에 분명히 걸려 있고, 총구는 내 가슴 한복판을 향해 있었다.

"진우야, 총 치워!"

"말해봐요. 우리 엄마 왜 죽였냐고요?"

진우는 더 이상 내 아들이 아니었다.

"그건 실수였어… 벌써 오래전 일이야. 네 엄마를… 쏘려고 했던 게 아니야. 장난 삼아 사냥을 하다… 사고가 난 거야."

나는 더듬거리며 말했다. 진우는 내 눈을 똑바로 쳐다보면서 총알보다 더 무서운 이야기를 내뱉었다.

"그럼, 우리 아빠는 왜 죽었어요?"

"네 아빠를 내가 죽였다고?"

진우가 나를 보며 고개를 끄덕였다. 태규의 목소리가 들리는 듯했다.

— 근데 다른 놈들이 다 봤다는 그 귀신이… 내 눈에는 안 보이더라. 진짜 이상하지 않나? 씨발, 귀신이 내한테 제일 먼저 와서, 내부터 죽여야 되는 거 아이가? 지금 생각해도 이상하재…. 그기 더 사람 미치게 하더라. 왜 내는 안 죽이는지, 언제 내한테 찾아올지 내는 그게 제일로 무섭다. 내 인생이 요 꼬라지가 된 게 다 그거 때문이다.

그제야 이해가 갔다. 왜 아이가 우리에게 등을 돌리고 엄마 아빠라고 부르지 않았는지. 왜 아이가 태규를 그렇게 따랐는지. 왜 놈이 오면서 아이가 생기를 찾았는지.

"아빠한테 갈래."

진우는 총을 내려놓고 아내와 태규가 쓰러져 있는 침대로 올라갔다. 피투성이가 된 태규의 시체 품에 안기듯 누웠다. 그리고 주머니에서 뭔가를 꺼내 손에 꼭 쥐었다. 나무를 깎아 만든 슈퍼맨 인형. 아빠가 준 선물.

나는 덜덜 떨리는 손을 뻗어 바닥에 떨어진 사냥총을 집었다.

천천히 심호흡을 하면서 고개를 들었다. 벽에는 집게를 까딱거리는 벌레들이 새카맣게 붙어 있었다.

레몬

1999년 7월의 사랑 이야기

사람이 사람을 충분히 안다는 건
하나의 우주를 안다는 것이다.
그 사람이 뭘 좋아하고, 어떤 세월을 견뎌왔고,
그 사람의 습관이 어떤지는 쉽게 알 수 있다.
하지만 사람을 '충분히' 안다는 것은
평생의 시간이 걸리는 위대한 일이다.
이제, 사람을 알아가는 과정은
놀랄 만큼 따뜻하구나, 깨닫는다.
내 앞에 펼쳐진 도시의 불빛보다도,
밤하늘의 별빛보다도 더 따뜻하다.
이 따뜻함을 어찌하면 좋을까.

"사랑은 레몬 같은 거야."

그녀는 캔에 남아 있는 레모네이드 음료를 비우고는 중얼거리 듯이 말했다. 무슨 뜻인지 물어보려고 했는데, 그녀가 다시 말을 이었다.

"인생도 마찬가지지."

그녀의 표정이 너무 진지해 난 질문을 하는 대신 조용히 고개를 끄덕거렸다.

1999년 7월의 첫날. 우린 한강시민공원에 앉아 있었다. 바로 앞 에서 도시의 불빛을 머금은 윤기 있는 강물이 조용히 넘실거렸다.

모든 것이 반짝이고 있었다. 도시의 까만 밤하늘엔 수많은 별들 이, 강 건너 옥수동 한강 변을 따라 끝없이 늘어선 주택가에도 별들만큼 따뜻한 불빛이 켜져 있었다. 그 아래를 가로지르는 강변도로에는 또 그만큼의 붉은 불빛들이 달리고, 한남대교를 따라 늘어선 황금빛 불빛도 거꾸로 타오르는 횃불처럼 물결 위에 출렁이고 있었다.

그녀는 앞으로 시선을 고정시킨 채 무표정한 얼굴로 굳어 있는 듯했다. 7월의 밤바람에 흩날린 그녀의 긴 머리채가 가끔씩 내 얼굴에 와 닿고 그때마다 옅은 샴푸 냄새가 코끝에 감돌았다.

그녀는 유난히 얼굴이 하얬다. 요즘 누구나 다 한다는 쌍꺼풀 수술도 안 한 모양인지 눈은 쌍꺼풀 없이 조용하기만 하다. 그 까만 눈동자 안에 수만 개의 빛이 반짝인다. 작은 우주가 된다.

"참, 아침에 TV에서 오빠 여자 친구 봤어. 예쁘더라."

"그래?"

"그럴 때는 고마워, 라고 해야지!"

"고마워."

그녀는 날 보더니 피식 웃었다. 그녀의 웃음은 사람을 한참 생각하게 만든다. 형식적이지도, 과장하지도 않은 그저 투명한 웃음이다.

우린 아직 아주 친한 사이는 아니지만 타인보다는 훨씬 더 가까운 사이야.

그녀의 미소는 그렇게 말하는 듯하다.

"엉덩이 아프다. 집에 갈까?"

"그래."

자동차로 돌아갔다. 그녀의 집까지 가는 동안 우린 어느 해의 여름이 가장 더웠는지에 대해 얘기했다. 그녀는 작년이라고 했고 난 재작년이라고 했다. 사실 별다른 의미 없는 얘기였는데 우린 몹시 중요한 얘기라도 되는 것처럼 먼지 쌓인 기억들까지 들춰내며 웃고 떠들었다.

자정이 조금 지난 한남대교. 전에도 수십 번은 달린 적이 있지만, 그날 밤의 한남대교는 우주 터널처럼 느껴졌다. 우린 수없이 반짝거리는 도시의 별빛으로 이루어진 한 은하계에서 역시 수많은 불빛들로 이루어진 다른 은하계로 통하는 터널을 달렸다. 지상에서 통하는 모든 법칙은 무시되었다.

진이를 처음 만난 건 한 달 전이었다. 그때도 그녀는 투명하게 웃어 보였다. 노란 점퍼에 미니스커트 차림으로 핸드폰을 파는 여자. 이벤트 요원과 어울리지 않는 웃음이라서 요란한 음악을 배경으로 길거리에 선 채 한참 동안 그녀의 얼굴을 쳐다보았다.

'이틀 후면 서비스 기간이 끝나거든요.'

그녀는 그렇게 말했다. 순간 난 무슨 얘기인가 의아했다. 우리가 일종의 거래를 하고 있었다는 사실을 잊어버린 것이다.

그녀는 나에게 특별 서비스 기간에 구입하면 평생 동안 한 달에 1004분의 무료 통화가 가능한 핸드폰을 권하고, 난 2년 전에 산 구형 핸드폰을 술집에서 잃어버려 며칠을 핸드폰 없이 지내다 전철역 앞에 마련된 이벤트 판매대에서 그녀가 권하는 핸드폰을 살피고 있었다. 나는 잠깐 동안 우리의 그런 상황을 잊고 있었다.

'이왕 사실 거면 지금 구입하는 게 유리하죠.'

그녀는 다시 한 번 웃어 보였다. 지금 우린 거래를 하고 있잖아요. 그녀의 미소가 말했다.

일주일 뒤, 그녀를 다시 만난 곳은 강남역에 있는 '유진 낙지'라는 이름의 한 낙지요리 전문 식당이었다. 토요일 점심시간. 영화가 시작되려면 한 시간쯤 여유가 있어 뭘 먹을까 하다 여자 친구인 윤미가 낙지를 먹고 싶다고 해서 들어간 식당이었다.

둘이 마주 보고 앉아 한창 매콤한 낙지를 건져 먹고 있는데 핸드폰으로 전화가 왔다. 며칠 전에 원서를 냈던 한 외국계 은행의 인사 담당자였다. 필기시험을 통과했으니 면접을 보러 오라는 전화였다.

그 소식을 들은 윤미는 내가 자랑스럽다고 했다. 면접 때 입을 양복이랑 넥타이를 사줄 테니 영화가 끝나면 백화점으로 쇼핑을 가자고 졸랐다.

별로 먹은 것도 없는데 배가 거북하고 답답했다. 사이다를 마시고 싶어서 손을 들어 종업원을 불렀다. 앞치마를 두른 종업원이 다가오는데, 또 전화가 왔다. 이번엔 잘못 걸려온 전화였다.

'전화 잘 터지죠?'

문득 머리를 드니 진이가 미소를 지으며 서 있었다. 빨간 티셔츠에 허름한 남색 앞치마를 두른 채. 이벤트 요원의 요란한 복장을 벗고 메이크업을 지운 그녀는 완전히 다른 사람처럼 보였다. 투명한 미소만 빼고.

윤미는 무슨 일인가 싶어 내 얼굴만 쳐다보았다. 난 진이와 어색하게 인사를 나눈 후 사이다를 주문했다. 그리고 어떻게 낙짓집 종업원하고 내 핸드폰 얘기를 하게 되었는지 윤미에게 설명해주었다. 윤미가 건너 테이블에서 주문을 받고 있는 진이의 뒷모습을 보며 말했다.

'말하자면, 아르바이트 걸이네?'

그녀는 피식 웃으면서 낙지를 집어 먹었고, 난 사이다를 한 모금 길게 마시며 불편한 속을 쓰다듬었다. 그날 본 영화는 하나도 기억에 남지 않았다.

며칠이 지나고 늦은 저녁, 나랑 같은 학번이지만 군대를 면제받아 1년 먼저 회사에 들어간 친구와 함께 다시 그 가게를 들렀다. 친구 녀석의 직장 생활 얘기를 들으며 낙지볶음에 소주 두 병을 다 비울 때까지 진이의 모습은 보이지 않았다.

친구는 회사원과 술집 여자의 공통점을 열 가지도 더 열거했다. 돈을 받으면 받은 만큼 몸을 굴려야 한다. 받는 돈 이상의 오버는 절대로 할 필요가 없다. 하고 싶어서 하는 짓은 아니다. 오래 할수록 요령이 는다. 오래 할수록 더 따분해진다. 나이가 들면 자동적으로 쫓겨난다 등등. 마지막으로 회사원이 술집 여자보다 결정적으로 나쁜 이유를 하나 들었다.

넥타이를 매야 한다.

한참 동안 침묵을 안주 삼아 마지막 잔을 홀짝거리다 친구가 먼저 계산서를 집어 들며 나가자는 눈짓을 했다. 핸드폰을 집어 들고 자리에서 일어섰다.

카운터에 앉아 있던 주인 여자가 밝은 미소를 지으며 '맛있게 드셨어요?' 인사를 했다. 마흔이 조금 넘은 것 같은 그녀는 뭐랄까, 낙짓집 카운터를 보기에는 너무 화려하고 당당해 보였다. 얼굴에 묻은 나이에 비해 늘씬한 몸매에 딱 달라붙은 화려한 은빛 원피스, 귀에는 치렁치렁한 보석 귀걸이가 매달려 있었다. 술기운에도 불구하고 진한 향수 냄새를 맡을 수 있었다.

하지만 인상적으로, 눈빛이 너무나도 맑았다.

친구 녀석이 월급을 받았다며 지갑을 꺼냈고, 난 가게 안을 한 번 둘러보았다. 밤 10시가 조금 넘은 시간. 가게는 손님으로 반쯤 차 있었다. 친구가 계산을 하는 동안, 손에 든 핸드폰을 엄지손가락 끝으로 문질렀다.

진이의 장담에 한 치의 어긋남도 없이 핸드폰은 아주 만족스러웠다. 일단, 예전의 핸드폰보다 훨씬 가볍고, 크기도 작았다.

무엇보다 마음에 든 것은 무척이나 매끄러운 표면이었다. 손가락 끝에 닿는 감촉이 좋아 문질러보다 그게 습관이 되어버렸다. 계속 문지르다보면 핸드폰의 정령 '지니'가 나타나 소원을 들어줄 것 같기도 했다.

무슨 소원을 말할까. 도망치게 해달라고 얘기해야지. 지금 내가 있는 곳, 앞으로 내가 가게 될 곳에서 용감하게 탈출할 수 있도록 해달라고 얘기해야지. 하지만 아무리 문질러도 지니는 나타나지 않았다. 우린 낙짓집을 나와 택시를 타고 각자 집으로 돌아갔다.

진이가 다시 나타난 건 보름 정도가 더 흐른 뒤였다.

유난히 더웠던 어느 수요일, 은행에서 면접을 봤다. 윤미가 사준 양복을 입고 넥타이를 맸다. 그녀는 양복이랑 넥타이를 한 내 모습이 제일 멋있다고 얘기했지만, 난 겨우 반나절 넥타이를 맸을 뿐인데도 숨이 턱턱 막혔다.

그날 밤, 교수대에 매달리는 아주 끔찍한 꿈을 꾸었다. 정말 오랜만에 꿔보는, 지극히 구체적이고 기분 나쁜 악몽이었다.

그리고 며칠이 지난 6월 말 어느 금요일, 대학에서의 마지막 기말 고사를 보고 마지막 방학을 맞이했다. 시험은 오후 2시에 끝났지만, 일부러 특별한 약속은 잡지 않았다. 집에서 하루 종일 조용히 생각을 정리하고 싶었기 때문이다.

돈 받은 만큼 몸을 굴릴 필요도 없고, 기분이 내키면 오버도 할 수 있고, 결정적으로 '넥타이를 매지 않아도 되는 시절'과 이별할 준비를 하고 싶었다. 내 가장 자유로운 시절을 함께했던 티 렉스와 AC/DC를 들으며 일기나 써볼까 하다 새 CD를 몇 장 사는 것도 괜찮을 거라는 생각이 들었다.

강남역에 있는 한 대형 레코드 가게에서 CD를 고르고 있었다. 멜랑콜리한 기분도 쫓을 겸 신나는 '자킬'의 앨범을 살까, 지미 핸드릭스 콜렉션 중에 유일하게 빠져 있는 '새로운 태양의 첫 번째 햇살' 앨범을 살까…. 아예 서너 장을 구입할 생각으로 선택한 CD들을 손에 들고 느긋한 발길로 매장 안을 둘러보고 있었다.

'안녕하세요?'

헐렁한 흰 면 티셔츠에 군복 바지, 초록색 싸구려 운동화를 신고 목에는 커다란 헤드폰을 액세서리처럼 건, 그런지 패션으로 무장한 여자가 내 앞에 서 있었다. 진이였다.

'자꾸 만나네요?'

그리고 세 번째까지는 우연으로 만날 수 있었지만, 네 번째는 자신이 없다고 했다. 우린 전화번호를 교환했다. 그녀는 헤어지면서, 한 번 고객은 영원한 고객이라는 우스갯소리까지 덧붙였다. 정말, 난 두 번이나 그녀의 '고객'으로 그녀를 만난 셈이었다.

그리고 며칠 뒤, 혼자 방에서 맥주를 마시다 그녀의 핸드폰으로 전화를 했고, 그녀가 일하는 낙짓집 근처의 한 포장마차에서 간단하게 술을 마셨다. 그때부터 우린 말을 놓기로 했다.

그녀는 스물세 살 그리고 난 스물일곱이었지만 그녀는 내가 자기보다 더 어려 보인다고 했다. 이유는 알 수 없지만 나도 그런 생각을 했다. 외모는 스물세 살 여자였지만 생의 골수를 경험한 사람들에게나 있을 법한 범접할 수 없는 신비감이 느껴졌다.

술을 함께 마시면서 그녀에 대해 알게 된 몇 가지 사실.

애니메이션을 전공했다.

오후와 저녁 시간에는 낙짓집에서 아르바이트를 한다.

오전에는 가끔씩 일거리가 생길 때마다 이벤트 일을 한다. 주로 새로 문을 연 가게에서 개점 행사를 도와주거나 핸드폰 거리 판매 등등.

집은 옥수동.

'아찌'라는 이름의 애완견이 있다.

얼마 안 있으면 애니메이션 스쿨에 다니기 위해 미국으로 떠날 예정이다.

그리고 무려 10년을 사귄 남자 친구가 있다.

내가 그녀에게 얘기해준 것 몇 가지.

스물일곱의 경영학과 졸업반 대학생이다.

한 외국계 은행에 반쯤 취직이 된 상태이다.

외국어 학원과 스포츠 센터에서 주로 시간을 보낸다.

집은 압구정동이다.

애완견은 키우지 않는다.

그리고 3년쯤 사귄 여자 친구가 있다.

우린 마지막 소주잔을 들면서 한숨을 내쉬었다. 서로가 별로 공통점이 없는, 좋은 친구가 될 가능성이 별로 없는 사이라는 걸 인정했다.

사실 난 중요한 것들은 별로 털어놓지 않은 셈이었다. 약간은 미안한 마음이 들었지만 진이 역시 중요한 이야기들은 감추었다는 직감이 들었다. 그리고 그것들이 궁금해졌다. 그녀의 신비, 그 이유를 언젠가는 알게 되겠지, 생각하며 궁금증을 달랬다.

며칠 뒤 우린 한강시민공원에서 한 번 더 만났고, 그날 밤 우주 여행을 경험했다.

"게임에 이기는 건 별로 중요하지 않아. 문제는 게임을 어떻게 하느냐야. 게임에 지는 거, 그것도 별로 중요하지 않아. 역시 문제는 게임을 어떻게 하느냐야. 그럼, 게임은 어떻게 해야 하느냐. 게임은 이겨야 돼."

윤미는 사뭇 비장한 말투로 얘기했다. 그녀는 그런 식의 이야기를 좋아한다. 그런 식의 책들도 좋아한다. '성공하는 사람의 몇 가지 습관'이라든가, 세계 유명 인사들의 자서전이 그녀가 가격 대비 효용이 충분하다고 믿는 책이다.

우린 그녀가 좋아하는 스테이크 전문점에 앉아 뉴욕 스트립을 먹고, 무알코올 과일 칵테일을 마시고 있었다. 토요일 저녁, 사람들은 빈 테이블 없이 들어차 있었고 나무를 주조로 한 실내에는 부담 없는 볼륨으로 CCR의 노래가 흘러 나왔다. 그녀는 얼마 전 읽은 책에서 마음에 들었다는 문구를 얘기해주었다.

나보다 한 살 어린 윤미는 방송국 아나운서다.

3년 전, 학사 장교로 한창 갑갑한 군 생활을 하던 시절, 친구 소개로 그녀를 만났다. 당시 나와 같은 학교의 영문학과 졸업반이던 그녀는 최고의 앵커우먼이 꿈이라고 얘기했다. 이목구비가 반듯한 얼굴에 운동으로 다듬어진 몸매, 세련된 메이크업에 고급스러운 투피스. 그녀는 부담스러울 정도로 '준비가 되어 있는' 여자였다.

매주 주말이면 그녀를 만났다. 같이 식사를 하고, 영화를 보고, 시내를 돌아다니고, 차를 마시고, 드라이브를 하고, 남들과 별로 다를 것 없는 데이트를 즐겼다.

우리가 어떻게 진지하게 사귀게 되었는지는 아무리 생각해도 정확히 기억이 나지 않는다. 언젠가부터 사랑한다는 속삭임이 오 갔고, 떨리는 첫 키스가 있었고, 함께 지낸 밤들이 하나둘씩 늘어 갔다. 그녀를 만날 수 있는 주말 외박이 애타게 기다려졌다. 수많 은 웃음과 눈물…. 그녀가 곁에 없으면 그리웠고, 함께 있으면 행 복했다.

내가 제대하기 직전 그녀는 한 지방 방송국의 아나운서로 일을 시작했고, 2년 만에 공중파 방송국의 공채 아나운서에 합격했다.

그녀가 MC 자격으로 처음 방송을 진행하는 날, 그녀의 모습을 보며 감동했다. 꿈만 꾸고 움직이지 않는 사람이 아니라 자신의 꿈 을 이뤄내기 위해 떳떳하게 노력하고 승부하는 사람에 대한 존경 심이었다.

나는 아침을 TV 화면에 나오는 여자 친구의 얼굴과 함께 시작 한다. 묘한 느낌이다. 여자 친구의 얼굴을 TV로 보면서 아침을 먹 고, 이를 닦고, 신문을 본다는 것. 스피커에서 흘러나오는 여자 친 구의 목소리로 생활 정보를 얻고, 좋은 하루가 되라는 축복을 받는 다는 것.

"게임은 이겨야 한다. 좋은 말 같아. 멋있다."

그녀의 이야기에 코멘트를 해주었다.

"그치? 오빠도 그 책 읽어봐. 괜찮더라. 내가 빌려줄게."

"제목이 뭐라고?"

"《성공하는 그대를 위한 100가지 충고》."

"제목 좋다."

"〈코끼리 무덤〉이 더 멋있어."

윤미가 싱긋 웃어 보이며 윙크를 했다. 나도 미소로 대답했다.

〈코끼리 무덤〉은 내가 대학 시절에 쓴 단편소설의 제목이었다. 그녀의 배려가 오랫동안 안전하게 가두어놓았던 추억의 빗장을 끌러버렸다.

대학 시절, 소설을 썼다. 전공과는 전혀 상관없는 일이었지만 당시 나에겐 그것만이 의미 있는 일이었다.

내가 다닌 대학은 자유도, 투쟁도, 혁명도, 고뇌도 사라져버린 거대한 규모의 학원이었다. 무엇을 향해 가는지도 몰랐다. 처음엔 미팅, 소개팅, 술, 나이트클럽 등이 일상의 아이콘이 되었고, 나이가 들면서 취직, CPA 등으로 관심의 축이 옮겨갔다. 그저 남들이 가는 길을 따라 발걸음을 옮길 뿐이었다.

그것뿐이라면, 정말 그것뿐이라면 너무나도 비참하다는 생각이 들었다. 신은 죽었고, 이제 인간도 죽고, 아찔한 질서만이 살아남을 거라는 공포감을 떨쳐버릴 수가 없었다. 조금만 더 길을 걷다보면 그런 공포감마저 질식해버리고 완벽하게 세뇌된 좀비가 될 거라는 위기감이 가슴 깊이 꿈틀거렸다.

고등학교 때부터 취미 삼아 써오던 글쓰기가 일종의 구원처럼 보였고, 시간이 날 때마다 소설 쓰기에 매달렸다. 하지만 그것도 잠깐이었다. 소설 쓰기에 대한 욕망은 어린 시절의 자위행위처럼 서서히 사라져버렸다.

작년 윤미의 생일날, 뭔가 특별한 선물을 주고 싶어 내가 쓴 몇 편의 단편소설 중에서 가장 자신 있던 〈코끼리 무덤〉을 건넸다. 그 다음 날 그녀가 전화를 걸어 물었다.

'주제가 뭐야?'

글쎄. 주제가 뭘까. 뭐라고 대답했는지 기억이 나지 않는다.

"무슨 생각해?"

"아, 그냥. 〈코끼리 무덤〉의 주제가 뭘까 하는 생각."

"오빠가 그랬잖아. 읽는 사람 가슴에 남는 게 주제라고."

그럼, 네 가슴엔 뭐가 남았니?

"그랬나?"

"바보."

윤미는 엄지손가락으로 내 이마를 툭 튕기면서 눈웃음을 지었다. 길고 두툼한 속눈썹이 살짝 떨린다. 눈가에 옅게 흘린 아이섀도가 내 시선을 잠시 붙들었다. 그녀는 화장을 세련되게 잘한다. 뿐만 아니라 얼굴은 선이 분명하고 갸름한, 이른바 서구형이라서 화장이 아주 잘 받는 편이다.

"오빠 생각엔 붙을 거 같아?"

내 취직 문제는 요즘 윤미의 최대 관심사다. 물론 중요한 일이긴 하지만 부담될 정도로 관심이 지나치다. 아니, 어쩌면 내가 이상한 걸지도 모른다. 면접을 보고, 합격 발표일이 며칠 남지 않았는데 왜 이렇게 무덤덤한 걸까.

"잘 모르겠어."

"될 거야, 오빠."

"안 되면, 뭐… 다른 데 시험을 보던가 하지."

"무슨 소리야. 그 은행이 제일 조건이 좋잖아. 국내 은행이나 증권 회사 같은 데랑 한 번 비교해봐. 오빠, 게임은 이기라고 있는 거야. 분명히 될 거야."

"그랬으면 좋겠다."

거짓말을 했다는 생각이 들었다. 그랬으면 좋겠다, 라니. 내 심정을 분명히 파악할 수 없었다. 마치 갈림길에 서 있는 '나'의 뒷모습을 바라보는 기분이었다. 가슴이 답답해졌다.

"오빠, 입사하면 어떻게 할 거야?"

"어떻게, 라니?"

"그냥 뭐, 계획이 있을 거 아냐. 몇 년쯤 회사를 다니다가 유학을 간다든가, 아니면 외국 지사 쪽으로 신청을 한다든가. 그런 것쯤은 나랑 의논해야 되는 거 아냐?"

"아, 그런 거. 그렇지. 근데 아직 잘 모르겠어."

윤미는 내 대답이 몹시도 실망스러운지 시선을 다른 쪽으로 돌리고 한참 동안 차가운 표정으로 화를 삭이는 듯했다.

"미안해, 윤미야."

"뭐가?"

그녀의 얼굴에는 아침 방송에서나 볼 수 있는 미소가 고정되어 있었다. '뭐가?' 하는 목소리도 방송이 끝나기 직전 '좋은 하루 되세요!'라고 말할 때의 어조였지만 그 속에 담겨 있는 노여움은 쉽게 눈치챌 수 있었다. 한참 동안 테이블 위에 놓인 핸드폰 표면을 쓰다듬으며, 내 나름대로 생각해낸 변명을 조용히 얘기했다.

"아직 붙지도 않았는데⋯ 그런 것까지 생각할 필요는 없다고 생각했을 뿐이야."

윤미는 고개를 돌려 날 바라보았다.

"오빠는 날 어떻게 생각해?"

"난 너한테 더 바라는 거 없어."

"그런 게 아니라 앞으로 말이야."

윤미의 시선은 전혀 흔들림 없이 내 눈 속으로 돌진해 들어왔다. CCR의 흥겨운 노래가 끝나고 쉬나 이스턴의 노래가 흘러나오기 시작했다. 그녀의 시선이 조금은 부담스러웠지만 나도 최선을 다

해 눈길을 피하지 않으려고 애썼다.

"나 벌써 스물여섯인데, 그게 무슨 뜻인지 알아? 3년만 더 있으면 스물아홉, 앞으로 3년 안에 결혼을 해야 한다는 얘기야."

결혼을 '해야 한다'는 말을 듣자 온몸에 소름이 돋았다. 그녀와의 결혼을 전혀 생각하지 않고 있었던 건 아니다. 하지만 생각을 하는 것과 입 밖으로 꺼낸다는 것은 엄청난 차이가 있다. 그리고 '스물여섯과 스물아홉 사이에 결혼을 해야 한다'고 잘라 말하는 그녀의 목소리가 조금은 무섭기까지 했다.

그녀는 내가 답답하고, 나는 그녀가 두려웠다. 우린 서로의 긴 침묵 속에 잠겼다. 결국, 내가 한 걸음 뒤로 물러났다.

"윤미야. 난 말이야, 이런 얘기는 좀 더 신중하게 했으면 좋겠어. 예를 들면 말이야, 내가 취직하고 난 뒤에, 먼저 서로 깊이 생각해 본 다음, 마음의 준비를 하고 얘기하는 게 나을 거란 말이지."

윤미는 무표정한 얼굴로 날 바라보았다. 표정이 천천히 밝아졌다. 그녀는 마음만 먹으면 언제 어디서라도 그렇게 웃을 수 있는 놀라운 능력을 갖고 있었다.

그건 기분이 좋아졌다거나 나와 화해하고 싶다는 뜻이 아니다. 언젠가부터 그녀 미소 뒤에 숨은 뜻을 찾기가 힘들었다. 예전에는 TV에서 보는 미소와 둘이 있을 때 볼 수 있는 미소가 완전히 다른 것이었는데, 그 차이가 점점 줄어들었다.

"맞아. 역시 오빠 나보다 더 어른이야. 맞아."

그녀는 내 손을 잡고 손가락으로 손등을 부드럽게 어루만졌다. 나는 조용히 말했다.

"잠깐 화장실 좀 다녀올게."

화장실로 들어가자마자 세면대에서 물을 틀었다. 거세게 쏟아져 나오는 차가운 물을 손에 받아 정신없이 세수를 했다. 한참 동안 세수를 하다가 물을 잠그고 고개를 들었다. 거울에 비친 '내'가 나를 응시하고 있었다. 그의 얼굴에서는 물방울이 떨어지고, 길고 까만 앞 머리카락은 젖은 채로 흔들거렸다.

인생은 레몬 같은 거야. 사랑도 마찬가지지.

흐린 하늘, 습한 공기, 유난히 무겁고 더운 7월 어느 날 오후였다. 에어컨 바람에 몸을 반쯤 노출시키고 거실 소파에 늘어져 비디오를 보고 있었다. 영화는 별로 재미가 없고 오전에 수영을 좀 많이 했더니 자꾸 졸음이 와서 비디오를 끄고 낮잠을 잘까, 생각하던 중이었다.

옹달샘 멜로디가 울려 퍼졌다. 거실 테이블 위에 나란히 누워 있는 에어컨과 오디오 그리고 비디오 리모컨 옆에 놓인 은색 핸드폰에 붉은 불이 반짝거렸다. 전화를 받았다. 건조한 목소리의 인사 담당 직원은 내가 최종 면접에서 합격했다는 소식을 전하고, 계약에 필요한 세부 사항에 관해 얘기를 해야 하니 열흘쯤 뒤에 회사로 들르라는 말을 덧붙였다.

전화를 끊고 리모컨 세 개를 차례로 들어 비디오를 끄고, 음악을 켜고, 에어컨을 껐다. CD 체인저에서 랜시드의 앨범을 찾아 다른 어떤 소리도 들리지 않을 정도로 볼륨을 높였다. 정신없이 두들겨대는 스네어 드럼과 육중하면서도 센스 있는 베이스, 마구 긁어대는 기타 리프들, 기타 소리보다 더 쇳소리가 심한 보컬이 거실 안을 가득 채웠다.

한참 음악을 들으며 멍하니 앉아 있다가 잠이 들었다. 저녁 7시쯤 엄마가 들어와 잠을 깨우고 저녁을 해주었다. 방으로 들어가 한참 동안 컴퓨터 오락을 했다. 30분쯤 오락을 하고 인터넷으로 화면을 옮겼다. 포르노 사이트로 들어가 사진들을 띄워놓고 자위행위를 했다. 몇 년 만이었다.

기분은 결코 나아지지 않았다. 밤에 윤미를 불러내서 잠깐 모텔에 들를까, 생각도 해보았지만 별로 좋은 계획이 아닌 것 같았다. 만나면 합격 소식을 얘기해야 하고, 그러면 그 뒤에 이어질 우리의 대화를 감당해낼 자신이 없었다. 그리고 아나운서가 된 뒤로 그녀는 모텔에 들어가는 걸 극도로 꺼려했다.

성욕 해소로 기분을 전환하려던 것에 실패하고, 책이라도 좀 읽을까 싶어 책장 앞에서 서성거렸다. 한구석에 밀려나 있는 예이츠의 시집이 눈에 띄었다. 대학교 2학년 때 1년 정도 사귀던 여자애가 선물해준 시집이었다. 마음에 드는 시들이 몇 개 있었던 기억이 났다. 1년이란 세월 동안 쌓였던 그 여자애에 대한 기억은 흔적도 없이 사라지고 시집만 책장 구석에 남아 있었다.

시집을 빼 들고 책상에 앉았다. 방에 있는 작은 음료수 냉장고에서 맥주를 한 캔 꺼내 마시면서 천천히 읽어나갔다. 시선을 잡아끄는 시가 있었다. 시집을 처음 읽었을 때도 마음을 빼앗긴 기억이 나는 아주 짧은 시였다.

술은 입으로 들어오고
사랑은 눈으로 들어온다.
우리 늙어 죽기 전에 진실로 알 수 있는 것은
오직 그것뿐.
나는 술잔을 들어 입으로 향하고
그대를 바라보고, 한숨 쉬네.

남아 있던 맥주를 다 비우고 더운 물로 샤워를 했다. 시를 읽으면서 진이 생각을 했다. 그녀와 함께 포장마차에서 술을 마시며, 마지막 잔을 들고 한숨을 길게 내쉬던 기억이 분명히 살아났기 때문이다. 나뿐만이 아니라 그녀도 그랬다. 그녀도 내 얼굴을 보면서 길게 한숨을 내쉬었다.

그때 우린 서로가 너무 다르다는 사실을 인정하면서, 유일하게 비슷한 점은 그녀에게는 10년 사귄 남자 친구가, 나에게는 3년 사귄 여자 친구가 있는 것뿐이라고 한참을 낄낄거린 후였다.

샤워를 마치고 알몸으로 방 안을 서성거렸다. 창가에 서서 한강의 야경을 구경하다 창밖으로 침을 한 번 뱉어보기도 하고, 담배도 한 대 피웠다. 마지막으로 뿜은 긴 연기가 작은 가스 성운이 되어 7월의 밤하늘로 날아갔다.

담배를 피우고 나서 침대에 가만히 누웠다. 알몸에 닿는 침대 시트가 매끄러웠다.

침대에서 일어나 책상에 있는 핸드폰을 들고 왔다. 눈을 감고 손가락 끝으로 핸드폰 표면을 문질렀다. 온통 매끄러운 느낌에 푹 빠져 있다보니 어느새 밤 10시가 넘었다.

핸드폰 플립을 열고 진이의 핸드폰 번호 열 개를 또박또박 눌렀다. 한참 신호가 갔는데도 전화를 받지 않았다. 서빙을 하느라 바쁜 진이의 모습이 떠올라 한숨을 쉬며 플립을 닫았다. 다시 손끝으로 핸드폰을 문지르기 시작했다.

지니야, 나타나라. 날 좀 어떻게 해줘.

윤미에게 합격 소식을 얘기하면 몹시 기뻐하겠지. 그녀의 말대로 난 게임에서 이겼으니까. 게임에서 이긴다는 건 모두 다 가는 길을 좀 더 빨리 달린다는 것과 비슷할 것이다. 얻는 것은 무엇인가. 아마도 게임에서 진 사람들보다 많은 돈이겠지. 네모난 명함 그리고 좀 더 고급스러운 넥타이?

한참 생각을 하다 전화벨이 울려 깜짝 놀랐다.

"여보세요?"

"나야, 진이. 혹시 아까 오빠가 전화한 거 아냐?"

그녀에게는 마법의 힘이 있나보다.

막상 진이와 약속을 잡고 나니 비가 내리기 시작했다. 약속 시간은 밤 11시 30분이었다. 차를 가지고 그녀가 일하는 가게 앞까지 가서 그녀를 태워 왔다.

영화를 보았다. 심야 시간대에 오래된 명화를 상영하는 극장이었다. 그날의 명화는 〈이지 라이더〉. 대학교 1학년 때인가 한 번 본 적이 있는 영화였다. 진이는 처음 보는 영화라고 했다.

그녀는 몹시, 말 그대로 몹시 피곤해 보였지만 한 번도 졸지 않고 영화를 다 보았다. 중간에 두 주인공이 할리 데이비슨 오토바이를 타고 가는 장면에서 슈테펜볼프의 〈본 투 비 와일드〉가 터져나오자 머리까지 흔들어가며 박자를 맞췄다. 나는 스크린 대신 그녀의 까만 눈동자 위로 지나가는 영화를 보았다.

영화가 끝나고 극장 빌딩 꼭대기에 있는 카페로 올라가 커피를 마셨다. 사람은 거의 없었다. 우리 말고 한쪽 구석 테이블에 연인이 앉아 있을 뿐이었다. 그들 둘은 뭔가 심각한 얘기를 하는지, 어두운 표정으로 마주 보고 있었다.

새벽 2시. 카페는 훤한 페어 글라스로 둘러싸여 있었다. 빗방울이 가득 묻은 유리벽을 통해 어둠이 내려앉은 새벽의 도시가 내려다보였다. 네모난 빛의 상자 안에 갇힌 채 도시 위의 온통 까맣고 거대한 어둠 속에 둥둥 떠 있는 느낌이었다.

"안 피곤해?"

"별로."

하지만 그녀의 얼굴에는 피곤이 역력했다. 하얗게 물이 빠진 청바지와 흰색 스판 티셔츠를 입은 그녀는 커피를 마시면서 흘러내리는 머리를 계속 쓸어 넘겼다. 그때마다 힘든 표정이 볼 위로 스치고 지나갔다. 괜히 불러냈다는 생각이 들었다.

"나 오늘 아침에도 TV에서 오빠 여자 친구 봤다. 하늘색 투피스가 아주 잘 어울리던데? 오빠 여자 친구라니까 왠지 아는 사람 같아서 자꾸 보게 돼."

"그렇게 빨리 일어나?"

"아니. 일 끝나면 벌써 자정이니까, 집에 가서 샤워하고 빈둥거리다 보통은 2시 넘어서 자. 10시쯤 돼야 일어나는데 가끔 한두 시간 정도 일찍 잠이 깰 때가 있어."

"너 빨리 가서 자야겠다. 안 졸려?"

"별로. 근데 배가 고파."

"뭐 시킬까? 쿠키 같은 거?"

그녀는 순식간에 쿠키 한 접시를 다 먹어 치웠다. 마지막 쿠키를 입에 넣으면서 싱긋 웃어 보였다. 그녀의 미소를 보니 나도 쿠키가 먹고 싶었지만 대신 담배를 한 대 피웠다.

"출국 한 일주일 남았나? 준비는 다 했어?"

그녀는 대답 대신 고개를 끄덕거렸다.

"남자 친구는 너 미국 가는 거 뭐라고 안 그래?"

그녀의 얼굴에 잠깐 알 수 없는 떨림이 스치고 지나갔다. 별로라는 말과 함께 어깨를 으쓱하고는 싱긋 웃어 보였다. 그녀의 미소는 마침표 같다. 그녀의 말은 마지막 미소가 나타나야 비로소 완전한 의미를 갖게 된다.

"남자 친구 뭐하는지 물어봐도 돼?"

"오빠, 수상해. 뭐가 그렇게 관심이 많아? 언니한테 이를까?"

"얘기하기 싫으면 말고."

열네 살 때부터 스물세 살까지 두 남녀가 함께한다는 건 결코 평범한 일이 아니다. 그렇게 어린 나이부터 남자와 여자로 만났을까? 처음엔 친구였겠지? 도대체 어떤 남자일까? 그녀는 '10년 동안 사귄' 동갑내기 남자가 있다는 말만 했을 뿐, 한 번도 그 남자에 대해 얘기한 적이 없었다.

"석이는, 글쎄…."

그녀는 한참 걷다 벽에 맞닥뜨린 사람처럼 멍한 표정으로 멈췄다. 꽤 오랜 시간을 그런 표정으로 가만히 멈춰 있었다.

"야, 왜 그래? 걔 학생이야? 군대에 있어? 동갑이라고 했으니까 둘 중 하나겠네."

"응, 학생이야."

"근데 뭘 그렇게 망설여?"

"그냥. 오빠가 뭐하는지 물었으니까. 아이, 됐어. 피곤해서 그래."

"어떻게 생겼어?"

"음. 아주 잘생겼어. 글쎄, 오빠랑 닮은 것 같기도 하고. 석이는 눈이 사슴 같아."

한참 동안 진이의 얼굴을 보며 미소를 기다렸다. 그녀는 마침표를 잊은 채 커피만 홀짝거리고 있다. 웃어달라고, 부탁이라도 하고 싶었다.

"참, 오빠 취직 언제 해? 면접 봤다더니 어떻게 됐어?"

"붙었어."

"우와, 축하해! 외국계 은행이면 들어가기 어려운 데 아냐? 오빠 되게 똑똑한가보다."

진이는 활짝 웃으며 기뻐했다. 내 합격 소식을 엄마보다도, 윤미보다도 먼저 알게 된 사람이 되었다.

"왜 그렇게 무덤덤해? 떨어지고는 쪽 팔리니까 뻥친 거 아냐?"

진이는 말을 하고 깔깔 웃었다.

"무덤덤하긴. 나도 기뻐."

진이는 진지한 표정으로 내 눈을 들여다보았다. 가끔 그녀의 눈동자는 끝없이 깊어진다. 그럴 때면 마주 보고 있는 내가 그 속으로 빨려 들어가는 듯하다.

"오빠, 거기 가기 싫구나?"

난 믿는다. 세상에는 사람의 마음을 읽을 수 있는 특별한 능력을 가진 이들이 분명히 있다고. 그리고 진이는 그중 하나였다. 그녀는 진실을 보았다. 내 자신도 보지 못하고 있던, 어쩌면 두려움 때문에 직시하지 못하고 있던 가슴 깊은 곳의 진실을 내 눈동자를 통해 꿰뚫어본 것이다.

조용히 남아 있는 커피를 비우는 것으로 대답을 대신했다. 그녀가 더 이상 묻지 않기를 바랐다.

"난 그런 거 잘 몰라. 오빠가 알아서 하겠지."

"가기 싫어. 그런데 가야 돼. 무슨 말인지 알겠어?"

진이는 놀란 표정으로 내 얼굴을 바라보았다. 나도 나 자신에게 놀랐다. 그런 말을 해버리다니.

"그럼, 가지 마."

그녀의 대답은 더 놀라웠다. 게다가 어느 때보다 더 강력한 마침표를 찍었다. 그렇게 간단한 것이었다. 가기 싫은 곳엔 가지 않으면 된다. 하기 싫은 일은 하지 않으면 된다. 그리고 미소. '세이의 법칙'보다도, '케인즈의 단순모형'보다도 명확했다.

"오빠가 정말로 하고 싶은 일은 뭔데?"

구석에 앉아 있던 심각한 연인이 자리를 떠났다. 카페엔 우리밖에 없었다. 카운터에 앉아 있는 노랑머리 남자애는 권태롭게 담배를 피우며 잡지를 뒤적이고 있었다. 곡명을 알 수 없는 재즈 넘버와 밖의 빗소리가 뒤섞여 공간을 떠돌았다.

"이건 우스운 얘긴데, 난 레코드 가게를 하고 싶었어. 가게 안에서 음악을 들으며 소설을 쓰는 거야. 마음이 내키면 언제든지 가게 문을 닫고 훌쩍 여행도 떠나고. 되게 진부하지? 그런데…."

내 목소리는 떨리다가 사라져버렸다.

"그런데?"

"그건 불가능해."

"왜?"

"모르겠어."

사실, 나는 알고 있었다. 용기가 없기 때문이다.

어떤 환경에서 태어나 어떤 학교를 다니고 어떤 친구를 사귀고 어떤 사람을 만나고 어떤 직업을 선택하고…. 살아가는 건 길을 걷는 것이다.

길 양 옆으로는 고속도로 중앙 분리대보다 더 두터운 보호벽이 높이 서 있다. 보호벽은 주위 사람들의 기대와 '어떤 것이 정상적인 것인지를 판단하는' 여행자의 고정관념으로 이루어져 있다. 길을 걸으면 걸을수록 보호벽은 점점 더 두터워진다.

문제는 보호벽이 인도하는 방향이 여행자의 진실한 욕구와 언제나 일치하는 건 아니라는 데 있다. 보호벽이 조금이나마 약해지는 곳이 바로 갈림길 앞이다. 물론 보호벽은 '진실한 욕구'가 아닌 '정상적인' 길 쪽으로 발걸음을 인도한다. 보호벽을 부수는 데는 대단한 용기가 필요하다. 그리고 대부분의 사람들처럼, 나는 그런 용기가 없다고 생각한다.

"미안해, 오빠. 내가 괜히 쓸데없는 얘기 했지?"

진이는 활짝 웃어 보이며 내 손을 잡았다. 나도 모르게 그녀의 손을 힘주어 잡았다. 깜짝 놀란 그녀가 소리 없이 얼굴을 찡그렸다. 우리의 눈빛은 한참 동안 엉켜 있었다.

"오빠가 아까 나한테 그런 얘기를 했다는 건 우리가 친구가 됐다는 뜻이야. 거의 정반대에 가깝던 우리가 그 많은 차이점을 극복하고 친구가 되었다는 뜻이야!"

"아직 아냐."

내 말에 그녀는 의아한 표정으로 내 눈을 바라보았다.

"네가 정말 하고 싶은 일은 뭔데?"

그녀는 내 목소리만큼 진지한 표정으로 뭔가를 한참 생각하다 작은 한숨을 내쉬었다. 하지만 얼굴에는 금세 밝은 미소가 피어올랐다.

"내가 하고 싶은 일은 말이야, 레코드 가게 주인은 아니고, 음, 오빠 차를 타고 레드 제플린의 〈빗속의 바보〉를 들으면서 드라이브를 하는 거야. 그리고 집에 가서 옷을 홀랑 벗어 던지고 따뜻한 물로 샤워한 다음, 뽀송뽀송한 팬티랑 푸우가 그려진 티셔츠 차림으로 코를 골면서 내일 정오까지 자는 거야. 어때, 이제 우린 친구지?"

그런 차림으로 코를 골며 잠든 그녀를 생각하니 웃음이 나왔다.

"장난치지 말고. 앞으로 뭘 하고 싶으냐는 질문이잖아."

"앞으로? 그건 너무 생각하기 힘들어."

"좋아, 진이, 그럼 내일은 뭘 하고 싶어?"

그녀의 표정이 진지해졌다. 갑자기 난 까만 눈동자 속으로 끝없이 빨려 들어가고 있었다.

"나에게 내일은 너무 먼 미래야."

우린 비가 오는 도시의 새벽을 드라이브했다. 우주의 터널을 지나 그녀가 살고 있는 은하계로, 레드 제플린의 〈빗속의 바보〉를 들으면서.

"그게 말이나 되는 소리라고 생각해?"

윤미는 무척이나 화가 나 있었다. 일요일 저녁, 우린 청담동의 한 작은 호텔에서 섹스를 나눴다. 뜨겁지도, 차갑지도 않은 질주를 끝내고 난 그녀에게 외국 은행에 들어가는 문제에 대해 좀 더 생각해봐야 할 것 같다고 얘기했다.

내 가슴 위에 머리를 얹고 얘기를 듣던 그녀는 회사 생활에 아무런 의미도 찾을 수 없을 것 같다는 부분에서 속옷을 챙겨 입고 침대 발치에 걸터앉았다. 한 몇 달이나마 좀 쉬면서 생각을 더 해본 후 행로를 결정해야겠다는 얘기를 하자 창가 쪽 테이블에 딸린 의자로 자리를 옮겼다. 아무 말 없이 한 뼘 정도 열린 커튼 사이를 쏘아보았다.

언제부터인가 화를 낼 때마다 그녀는 뜨거워지기보다는 차가워졌다. 가끔씩 다툴 때면, 내 얼굴을 보는 대신 엉뚱한 곳을 정해놓고 뚫어져라 노려보는 것이었다.

그런 모습이 너무나도 싫었다. 그녀에게 왜 그러냐고 물었더니 《성공하는 그대를 위한 100가지 충고》중 한 가지가 '화가 날 때는 상대편을 보지 말고 다른 곳을 응시하라'는 것이었다고 했다. 난 아무 말도 하지 않았다.

"논리적으로 설명을 해봐. 오빠가 지금 한 얘기는 꼭 정신병자가 하는 말처럼 들려."

"설명은 충분히 했잖아. 자신이 없어. 이 선택이 가장 나은 것일까, 하는 생각이 자꾸 든단 말이야."

"그럼 또 뭐가 있는데? 어디? 국내 증권 회사? 아니면 금융계 말고 보통 외국 회사로? 다 비교해봤잖아. 거기가 제일 나은 조건이었잖아. 시험까지 다 붙어놓고, 갑자기 왜 그래? 혹시 CPA 생각하는 거야?"

후우. 한숨이 나왔다. 가슴속에 있는 말들 대신. 다 얘기하려고 했는데.

"오빠, 난 오빠가 할 얘기가 있다고 하기에 뭔가 건설적인 얘길 할 줄 알았어. 같이 유학을 가는 문제라든가, 결혼이라든가."

"결혼. 그래, 결혼. 우리가 결혼하면. 잘 어울릴까?"

"옛날엔 그렇게 생각했는데, 오늘 오빠가 하는 얘기 듣고 보니 잘 모르겠어. 나 솔직히 가끔 오빠가 이상한 얘기할 때 불안했어. 시끄럽고 요상한 음악 좋아하는 거, 같은 영화 몇 번씩 보는 거, 야밤에 혼자 드라이브 하는 거, 그래, 그런 건 다 좋아. 오빠 개인 취향이니까. 하지만 이런 문제는 나도 관련된 거잖아. 안 그래? 갑자기 변덕을 부리는 이유가 뭐야? 도대체 하고 싶은 게 뭐야!"

내가 하고 싶은 것.

"그런 생각을 가끔 해. 레코드 가게를 차려놓고, 하루 종일 좋아하는 음악을 들으면서 소설을 쓰는 거야. 마음이 내키면 세계 어디든지 훌쩍 떠나기도 하고."

"그만해!"

그녀는 비명에 가까운 소리를 질렀고, 나는 깜짝 놀라 입을 다물었다. 윤미의 어깨가 부들부들 떨리고 있었다. 내 얼굴을 정면으로 쏘아보는 그녀의 눈빛에 숨이 턱 막혔다.

"오빠가 나한테 이럴 수 있어? 응? 지금 뭐하자는 거야! 난 레코드 가게 주인이랑 사귈 생각 없어! 미쳤어, 정말."

그녀는 다시 고개를 돌리고 커튼의 틈을 쏘아보기 시작했다.

세상에는 넘어서는 안 될 선이 있다. 사람과 사람 사이도 마찬가지이다. 그것은 돌이킬 수 없는 선이다. 그 선을 넘어가고 있다는 생각을 했다. 생각해보면 우린 갑자기 그 선을 넘은 게 아니었다. 언젠가부터, 천천히 그 선이 다가오고 있음을 분명히 느꼈다. 아마 그녀도 그랬을 것이다. 우리의 이별은 그렇게 찾아왔나보다.

참담한 심정으로, 침대 아래쪽에 떨어져 있는 바지에서 담배를 꺼내 불을 붙였다. 그녀가 고개를 돌리고 매섭게 노려보았다.

"섹스한 뒤에 담배 안 피우기로 약속했지!"

싸늘한 고함 소리에 정신이 아득해졌다. 조용히 옷을 찾아 입고 호텔 방을 나섰다. 그녀는 나를 잡지 않았다.

며칠째 집 밖을 나서지 않았다. 말 그대로 집 현관문 밖으로 나간 적이 없었다. 하루 종일 집 안에서 서성거렸다. 상처 입은 짐승처럼 집 안에 숨어 밥을 먹고, 물을 마시고, 잠을 잤다.

모든 것이 꿈결 같았다. 약간의 흥분에 들떠 있었다. 두려움, 기대, 새로움, 후회, 슬픔 따위가 뒤범벅이 된 흥분이었다. 내 길 양쪽으로 서 있던 보호벽이 무너져버렸기 때문이다. 전부는 아니었지만 '윤미'라는 존재가 사라진 자리에 적어도 다른 길이 어떻게 생겼는지 충분히 구경할 수 있을 만큼의 공간이 생긴 셈이다.

내 손에는 항상 핸드폰이 들려 있었다. 마술 램프라도 되는 듯이 틈만 나면 핸드폰의 표면을 문질렀다. 누구의 전화를 기다렸는지 모르겠다. 윤미의 전화인 것 같기도 하고, 진이의 전화인 것 같기도 하고, 부담 없이 술잔을 기울일 수 있는 친구의 전화인 것 같기도 하다. 어쨌든 나는 무지개 꿈결 속에서 누군가의 전화를 기다리고 있었다.

이틀째 되는 날 오후, 다시는 윤미의 전화가 오지 않을 것 같은 느낌이 들었다. 만약 그녀가 우리 사이에 조금이라도 가능성이 남아 있다고 생각했다면 헤어진 뒤 24시간 안에 전화를 했을 것이다. 그녀는 그런 여자다.

그래도 아침마다 윤미의 얼굴을 보았다. 예전과 전혀 달라진 게 없는 밝은 표정으로 전국의 시청자들에게 인사를 했고, 50분 동안 프로그램을 진행하고, 교통 상황 정보를 알려주고, 좋은 하루의 축복을 내려주었다.

소파에 앉아 그녀의 얼굴을 마주 보고, 그녀의 목소리를 들으며 커피를 마셨다. 그러나 이제 그녀를 볼 수도 그녀의 목소리를 들을 수도 없다는 사실을 깨달을 뿐이다.

그녀와 함께한 3년 동안의 추억이 3일 동안 거대한 폭풍으로 가슴속에서 몰아쳤다. 그녀는 절대로 나쁜 여자가 아니었다. 다만, 나와 다를 뿐이었다. 정확히 구분해서 말하자면, 그녀의 진실한 생의 욕구는 보호벽이 인도하는 방향과 일치했고 난 그렇지 않았을 뿐이다. 우리 어느 쪽도 더 행복하거나 불행하지 않다고 생각한다.

커피 잔을 한 손에 들고 멍하니 눈물을 흘릴 만큼 슬픈 것은 사실이지만, 어쩔 수 없는 일이다.

이제 다시는 그녀와 함께할 수 없겠지. TV를 켜면 언제라도 그녀의 얼굴을 보고, 그녀의 밝은 얼굴과 목소리를 들을 수 있겠지만 차가운 눈빛도, 게임의 법칙을 설명하는 목소리도, 섹스한 뒤에 담배 피우는 것을 싫어하는 취향도, 오른쪽 젖가슴 주위에 있는 작은 점들도 다신 내 곁으로 돌아오지 않을 것이다.

난 내가 그런 것들을 싫어하는 줄만 알았는데, 정작 타오르는 그리움의 대상은 밝은 미소와 세련된 화장이 아니라 공기처럼 익숙해져버린 그런 작은 단점들이었다.

이제 어떻게 하지?

칩거 4일째 되는 날 아침, 전화가 왔다.

전날 밤, 혼자 위스키 콕을 몇 잔 타 마시고 잠이 든 터라 좀처럼 잠을 깰 수가 없었다. 옹달샘 멜로디도 꿈속에서 들리는 줄로만 알았다. 눈꺼풀 안쪽에서 따가움을 느끼며 시계를 보았다. 아침 10시쯤을 가리키고 있는 시계가 눈에 들어왔다. 잔인하게도 새파란 하늘이 창밖에서 날 내려다보고 있었다.

침대 머리맡에 놔둔 핸드폰을 집어 들었다. 전화기에서 진이의 목소리가 흘러 나왔다. 너무나 기뻐서 소리를 지르지 않으려고 이를 악물었다. 그런데 그 반가움은 곧 또 다른 절망으로 이어졌다. 진이도 이제 이틀 뒤면 먼 곳으로 떠난다는 사실을 깨달은 것이다. 할 수만 있다면 통곡이라도 하고 싶을 정도로 절망적이었다.

나야, 진이. 그녀의 목소리가 부드러운 손길처럼 가슴속을 쓰다듬었다. 난 애써 평정을 가장하고 전화를 받았다.

"이렇게 이른 아침에, 웬일이야."

"이른 아침이라니! 난 벌써 일 나왔는데."

"무슨 일?"

"핸드폰 가판대. 참, 왜 전화 했냐 하면, 오늘 만날 수 있을까 하고."

"언제?"

"자정쯤. 낙짓집 앞에서. 힘들어?"

"아냐, 아냐. 괜찮아."

난 안도의 한숨을 내쉬었다. 그녀는 마치 며칠 동안의 고통과 외로움에서 날 구원하기 위해 전화를 한 것 같았다.

"어, 실장님 온다. 나 전화 끊어야 돼. 이거 내 전화가 아니라 시범 통화용이거든."

"그래, 이따가 봐."

"오빠."

"응?"

그녀는 잠시 동안 아무 말도 하지 않고 전화를 들고 있었다. 전화를 끊은 건 아니었다. 음악 소리, 차 소리, 시끄럽게 떠드는 사람들 목소리가 전화기 너머로 들렸다.

"여보세요?"

"응, 오빠."

"왜? 말을 해."

한참 동안 그녀의 침묵에 귀를 기울였다. 무슨 일이 있는 건가, 잠이 확 깨버렸다.

"고마워, 오빠."

전화가 툭 끊겼다. 다시 전화를 했지만 전원을 꺼놓은 상태였다.

조금 기다렸다 전화를 하고, 약간의 오기까지 발동해 오후 내내 걸었지만 그녀는 받지 않았다.

눈부신 오후가 지나고 붉은 저녁이 지나고 푸른 밤이 깊어질 때까지 나는 줄곧 왜 그녀가 '고마워'라는 말을 그렇게 힘들게 했을까 궁금했다.

따지고 보면 이상한 건 몇 가지가 더 있었다. 출국이 이틀밖에 안 남았는데 왜 아직까지 아르바이트를 하고 있는 걸까? 또, 그 귀한 시간에 10년이나 사귄 남자 친구를 안 만나고 날 만나는 이유는 뭘까?

시간은 생각보다 빨리 흘렀고, 낙짓집 앞에 도착한 건 자정에서 10분이 모자란 때였다. 진이가 일을 마치고 가게 밖에 나와 있을 걸로 예상했는데, 그녀의 모습은 보이지 않았다.

가게 앞에 차를 대놓고 음악을 들으며 진이를 기다렸다. 골목에는 늦은 데이트를 즐기는 연인들이 꽤 지나 다녔다. 하염없이 그들의 모습을 보고 있는데 진이가 나타났다. 뒷머리는 묶고, 짧은 청반바지에 회색 민소매 티셔츠를 입고 있었다.

문을 열고 나갔다. 그녀는 날 보고 활짝 웃었다. 며칠 동안 가슴을 짓누르고 있던 우울한 기분이 그녀의 미소에 조금 녹아 내렸다. 진이를 보면 와락 껴안고 눈물을 흘릴지도 모른다고 걱정했는데 다행히 그런 일까지 생길 것 같지는 않았다.

"오빠!"

"아직 일 안 끝났어?"

"아냐. 다 끝났어. 들어와."

"가게 안에? 왜?"

"오늘이 내 생일이거든. 생일 파티를 가게에서 하기로 했어."

그런데?

"엄마랑 오빠랑, 둘이 초대 손님이야."

"석이라는 친구는?"

"석이는 사정이 있어서 못 와. 내일 만날 거야. 엄마 앞에서 석이 얘기 꺼내면 절대 안 돼. 엄마는 석이를 별로 안 좋아하니까. 알았지?"

이상했다. 하지만 그녀가 워낙 급하게 날 끌었기 때문에 고개를 끄덕이고는 가게 안으로 들어갔다.

왜 내가 그녀의 생일에 유일한 초대 손님인지, 왜 생일 파티를 아르바이트하는 가게라는 엉뚱한 장소에서 자정이라는 야심한 시간에 하는지, 왜 그녀의 엄마가 등장하는지. 앞뒤가 맞지 않는 사실들이 희뿌연 안개에 둘러싸여 있었다.

가게 문을 열고 들어서는 순간 안개는 두 배로 짙어졌다. 텅 빈 가게 테이블 위에는 의자가 다 올려져 있었다. 그 가운데 한 테이블이 비어 있고, 그 위에 생일 케이크가 놓여 있었다. 테이블에 앉아 있던 여자가 날 보고 일어섰다. 그런데 그 여자는 초면이 아니었다.

"인사해. 이쪽은 우리 엄마, 유진 낙지 사장님. 여긴 내 가장 친한 친구, 수현이 오빠."

"얘기 많이 들었어요. 지난번에 저희 가게 오신 적 있죠? 애인이랑. 참 예쁘던데."

그녀의 밝은 인사에 나는 허리를 꾸벅 굽혀 답례했다.

진이는 '가장 친한 친구'라는 말에 유난히 힘을 줬다. 언젠가 그녀의 미소를 보며 생각했었다. 그녀의 미소는 '우린 아직 아주 친한 사이는 아니지만 타인보다는 훨씬 더 가까운 사이야'라고 말하는 것 같다고. 이제 우린 가장 친한 친구 사이가 되었다.

진이의 엄마는 첫인상 그대로, 낙지 요릿집 주인이라고 보기엔 너무나도 당당한 아름다움을 갖고 있었다. 그 아름다움의 핵심은 그녀의 육체와 관련된 것이 아니라 맑은 눈빛과 여유 만만한 표정에 있었다.

"고마워요. 이렇게 와줘서. 우리 진이가 너무너무 좋은 오빠라고 하도 칭찬을 하기에 꼭 한 번 보고 싶었어요. 잘됐네. 이제부터 수현 씨는 무조건 공짜야. 아니, 수현 씨랑 같이 오는 사람들도 전부 다 공짜. 알았죠?"

그녀는 환하게 웃었다. 진이는 나와 엄마를 조용히 바라볼 뿐이었다. 너무 얼떨떨해 뭐라고 대답을 했는지 기억도 제대로 나지 않는다.

왜 엄마 일을 도와주고 있다는 얘길 안 했을까? 10년이나 사귄 석이라는 친구는 어떻게 된 건가? 그녀는 정말 이틀 뒤에 떠나는가?

우린 케이크 위에 있는 스물세 개의 초에 불을 켜고 노래를 불렀다. 진이 엄마의 커다란 눈에 눈물이 맺히는 걸 똑똑히 보았다. 진이는 뭔가를 숨기고 있었다.

그날 밤, 잠을 이룰 수가 없었다.

"고객이 전원을 꺼놓은 상태입니다."

하루 종일 진이에게 전화를 했지만 불길한 예상 그대로 핸드폰은 꺼져 있었다.

전날 밤, 도저히 이해할 수 없는 생일 파티가 끝난 뒤 진이는 엄마 차를 타고 떠났다. 정확히 말하면, 가게 앞에서 내 차와 그녀의 차가 거의 동시에 다른 방향으로 출발했다.

수수께끼로 만들어진 거대한 호수 한가운데 빠져 있는 느낌이었다. 게다가 외롭고, 슬프기까지 했다. 7월의 파란 하늘을 바라볼 용기가 없어 집 안의 창문이란 창문의 커튼을 전부 쳐놓았다.

진이는 내일 떠난다.

엄지손가락이 얼얼할 정도로 핸드폰을 문질렀다. 앉아 있을 수도, 서 있을 수도, 누워 있을 수도 없었다. 미친 사람처럼 집 안을 서성거렸다. 저녁 7시가 조금 안 되어 전화가 왔다. 진이였다.

"진이야, 도대체 어떻게 된 거야? 전화는 왜 계속 안 되는 거야?"

"만나서 다 얘기해줄게."

그녀의 목소리가 너무 차분해 겁이 덜컥 났다. 제발, 나쁜 일이 아니기를 바랐다. 조금이라도 혼란스럽거나 슬픈 일이 더 생긴다면 도저히 견딜 수 없을 것만 같았다.

"오빠, 한강시민공원에서 만나. 우리 그때 만났던 자리 있지?"

"몇 시에?"

"난 벌써 와 있어."

전화를 끊자마자 계단을 뛰어 내려가 차에 시동을 걸고 한강시민공원으로 향했다.

남빛 저녁 어스름이 슬슬 내려앉고 있었다. 하늘과 도시에 하나 둘씩 별이 켜지고, 그 불빛 속에 진이가 앉아 있었다. 지난번에 함께 앉아 있던 자리였다. 주차를 하고 강변을 따라 걸어가 그녀 곁에 앉았다.

진이의 손에는 오렌지 주스 캔이 들려 있었다. 그녀는 날 보자마자 고개를 돌리더니 준비하고 있었다는 듯 입을 열었다.

"무슨 얘기부터 듣고 싶어?"

"처음부터 끝까지 전부."

"어디가 처음이고 어디가 끝인지 몰라."

그녀의 목소리가 조금 떨렸다. 하얀 얼굴 위로 슬픈 바람이 스치고 지나갔다. 처음이었다. 그녀는 한 번도 그런 모습을 보인 적이 없었다. 생각해보면, 그녀의 모습은 언제나 미소, 무표정, 진지함, 셋 중 하나였다. 슬픈 표정, 눈물, 감정의 격앙 따위는 그녀와 관련이 없는 단어였다. 그런 그녀의 목소리가 떨리고 있었다.

제발 그러지 마. 난 지금 그저 네 품에 안겨서 천천히 오르락내리락하는 가슴에 머리를 묻고, 네 미소를 느끼면서 쉬고 싶어.

나는 마음속으로 기도를 하고 있었다.

"그냥 얘기하고 싶은 대로 말해."

"좋아. 두 남자와 두 여자의 이야기야. 첫 번째 남자는 아빠. 사업을 하셨는데 내가 중학교에 들어갈 무렵 아빠가 타고 가던 비행기가 추락했고, 아빠 이름이 실종자 명단에 올라갔어. 그 뒤로 다신 아빠 얼굴을 못 봤어. 무슨 뜻인지 알지?"

진이는 먼 곳을 보며 파랗게 웃었다. 난 조용히 고개를 끄덕였다. 태양은 완전히 모습을 감추었고 한남대교를 따라 늘어선 가로

등 불빛이 물결 위에 어른거렸다. 흐르는 강물 속으로 끝없이 타오르는 횃불들.

"첫 번째 여자는 우리 엄마야. 어제 봤지? 엄마는 아직도 아빠가 돌아올 거라고 믿고 있어. 어느 맑게 갠 날, 벨 소리에 문을 열면 아빠가 환하게 웃고 있을 거라고 믿어. 그 순간을 위해서 언제나 꼼꼼하게 화장을 하고, 매일 운동을 하지. 헤어스타일도 10년째 안 바꾸고 있어. 그리고 두 번째 남자는 석이야."

순간, 가슴이 철렁했다. 횃불들도 따라서 출렁거렸다. 강물이 거꾸로 흘렀다. 바람에 흩날린 그녀의 긴 머리채가 코끝을 쓰다듬고 익숙한 샴푸 냄새가 감돌았다. 그 익숙한 향기에 겨우 마음이 조금 가라앉았다.

"석이를 처음 만난 건 10년 전이야. 중학교 1학년 때 짝이었지. 유난히도 어른스러웠던 석이는 아빠가 떠난 자리에 그대로 들어왔어. 그리고 나이를 먹어가면서 세상의 모든 남자가 되어버렸지. 우린 정말 너무너무 사랑했어. 우린 정말. 우린."

그녀의 목소리가 천천히 젖어들었다. 팔을 들어 그녀의 어깨를 조용히 감쌌다. 그녀는 얼굴을 내 목 안쪽에 편안하게 기댔다. 작은 떨림. 은하계의 불빛들이 숨을 죽였다.

"대학교 1학년 때. 그러니까, 3년 전에 석이는 죽었어. 오토바이를 타고 가다가. 깨끗하게 즉사해버렸지. 난 아직도 그를 못 떠나보내고 있어. 엄마처럼 말이야."

목 언저리에 물기가 느껴졌다. 그녀의 목소리도 황금빛으로 출렁이는 강물에 조금씩 잠겨갔다. 맑은 밤하늘에 따뜻한 별빛의 비가 내리고 있었다. 차분하게 심호흡을 한 번 하고, 그녀를 안고 있는 팔에 힘을 주었다.

"두 번째 여자는 나야. 겉으로는 아무렇지도 않은 척 열심히 살고 있는 외톨이. 이제 내 주위엔 딱 두 사람이 있어. 엄마 그리고 오빠."

사람이 사람을 충분히 안다는 건 하나의 우주를 안다는 것이다. 그 사람이 뭘 좋아하고, 어떤 세월을 견뎌왔고, 그 사람의 습관이 어떤지는 쉽게 알 수 있다. 하지만 사람을 '충분히' 안다는 것은 평생의 시간이 걸리는 위대한 일이다.

이제, 사람을 알아가는 과정은 놀랄 만큼 따뜻하구나, 깨닫는다. 내 앞에 펼쳐진 도시의 불빛보다도, 밤하늘의 별빛보다도 더 따뜻하다. 이 따뜻함을 어쩌면 좋을까.

"이런 얘기 평생 아무한테도 한 적이 없어. 석이가 떠난 이후로, 아무한테도 마음을 안 열고 살았으니까. 그냥 떠나려고 했는데 한참을 망설였어. 오빠한테는 꼭 얘기해야 할 것 같아서. 꼭 그래야 할 것 같아서."

진이는 내 품에서 작은 한숨을 내쉬었다. 난 그녀의 손을 꼭 쥐었다. 우린 한참 동안 서로의 침묵 속에 안겨 있었다. 경이로운 순간이었다. 가슴속을 가득 채우고 있던 상실감도, 놀라움도, 깊고 푸른 슬픔도 모두 사라져버리는 순간이었다. 그것들은 마술처럼, 모두 까만 밤하늘 어딘가로 날아가버렸다.

나는 안다. 이 경이로운 순간은 현실의 수레바퀴에 닳아 금세 사라져버리고 앞으로 고독한 밤들이 찾아올 거라는 걸. 하지만 또 시간이 지나면 고독한 밤들을 채워주는 경이로운 순간이 찾아올 것이다. 그런 깨달음은 진이가 준 선물이었다.

"부탁할 게 있어. 내가 없더라도 가끔씩 엄마를 찾아줘. 난 엄마의 유일한 친구거든. 엄만 미국에 가겠다는 내 결정을 듣고 반가운 척했지만 가끔씩 아기처럼 울곤 해. 오빠가 내 대신 친구가 돼줬으면 좋겠어."

난 조용히 고개를 끄덕였다. 진이는 내 품으로 조금 더 파고들었다. 따뜻한 숨결이 목 언저리를 쓰다듬었다. 잠시 눈을 감았다 떴다.

"그런데 왜 떠나는 거지?"

"돌아오기 위해서. 석이의 흔적이 없는 먼 도시에서 혼자가 되면 석이를 떠나보낼 수 있을 거라고 생각했어. 돌아올 때면 난 세상을 제대로 받아들일 준비가 되어 있을 거야. 엄마에게도 그 편이 낫다고 생각했어. 둘이 있으면 서로에게만 가슴을 열 뿐 다른 누구도 우리 사이에 들어올 수 없거든. 오빠가 내 삶에 들어온 건, 기적이야."

내가 너를 만난 것도 기적이야. 나는 왜 그 말을 하지 못했을까.

기적은 결코 바다가 갈라지고 어둠이 빛으로 바뀌는 차원에서만 존재하는 것이 아니다. 사람을 만난다. 그 사람을 알아가면서 우주만큼의 따뜻함을 느낀다. 고민도 슬픔도 외로움도 모두 우리의 은하계 저편으로 사라져버리는 황홀한 마술을 경험한다. 잠시 동안이긴 하지만, 기적이다.

"나 돌아오면 오빠, 결혼했을지도 모르겠네?"

진이의 목소리가 흐르는 물결만큼 떨렸다. 목 언저리에 닿은 그녀의 턱도 가늘게 떨고 있었다. 난 고개를 내저었다.

"정말? 약속하는 거야? 혹시 결혼하게 되면 꼭 전화 줘. 세상에 하나밖에 없는 친구 결혼식에 못 간다는 건 너무 비참하잖아."

잠시 망설이다 천천히 고개를 끄덕여주었다. 진이는 내 손을 꼭 잡았다. 나도 그녀의 손을 꼭 잡았다. 우린 서로의 손을 한참 동안 놓지 않았다.

윤미와 헤어진 사실을 얘기하려다 그만두었다. 그녀가 돌아와 세상을 제대로 받아들일 수 있을 때, 이렇게 나란히 앉아 윤미와의 이별을 이야기해주리라. 도시의 밤, 따뜻한 불빛 속에 앉아서.

"진이야, 마지막으로 하나만 물어봐도 돼?"

"몸무게만 빼고, 아무 거나."

그녀는 환하게 웃었다. 어떤 불빛보다도 더 환하게.

"네가 그때 여기서 했던 말, 인생은 레몬이라는 거. 무슨 뜻이야?"

진이는 뭔가를 생각하는 표정으로 잠시 앞을 바라보다 캔에 남아 있던 오렌지 주스를 마저 마셨다.

"인생은 오렌지야. 사랑도 마찬가지지."

그녀는 마침표를 잊지 않았다.

몇 달 다니고 보니, 외국 은행에서의 회사 생활은 재미있었다. 무척이나 열심히 일을 했다. 내가 옳은 길을 택했다든지, 잘못된 길을 택했다든지 하는 생각은 하지 않는다. 가끔씩 TV에서 윤미의 모습을 본다. 좋은 하루 되세요! 3년 동안, 운명의 보호벽처럼 내 곁에 있던 여자. 그녀와의 이별을 통해, 나에게 선택의 용기가 있음을 확인했다.

진이의 부탁대로 가끔씩 그녀의 어머니를 찾았다. 약속은 약속이라며 내 돈은 받지 않았고, 난 가끔씩 자정이 가까운 시간 혼자 그녀를 찾아가 함께 커피를 마시며 사소하고 가벼운 얘기들을 나누기도 했다. 우린 친구가 되었고, 언젠가부터 그녀는 헤어스타일을 바꿨다.

때로는 진회색 고독에 휩싸이고, 파랗게 슬퍼지고, 새하얗게 지치는 밤도 찾아왔지만 진이와 헤어지던 순간을 생각하며 진이가 돌아올 날을 기다리며 쓰라린 시간을 견뎠다.

그날 밤, 언제나처럼 우주 터널을 지나 그녀를 바래다주었다. 차 안에서 작별을 하긴 싫어. 그녀가 말했다. 우린 차에서 내렸다. 자정이 가까운 주택가 골목, 그녀의 집 앞. 어색하게 마주 보고 선 우리의 그림자가 노란 가로등 불빛에 길게 드리워졌다. 열린 자동차 유리창으로 레드 제플린의 노래가 흘러 나왔다.

'시간은 너무나도 빨리 흘러가버렸어요. 반짝이던 물결, 달을 향해 뻗은 손. 이제 끝인가요, 아니면 시작일 뿐인가요?'

이를 악물고 '가지 마'라는 말을 참고 있던 나에게 진이가 다가왔다. 우린 아무 말도 하지 않았다. 그녀의 애절한 눈빛은 허락을 구했고, 나는 그녀의 뒷머리를 감싸는 두 손으로 허락을 대신했다. 보드라운 입술이 열리고, 말을 잊은 혀가 포옹을 하고, 어둠이, 불빛이, 따뜻함이, 우주가 가슴속으로 밀려 들어왔다. 그녀와 나는 두 손을 잡고 태양 위를 걸었다.

안녕. 그녀는 돌아오기 위해 길을 떠났다.

너무 힘이 들 때면, 오래된 램프를 쓰다듬듯 핸드폰을 어루만진다. 아주 열심히 쓰다듬다보면 마술처럼 진이가 찾아온다.

진이의 전화는 벨 소리만 들어도 알 수 있다. 틀리는 법이 없다. 물론 나도 가끔 전화를 한다. 그녀는 캘리포니아의 햇살이 얼마나 아름다운지, 낙지볶음밥이 얼마나 먹고 싶은지, 나와 함께 드라이브를 하던 서울의 새벽 거리가 얼마나 그리운지 이야기한다.

진이의 목소리를 들으며, 언젠가 그녀가 다시 나타날 순간을 상상한다. 이벤트 요원으로, 낙지 요릿집의 종업원으로, 군복을 입은 그런지족으로 그리고 일종의 기적으로 불쑥 내 곁에 돌아올 그녀를 기다린다.

사랑은 레몬 같은 것이다. 인생도 마찬가지다.

좋은 사람

핏빛으로 물든
　　소개팅의 기억

똑같은 악몽을 꾸었다.

계단인 것 같기도 하고 산속으로 난 길 같기도 했다.

몹시도 좁고 가파른 길을 따라 내려가고 있었다.

어두침침한 주위는 아래로 내려갈수록 깜깜해졌다.

이러지 말아야 하는데,

저 암흑 속에 뭐가 있을지도 모르는데!

발길을 멈춰야 한다고 생각했지만 몸이 말을 듣지 않았다.

마음이 다급해지고 근육에 경련이 생길 지경이었다.

멈춰! 제발 멈춰!

들리지 않는 소리로 수없이 외쳐댔다.

나는 계속 걸음을 내딛고 있었다. 어둠 속으로, 천천히, 천천히.

유미나의 작업실은 검은색과 흰색으로 장식되어 있었다. 다른 색깔은 찾아볼 수 없었다. 넓지 않은 창문조차도 검은색 커튼으로 가려서 사무실 안은 암실처럼 외부의 빛이 모두 차단된 상태였다. 천장에 설치한 조명들이 연극무대처럼 사무실 안을 비췄다.

나는 월간 패션 잡지 〈트렌디〉의 기자로서 그녀를 인터뷰 중이었다. 그녀는 한국에서 가장 독특한 패션 세계를 갖고 있다는 평을 듣는 여류 디자이너였다. 이번 인터뷰가 대한민국에서 가장 트렌디한 패션 & 문화 잡지를 표방하는 우리 잡지의 이번 달 커버 기사였다.

마주 보고 앉은 우리 둘 사이에는 검은 대리석 탁자가 있고 그 위에 놓인 MP3 타입의 인터뷰용 녹음기가 소리를 담아냈다. 나는 녹음기와는 별도로, 중요한 말들은 손에 든 수첩에 메모하며 유미나의 말을 경청했다.

"검은색. 블랙. 느와르. 결국 예술의 탄생도, 예술의 무덤도 어둠이죠."

그녀의 목소리는 크지 않았지만 자신감에 차 있었다. 연극배우처럼 하얗게 화장한 얼굴에 검은색 옷으로 휘감은 몸. 모자까지도 흑과 백의 대조를 보여주는 화려한 디자인이었다. 함께 온 사진기자는 그녀의 모습을 여러 각도에서 카메라에 담느라 바빴다.

"패션에 대한, 컬러에 대한 제 생각도 마찬가지고요. 10년 전이나 지금이나 변한 건 없어요. 제 마음은 검은색으로 가득 물들어 있어요. 그 색이 점점 더 짙어진다는 것만 빼고는요. 이쯤 하죠. 애니 아더 퀘스천?"

그녀가 내 눈을 깊이 들여다보며 물었다.

"이 정도면 충분할 것 같습니다. 바쁘신데 시간 내주셔서 정말 고맙습니다."

나는 자리에서 일어나 공손하게 대답했다.

"감사합니다, 선생님."

사진기자도 고개를 꾸벅 숙여 인사했다.

유미나는 이가 드러나지 않게 미소 지으며 나를 응시했다. 그 시선이 부담스러웠다. 비껴가거나 물러나는 법이 없는 시선이다. 상대편의 마음속 깊은 곳을 들여다보는 듯한.

그녀를 알고 지낸 지도 벌써 3년이 넘었다. 기자들에게 불친절하기로 유명한 탓에 잔뜩 긴장했던 첫 인터뷰 이후, 유미나는 유독 나에게 많은 인터뷰 기회를 할애했다. 감사한 일이었지만, 그 이유가 궁금할 정도로 친절하게.

무척 비싼 옷을 선물로 준 일도 있었다. 내가 소화하기엔 너무 과감한 디자인의 드레스인 탓에 집 안에서만 입었다.

"현주 씨, 지난번 말했던 거, 언제가 좋아?"

그녀의 말에 나는 깜짝 놀랐다. 무슨 말인지 이해를 하면서도 모른 척했다.

"얘기는 다 해놨어. 그쪽에선 김 기자 편한 시간으로 잡아달라고 하던데? 어떻게 할까?"

"저기, 선생님, 요즘 일이 좀 많아져서요."

"내가 김 기자 오래 지켜봤어. 좋은 사람이구나 싶어서 해주려는 거야. 그 사람도 마찬가지고. 좋은 사람이야."

소개팅 제안이었다. 두 달 전, 다른 디자이너의 패션쇼 현장에서 마주친 유미나가 불쑥 꺼낸 이야기였다.

뭐라고 했더라? 그때 했던 대답이 잘 기억나지 않았다. 잘라 거절하지 못하고 얼버무렸던 기억이 났다. 내키지 않는다는 뉘앙스가 전달되었기를 바라면서.

"왜? 배고픈 아티스트라서, 싫어?"

"아뇨! 선생님, 그런 게 아니라."

그녀는 차분하게 내 눈을 들여다보았다. 영문을 모르는 사진기자도 내 대답을 기다리는 눈치였다.

그래. 일단 이 순간부터 피하고 보자.

"그럼, 이번 주말에 그분 시간이 어떠신지 여쭤보실래요?"

"그래. 주말에 만나봐. 좋은 사람들끼리 좋은 시간 보내면 좋잖아. 재능 있는 아티스트니까. 잘해보라고."

내 집은 18층짜리 오피스텔 건물 5층에 있었다. 지방에서 태어나 살다 대학에 입학하면서 서울로 올라왔다. 혼자 살기 시작한 지 10년째. 학교 기숙사에서 직장 옆 원룸으로, 회사를 옮기면서 다시 역삼동의 오피스텔로 이사를 다녔다. 특별히 정이 든 동네도, 살고 싶은 동네도 없었다. 내 월급으로 집을 사기엔 역부족이기도 했지만 당장 혼자 사는 데는 열 평짜리 오피스텔도 충분하게 느껴졌다.

밤 10시. 창을 열고 밖을 내다보았다. 음식점, 술집, 룸살롱, 안마시술소. 요란한 간판들이 빛을 쏟아내고 있었다. 내가 사는 오피스텔 건물은 강남 유흥가 골목의 한복판에 있었다. 골목은 새벽 늦게까지 사람들의 발길이 끊이지 않았지만 나에겐 사막이나 마찬가지로 쓸쓸한 풍경이었다.

침대에 누워 TV 리모컨의 전원 버튼을 눌렀다. 동물 다큐멘터리가 나오는 디스커버리 채널로 고정한 후 볼륨을 높였다. 화면에서는 눈이 빛나는 맹수가 사냥감을 지켜보고 있었다. 사냥감이 된 노루는 여린 다리로 도망을 치다가 무기력하게 쓰러졌다. 맹수의 억센 이빨에 목뼈가 부러진다. 맹수는 아직 생명의 징후를 보이는 사냥감을 물고 자신의 은신처로 향한다. 그곳에서 맹수는 사냥감을 뜯어먹게 될 터였다.

불을 켠 채로 잠을 청했다. 악몽을 꾸지 않기를 기도하면서.

꿈을 꾸었다.

계단인 것 같기도 하고 산속으로 난 길 같기도 했다. 몹시도 좁고 가파른 길을 따라 내려가고 있었다. 어두침침한 주위는 아래로 내려갈수록 깜깜해졌다.

이러지 말아야 하는데, 저 암흑 속에 뭐가 있을지도 모르는데!

발길을 멈춰야 한다고 생각했지만, 몸이 말을 듣지 않았다. 마음이 다급해지고 근육에 경련이 생길 지경이었다.

멈춰! 제발 멈춰! 들리지 않는 소리로 수없이 외쳐댔다.

나는 계속 걸음을 내딛고 있었다. 어둠 속으로, 천천히, 천천히.

영 내키지 않는 소개팅이었다. 박종삼. 남자의 이름이라고 했다. 약속 시간에도 한참 늦었다. '느리게 걷기'라는 이름을 가진 야외 카페에 도착해서 전화를 걸려고 하는데 남자의 목소리가 등 뒤에서 들려왔다.

"김현주 기자님?"

고개를 돌렸다. 그리 크지 않은 체구. 사람의 눈을 똑바로 쳐다보지 않는 눈. 목소리는 작고 나직했지만 사람 귀에 거슬리는 소리가 섞여 있었다.

"박종삼입니다."

"김현주라고 합니다."

서로 정중하게 인사를 했다. 그는 내 눈을 피했다. 노골적으로 눈을 돌린 건 아니지만 정확하게 사람의 눈을 마주 보지 않고 슬쩍 초점을 비껴가는 시선이었다. 첫 만남부터 늦어서 화가 났겠지?

"오래 기다리셨죠? 토요일이라서 그런지 차가."

"괜찮습니다."

그가 내 말을 중간에 끊었다. 쇳소리처럼 갈라지는 음성으로.

"식사하셔야죠? 늦은 벌로 제가 살게요"

내가 애써 미소를 지으며 말했다. 종삼은 주문을 하고 식사가 나올 때까지 별말이 없었다. 마치 소개팅이 더 싫었던 건 자기 쪽이라고 항의라도 하듯.

이럴 거면 왜 여기까지 나오셨어요?

튀어나오려는 말을 꾹 참았다.

이런 남자가 소개팅 같은 걸 부탁했을 리가 없지. 처음부터 오지
랖 넓은 유미나 선생의 작품이야.

그녀가 원망스러웠다. 게다가 해산물 스파게티는 맛도 별로였
고, 입에 씹히는 촉감도 밋밋하기 짝이 없었다.

"말씀 많이 들었습니다. 좋은 사람이니까 꼭 만나보라고"

종삼이 쇳소리 섞인 음성으로 말을 건넸다.

역시 유미나 선생의 기획이군.

"저도요. 선생님께서 하도 성화를 하시기에."

나도 모르게 뒷말을 붙였다. 종삼의 얼굴에 가벼운 경련이 일었
다. 눈초리가 아래위로 흔들리고 입가의 근육이 실룩거렸다. 틱장
애라고 했던가? 눈을 깜박이거나 심한 경우 듣기 거북한 킁킁거
리는 소리를 내거나 욕설까지 내뱉는 사람들을 TV 프로그램에서
얼핏 본 기억이 났다.

"그럼, 선생님 때문에 나오신 건가요?"

종삼이 코를 찡긋거리며 더 낮은 목소리로 물었다.

"네?"

"현주 씨 본인은 나오기 싫었는데, 유미나 선생님 말씀을 거절

하기 힘들어서 나온 건가, 여쭤보는 겁니다."

말을 하면서 종삼의 목이 옆으로 움찔거렸다.

"아뇨, 그런 건 아니에요!"

나는 손사래를 쳤다.

종삼의 눈이 빠른 속도로 깜빡였다. 비디오 화면을 빨리 돌리는 것 같았다. 이상한 광경이었다.

"제가 이상하지요? 저도 압니다. 잠시 동안은 참을 수 있지만, 한계를 넘으면 강력한 충동 때문에 어쩔 수 없이 계속하게 되지요. 고치려고 애써봤는데, 의지만으로는 억제하기가 힘들다고 하더군요."

"네."

"심리적으로 불안하거나 스트레스를 받으면 심해지는 경향이 있어요. 불쾌하게 했다면 죄송합니다."

"아뇨, 괜찮습니다."

다시 침묵이 흘렀다. 스파게티는 반도 먹지 않았지만 더 먹고 싶은 생각이 들지 않았다. 종삼 앞에 놓인 접시의 토마토 스파게티도 잔뜩 남은 채 식어가기는 마찬가지였다. 둘 사이의 분위기도 남은 음식처럼 뻣뻣하게 식어가고 있었다.

"연극 연출을 하신다고요?"

내가 말을 꺼냈다. 최소한의 예의상, 딱 10분만 더 있다가 헤어져야겠다고 생각하면서.

"아직은 아닙니다. 첫 작품을 준비하고 있습니다."

"어떤 내용인데요?"

나는 인터뷰를 한다고 생각하며 질문을 이어갔다.

"말로 설명하기긴 좀 그렇군요."

종삼은 말이 짧은 편이었다. 나는 대화를 포기하고 포크를 들었다. 식은 스파게티 면을 건져 올렸다. 모래를 씹는 감촉과 함께 서늘한 시선이 느껴졌다. 긴팔 소매 아래로 드러난 손목에. 정확히 말하면 자살을 시도했던 왼쪽 손목의 흉터에.

나는 황급히 팔을 내렸다. 종삼은 만나서 처음으로 나와 시선을 마주했다. 그는 웃고 있었다. 차갑게. 그야말로 섬뜩했다. 더 이상 참을 수가 없었다.

"저기, 종삼 씨. 죄송하지만 제가 오늘 몸이 좀 좋지 않아서요."

"상처 없는 사람은 매력도 없죠."

쇳소리 섞인 종삼의 음성에 소름이 끼쳤다. 종삼의 얼굴에서는 더 이상 틱장애의 떨림과 찡그림은 없었다. 대신 의미를 알 수 없는 미소가 가득했다. 단 일분도 더 그 얼굴과 마주하기가 싫었다.

"가봐야겠어요."

"끝까지 추락해본 사람들끼리만 통하는 게 있죠."

그는 내 반응 따위는 신경도 쓰지 않는 듯했다. 나도 모르게 벌떡 일어섰다.

"그래요. 오늘은 그만 일어나도록 하지요. 이제 시작일 뿐이니까요."

그가 일어서면서 말을 이었다.

"유미나 선생님의 말씀이 맞는군요. 현주 씨가 좋은 분이라고 하셨어요. 흐흐."

그가 자신의 손목을 쓱 걷어 보였다. 내 손목처럼 자해 흉터가 얽혀 있었다.

이럴 수가. 다리에 힘이 풀렸다.

"우린 잘 통할 겁니다. 현주 씨도 그렇게 생각하지요?"

틱 증세가 심해지면서 뇌성마비 환자처럼 얼굴이 실룩거렸다. 나는 등이 서늘하게 젖어드는 느낌에 몸을 떨었다.

"우리 인연이 우연이 아니라 운명이라는 생각이 들었습니다."

나는 바래다주겠다는 그를 무시하고 도망치듯 택시에 올랐다.

"전화 드리겠습니다."

마지막으로 들은 그의 목소리였다.

집에 도착하기가 무섭게 핸드폰이 울렸다. 우려한 대로 액정에 종삼의 번호가 떴다. 전화를 받지 않았다. 계속 핸드폰이 울렸다.

"미친놈이잖아!"

나도 모르게 소리를 질렀다. 핸드폰을 테이블 위에 올려놓고 화장실로 들어갔다. 겨우겨우 뱃속으로 밀어 넣었던 스파게티를 그대로 토해냈다. 목이 찢어질 듯이 따갑고 매웠다. 다리에 힘이 풀려서 잠시 변기 위에 앉아 있었다. 기운을 회복하고 바로 샤워를 했다. 더운 물줄기 덕분에 기분이 좀 나아졌다.

화장실에서 나왔을 때, 전화벨 소리가 아닌 다른 소리가 들려왔다. 플루트를 부는 소리였다. 모차르트의 자장가 멜로디. 켤 수 있는 조명 스위치를 모두 올렸다. 플루트 소리는 방 안에서 들리는 것이 분명했다. 천천히 방으로 다가가는 내 손이 떨리기 시작했다. 방문 손잡이 앞에서 한참을 머뭇거리다 숨을 크게 들이쉬고 문을 열었다.

윤정이였다. 영원히 열세 살인 소녀.

내 눈에는 윤정이의 뒷모습만 흑백으로 보였다. 그 애의 등을 타고 흐르는 피도, 핑크빛으로 기억하는 잠옷도, 모두 흑백으로 보였다.

플루트 소리가 멎었다. 윤정이가 플루트를 천천히 입에서 떼고 팔을 내렸다. 그리고 천천히 고개를 돌렸다. 시선을 마주하기 직전, 나는 도망치듯 방에서 나와 문을 닫아버렸다. 방문에 등을 기댄 채 주저앉았다. 울지 않으려고 주먹을 꽉 감아쥐었다.

주말에 고향을 다녀왔다. 13년이 되었어도 윤정이의 방은 그대로 치우지 않았다. 재개발계획에 마을이 포함되면서 동네 사람들이 얼마 남지 않았는데도 엄마 아빠는 텃밭을 일구며 지내고 계셨다. 그들에게도 윤정이는 아직 살아 있었다. 주말 동안 좀 편하게 쉬다 오려고 했던 계획과 달리 그곳도 서울이나 마찬가지로 불편했다.

이 세상에 내가 편히 쉴 수 있는 곳이 있기는 한 걸까?

월요일 아침 출근길부터 내 핸드폰은 진동 상태로 계속 울렸다. 박종삼. 그놈이었다.

출근해서도 책상에서 웅웅대는 핸드폰에는 신경조차 쓰지 않고 계속 키보드를 두드리며 기사를 썼다. 회사 선배인 경석이 커피를 들고 옆으로 다가왔다.

"안 받아?"

선배가 내 핸드폰을 보며 물었다.

"네?"

"전화 왔잖아."

"안 받아도 돼요."

그는 종이컵에 담긴 커피를 내밀었다. 그리고 걱정스러운 얼굴로 안부를 물었다.

"피곤해 보이는데? 잘 못 잤어?"

"요즘 좀 그래요."

"무슨 일 있어?"

선배는 내 옆의 비어 있는 의자에 앉으며 물었다.

"아니에요, 아무것도."

나는 대수롭지 않은 표정으로 얼버무렸다.

"저녁에 맥주나 한잔할래?"

"담에 해요."

선배는 조용히 나를 보다가 일어섰다.

"더 기다려야 되니?"

"그 얘기라면 담에 해요."

"난 그냥 좋은 사람이 되어주고 싶을 뿐이야."

"선배는 좋은 사람이에요."

선배는 낮게 한숨을 쉬더니 돌아섰다. 난 다시 기사를 쓰기 시작했다. 또 핸드폰이 울렸다. 이번에는 처음 보는 유선 번호였다. 망설이다가 전화를 받았다.

"여보세요?"

"전화를 피하시네요."

종삼의 나직한 목소리에 소름이 돋았다. 심장 박동이 빨라졌다.

"아니, 그런 건 아니에요. 지금 기사 넘겨야 될 게 있어서요."

"확실히 합시다. 바빠서가 아니잖아요. 제 개인 번호는 안 받고, 모르는 유선 번호는 받으신 겁니다. 그런 거지요?"

"저기요—."

"제 이름은 저기가 아니라 종삼입니다."

그가 내 말을 끊었다.

"종삼 씨, 전화로 이런 말 하긴 그렇지만 우린 인연이 아닌 것 같아요."

내 말에 종삼은 한참 말이 없었다.

"대단하군요. 한 번 만나보고 그런 걸 알 수 있습니까? 현주 씨에겐 사람과의 인연이 그렇게 쉽고 분명한가요?"

"저기, 종삼 씨, 기분 나쁘시라고 한 얘긴 아닌데요."

"말씀 잘하셨습니다. 전화로 할 얘긴 아닌 거 같네요. 한 번 봅시다. 이번 주말…."

이번엔 내가 종삼의 말을 다급하게 끊었다.

"아뇨. 아니에요. 그냥 여기까지 하죠. 솔직히 종삼 씨랑 이렇게 이야기하는 거, 제 마음이 편하지가 않아요. 그냥 이쯤에서 그만해요."

전화기 너머로 종삼의 웃음소리가 들려왔다. 털을 곤두서게 만드는 기분 나쁜 웃음소리.

"현주 씨 참 재미있는 분이네요. 우리가 뭘 했다고 그만합니까?"

"제가 지금 바빠서, 통화를 오래 못할 거 같네요. 안녕히 계세요."

종삼이 뭐라고 소리를 지르는데, 나는 전화를 끊어버렸다. 미친 새끼! 숨이 가빴다. 잠시 앉은 채로 심호흡을 하다가 손으로 가슴을 쳤다. 퍽퍽 소리가 나면서 점점 강도가 세졌다. 주변의 동료들이 돌아보았다. 안 되겠다.

정신과를 찾는 일이 처음은 아니었다. 오래전, 동생 사건 때문에 온 가족이 병원에 다녔다. 다신 병원을 찾지 않으리라고, 혼자서 이겨내리라고 얼마나 다짐을 했던가.

어쩔 수가 없었다. 친구가 소개해준 병원이었다. 결혼한 지 1년도 안 돼 이혼한 후 심각한 우울증을 앓은 친구였다. 직장 생활도 계속할 수 없었고, 이민까지 생각할 정도로 우울증이 깊었는데 병원 치료를 통해 거의 말끔하게 증세가 호전되었다고 했다.

간단한 검사를 하고 면담이 시작되었다. 김영철이라는 명찰을 단 의사의 인상이 무척 좋았다. 마흔쯤 되어 보이는 남자였는데, 부드럽고 낮은 음성이 환자를 편안하게 만드는 힘이 있었다. 나는 마음을 열고 쉽지 않은 이야기들을 털어놓았다. 먼저 최근에 있었던 종삼의 소개팅 이야기부터 꺼냈다.

"그럴 수도 있지요. 사실 사람에게 제일 큰 스트레스는 다른 사람 때문에 오는 거거든요. 검사 결과를 보면, 신체적으로 특별한 이상 증후는 없는 것 같고요. 근데 스트레스가 중증 이상입니다. 최근에 그 소개팅 말고 또 안 좋은 일이 있었습니까? 솔직하게, 편안하게 이야기를 다 해보세요."

"쌍둥이 동생이 있었는데, 어릴 때 죽었어요. 동생 생일 때마다 부모님 집에 내려가는데, 올해는 지난주 화요일이 생일이었어요."

"그런데요?"

의사는 진지하게 내 말을 경청했다.

"동생의 귀신이 보여요. 동생이 불던 플루트 소리도 들려요. 동생이 어렸을 때 플루트를 배웠거든요. 저는 바이올린을 배웠고요."

"동생분은 언제 그렇게 되셨나요? 사고로?"

그 부분에서 천천히 심호흡을 했다. 죽도록 잊고 싶은 장면을 또 떠올려야 한다니.

"납치되었죠. 증발해버린 것처럼 없어졌어요. 이상했던 건… 보통 납치범이라면 돈을 요구하거나, 그래야 할 텐데 아무 연락이 없었죠. 범인은 결국 못 잡았어요."

나도 모르게 손목을 쓱 내밀었다. 왼쪽 손목에 자해 자국이 선명했다. 그것도 여러 개가 겹쳐서. 의사는 놀란 기색이 역력했다.

"음. 전에도 치료를 받으신 적이 있나요?"

"오래전에요. 동생 일이 있고 나서 학교도 1년 쉬었어요. 그때 병원에 다녔어요."

의사는 내 손목을 보며 고개를 갸우뚱했다.

"이 흉터는 오래된 것 같진 않은데요?"

나는 소리를 지르고 말았다.

"제가 한 게 아니에요. 윤정이가, 윤정이가!"

의사가 내 손을 잡으며 말했다.

"약을 드릴게요. 좀 나아지실 거예요. 지금 환자분 같은 경우엔 언제든지 발현될 수 있는 근원적인 스트레스가 내재된 상태입니다. 오래전에 치료를 하셨다고 했는데, 완치를 안 하신 채로 멈춰 있는 상태예요. 동생분 기일이 가까워지면 환상이나 환청이 심해진다고 하셨죠? 그런 겁니다. 스트레스가 심해지거나 정서적으로 흔들리게 되면 그때 기억이 되살아나면서 현재의 문제들이 몇 배로 증폭되는 거지요. 게다가 요즘은 남자 문제 때문에 또 신경을 많이 쓰게 되면서 스트레스의 요인들이 뒤얽힌 겁니다."

"제가 좋아질 수 있을까요?"

"수많은 환자들을 만나면서 제가 제일 먼저 보는 건 증세가 아닙니다. 환자분께서 스스로의 병에 대해서 잘 알고 있는지 그리고 극복하려는 의지는 어느 정도인지, 그게 제일 중요합니다. 지금 환자분께선 강한 의지를 갖고 있습니다. 그 의지가 승리할 수 있도록, 제가 꼭 도와드리겠습니다."

제발 당신의 말처럼 되었으면 좋겠네요.

주말 내내 TV를 보며 집에서 나오지 않았다. 그렇게 칩거하며 일요일 밤을 맞이했다. 항상 그랬던 것처럼 불을 켜놓고 채널을 디스커버리 채널에 맞춰놓은 후 침대에 누웠을 때였다. 침대 옆 테이블에 놓인 전화기에서 문자 수신음이 들렸다.

이제 불 끄고 잠들어도 돼요. 혼자가 아니니까요.

미친놈의 문자였다. 불길한 예감. 침대에서 일어나 조심스럽게 창문을 열고 아래를 내려다보았다. 토요일 밤의 유흥가 골목은 취객들로 붐볐다. 그 속에 놈이 서 있었다. 놈은 조용히 담배를 피우며 손을 흔들었다. 바로 창문을 닫아버렸다. 본능적으로 달려 나가서 현관문의 자물쇠를 확인했다.

겨우 잠이 들었다. 어둠의 지하로 끌려 내려가는 악몽이 다시 찾아왔다.

주말 내내 잠을 제대로 못 자 몸 컨디션은 최악이었다. 정신과에서 처방해준 약을 먹으면서 좀 나아졌다 싶었던 마음도 다시 엉망으로 헝클어졌다. 그래도 월요일 아침은 다시 돌아왔다.

뻐근한 목을 손으로 주무르며 오피스텔 지하 주차장으로 향했다. 리모컨으로 자동차 문을 풀고 운전석에 앉으려는데 조수석에 놓인 빵과 우유가 눈에 띄었다. 흠칫 놀라며 차에서 내렸다. 주위를 둘러보았지만 아무도 없었다.

이럴 리가 없는데?

다시 차 문을 닫았다. 리모컨으로 문을 잠갔다. 밖에서 문을 열어봤지만 열리지 않았다. 조수석 문도, 다른 뒷좌석 문도 열어보려고 했지만 열리지 않았다. 리모컨 고장은 아니다! 화가 나서 주먹으로 차를 쾅쾅 내리쳤다.

급하게 차를 몰아서 도착한 곳은 회사가 아니라 청담동에 있는 유미나의 사무실이었다. 1층과 2층은 쇼룸으로 쓰고 3층은 그녀의 작업실이었다. 외관마저도 검은색 모노톤으로 꾸민 건물 앞에 차를 세웠다.

온통 검은색 계통의 옷들이 디스플레이 되어 있는 매장 안으로 뛰어 들어갔다. 직원 아가씨가 공손하게 인사했다.

"어서 오십시오."

"선생님 계세요?"

내 다급한 태도에 아가씨는 조금 당황하는 눈치였다.

"네, 그렇긴 한데."

서슴없이 계단을 올라갔다. 아래에서 아가씨의 놀란 목소리가 들렸다.

"손님! 손님? 약속이 되어 있나요?"

막무가내로 계단을 올랐다. 아가씨도 걱정스러운 표정으로 따라 올라왔다. 내 걸음이 조금 더 빨랐다. 나는 노크도 없이 바로 유미나의 사무실 문을 벌컥 열었다. 컴퓨터 모니터를 들여다보던 그녀가 고개를 돌렸다.

"어, 김 기자. 무슨 일이야?"

아가씨도 사무실로 들어왔다.

"아는 분이니까, 괜찮아요. 일 봐요."

유미나의 말에 아가씨는 공손하게 인사하고 사무실을 나갔다. 유미나가 기분 좋은 얼굴로 말했다.

"종삼 씨한테 전화 왔었어. 고맙다는 인사를 하는 걸 보니 김 기자가 마음에 들었나봐."

미칠 것만 같았다. 최대한 마음을 가라앉히고 말을 꺼냈다.

"선생님, 그 사람 좀 말려주세요."

"응? 뭘 말려?"

"그분은 절 어떻게 보셨는지 몰라도, 전 그분 만날 생각이 전혀 없어요. 그런데 절 계속 괴롭히고 있어요."

"괴롭힌다니?"

유미나의 얼굴 표정에 동요가 일었다.

"하루에도 몇 번씩 전화를 하고 문자를 남겨요."

"난 또 뭐라고. 몇 번만 더 만나봐. 좋은 사람이야."

나는 손에 들고 있던 비닐봉지를 유미나의 책상 위에 거칠게 올려놓았다.

"아침에 이게 있더라고요. 제 차 조수석에."

"로맨틱하기도 해라!"

"선생님! 이건 아니잖아요? 제 자동차 문을 따고 이걸 놔뒀다니까요!"

"정확히 기억해? 어젯밤에 차 문 확실히 잠근 거야? 남자가 사랑에 빠지면 담을 넘기도 해. 몰래 여자 방에 들어갈 수도 있고. 그런 열정, 패션, 이해 못해? 김 기자에게 아침을 챙겨주고 싶었던 거겠지. 집 앞에 놓고 갈까, 차 옆에 놓고 갈까 망설이다 우연히 차 문이 안 잠긴 걸 발견했겠지. 그렇게 된 걸 수도 있잖아?"

"문을 딴 거예요! 저, 그런 실수 잘 하지 않아요!"

"특별한 피해를 준 것도 아니잖아!"

"선생님, 저 보기보다 예민해요. 이런 일 생기면 하루 종일 아무것도 못한다고요! 그리고 그 사람 이상해요. 눈 보셨어요? 그 눈?"

유미나는 싸늘한 시선으로 나를 응시했다. 그리고 나직하게 깔리는 목소리로 이야기했다.

"사람을 잘못 봤네. 자기가 로맨스와 열정을 가진 사람인 줄 알았어."

"선생님, 전 그런 거 필요 없어요. 제발 그 사람한테 얘기 좀 해주세요!"

"알았어. 대신 이제 김 기자랑 볼 일도 없었으면 해. 지금 내 마음도 많이 다쳤으니까."

유미나는 고개를 돌리고 다시 컴퓨터 모니터로 시선을 향했다. 나는 그녀 뒤에다 꾸벅 인사하고 사무실을 나왔다. 조금이나마 속이 후련했다. 미안한 마음보다 원망스러운 마음이 더 컸다. 소개팅을 받아들였던 그 순간이 정말 미치도록 후회스러웠다.

라디오 볼륨을 한껏 높여놓고 운전했다. 전화가 울렸다. 액정에 '박종삼'이라는 발신인이 떴다.

시간적으로 딱 맞는군. 유미나의 전화를 받았겠지. 그리고 곧바로 나에게 전화를 하는 거겠지. 무슨 얘길 하시려고? 이젠 당신 목소리 들을 일 없어.

계속 울리는 핸드폰을 무시했다. 결국 차를 길가에 댔다. 비상깜빡이를 켜놓고 핸드폰을 들어 종삼의 번호를 수신 거부로 설정했다. 적어도 전화와 문자에서는 해방되겠지.

〈트렌디〉에 입사한 지 5년이 조금 넘었다. 〈트렌디〉는 기본적으로는 패션 잡지를 지향하고 있었다. 전형적인 여성지와는 완전히 달랐고, 포지션으로 치자면 〈에스콰이어〉나 〈GQ〉 같은 남성 잡지와 공유하는 면이 더 많았다. 다루는 아이템은 남자와 여자를 가리지 않는 패션과 트렌드였고 매월 꽤 괜찮은 판매 부수를 기록하는 편이었다.

나는 한창 일을 할 연차였고, 실제로도 많은 기사를 기획하고 써냈다. 매주 월요일 오후 2시에 편집장과 기자들이 모여서 편집 회의를 열었다. 작년부터 새로 편집장을 맡게 된 사람은 아이가 둘이나 되는 아줌마였지만 일에는 누구보다도 열성적이었다.

"패션 아이템은 이번에 좀 줄이자. 시즌 메리트도 떨어지고, 아이템이 많이 올라와 있잖아. 미희 씨, 이정호 섭외됐어? 어제 통화해본다면서?"

편집장이 다른 기자와 이야기하는 동안 내 핸드폰으로 웅, 하는 문자 착신 진동음이 울렸다.

오늘 저녁은 어때? 시이이이원한 맥주 한 잔!

기자 선배 경석이었다. 답장을 남겼다.

그래요. 좋은 데 섭외해놓으셔요. 요즘 몹시 우울함 -_-;

답장을 받은 선배가 회의 테이블 건너편에서 빙긋 웃으며 윙크를 했다.

그가 섭외해놓은 곳은 모던한 느낌의 바였다. 인테리어 대부분이 유리로 되어 있는 바는 시원한 느낌을 주었다. 우리는 바텐더 앞에 나란히 앉아서 칵테일을 주문했다. 선배는 롱아일랜드 아이

스티를, 나는 블랙 러시안을 골랐다.

"어, 센 걸 고르네?"

"알코올이 좀 필요할 것 같아서요."

"오케이. 기분 전환 좀 해."

우리는 회사 이야기를 하면서 칵테일을 비웠다. 다시 한 잔씩 칵테일을 더 시켜놓은 후, 대화의 주제가 '연애'로 흘러갔다. 그는 대학 졸업 후 여자 친구를 사귄 적이 한 번도 없다는 얘기를 털어놓았다.

"아아, 선배도 대단하네요. 무슨 문제 있어요?"

"연애 기술이 부족한가봐. 소개팅은 부지런히 하는데, 소개팅만 하면 다 친구로 지내자는 거야. 소개팅 친구만 50명이야."

소개팅 친구라는 표현에 나는 소리를 내어 웃었다.

"참, 아까 회의 때 들으니까 진행하는 기획이 있는 것 같던데, 특집이에요?"

"아주 술맛 똑 떨어지는 거 말았다."

"뭔데요?"

선배는 고개를 내저으며 뜸을 들이다 칵테일을 한 모금 마신 후 입을 열었다.

"여름특집기획 연쇄살인마열전! 어떤 스릴러, 공포 영화보다 무서운 실제 사건 파일! 올여름을 한 방에 날려버릴 호러 특집 기사!

어때? 술맛 뚝 떨어지지?"

"취재가 쉽지 않을 거 같네요."

"피해자들 인터뷰하는 게 힘들어. 찾기도 힘들고, 연락이 돼도 말을 안 꺼내려고 하니까. 전문가, 심리 분석 위주로 가야 할 거 같아."

"진도는 많이 나갔고요?"

"유영철, 정남규 두 명 분량은 끝냈어. 둘이서 죽인 사람들만 해도 몇 명인지 알아? 확인된 것만 서른네 명이야. 상상이 되냐? 이 놈들은 우리가 이렇게 칵테일 마시듯이 습관적으로 사람을 죽인 거야. 담배를 피우면서 죽이고, 자기 화장실에서 시체를 토막 내고, 자기 집 뒷산에 시체를 묻고."

그런 얘기에 마음이 불편해졌다. 선배는 동생 이야기를 몰랐다. 그렇다고 굳이 알려주고 싶지도 않았다.

"총을 쏴댄 것도 아니고, 전부 자기 손으로 토막 내고 태우고 파묻었다고. 수십 명의 사람들을. 둘만 그런 건 아냐. 죽인 사람들 숫자가 둘이 워낙 많다뿐이지 연쇄살인범은 꽤 많아. 우리나라만 해도 그렇고 세계적으로야 뭐 엄청나지."

"그들은 도대체 어떤 사람들이에요? 우리와 같은 사람이라는 생각이 안 들어요."

"우발적인 살인이 아니라 연쇄살인마들은 공통점이 있어. 정신적인 장애라고 할까? 물론 약간씩 종류가 달라. 흔히 사이코패스라고 부르는 족속들도 있고 또 가학적 정신질환자들도 있어. 사이코패스들은 자기 이익을 위해 양심의 가책 없이 행동하지. 자신의 목표에 방해가 되면 거리낌 없이 남을 해치는 거지. 가학성 정신질환자들은 좀 달라. 이 사람들은 남을 괴롭히는 행위 그 자체에서 쾌감을 느껴. 타인을 다치게 하고 죽이는 데서 삶의 의미를 찾는달까?"

"그 사람들은 왜 그렇게 되는 건가요? 유전인가요?"

"사고 체계나 정서 자체가 보통 사람들하곤 달라. 전부 다 그렇다고 할 순 없지만, 대부분 어린 시절에 끔찍한 일을 당했던 경우가 많지. 유영철이나 정남규 같은 경우도 마찬가지였어. 어릴 때 가정 형편이 좋지 않았고, 성인 남성에게 강간을 당한 경험도 있었지. 요즘도 뉴스 보면 매일같이 불쌍한 애들 얘기 나오지? 이지메를 당하고, 성폭행을 당하고, 집단 구타에 부모한테 학대당하기도 하고. 사회가 살인마를 양산하고 있는 거나 마찬가지야."

"불우한 어린 시절을 보냈다고 전부 살인마가 되는 건 아니잖아요?"

"물론 그렇지. 확률의 문제라는 거지. 유영철이나 정남규가 사회의 보살핌을 적절한 시기에 받았다면, 과연 그런 끔찍한 괴물로 자라났을까? 물론 정말 힘든 시절을 다 이겨내고 제대로 성장하는 아이들도 있지. 아까도 얘기했지만 확률의 문제라는 거지."

"무섭네요."

"무섭지. 그런 말이 있잖아. 정말 무서운 건 괴물이 아니라 괴물이 숨어 있을지도 모르는 어둠이다."

"어둠이요?"

"이 세상. 이 세상이 어둠이야."

의외였다. 경석은 항상 밝고 경쾌한 리듬으로 살아가는 줄만 알았는데, 이렇게 염세적인 면이 있는 줄은 몰랐다.

술을 마시고 함께 택시를 탔다. 선배는 같이 술이나 저녁을 먹는 날이면 집까지 데려다주는 매너가 있었다. 체격이 건장한 젊은 운전사가 모는 택시 뒷자리에 나란히 앉았다. 선배는 고개를 뒤로 기댄 채 졸기 시작했다.

문득 종삼의 얼굴이 떠올랐다. 머리를 흔들며 생각을 떨쳐버리려고 했다. 택시 운전기사의 뒷목이 눈에 들어왔다. 푸른색 문신이 또렷하게 새겨져 있었다. 룸미러를 통해 기사와 눈이 마주치는 바람에 급하게 시선을 피했다.

'우리가 매일 마주치는 사람들 중에서도 언제 괴물이 될지 모르는 사람이 있단 얘기야.'

갑자기 어지러웠다. 두근두근, 마음이 흔들리면서 갈증이 났다. 창밖으로 눈을 돌렸다. 검은 밤하늘을 배경으로 의미 없는 풍경들이 스쳐 지나갔다.

막 시선을 옮기려는 순간, 택시 지붕에서 차창 위로 어린아이의 창백한 손이 쓱 내려왔다. 아이의 손이 유리를 긁기 시작했다. 있는 힘을 다해서. 손톱이 부러져나가고 유리 위로 피가 흘러 내렸다. 끼익, 끼익, 듣기 싫은 마찰음이 귀를 파고들었다. 검은 머리카락이 창문을 타고 흘러내렸다.

나도 모르게 선배의 손을 꽉 쥐었다. 아플 정도로 꽉. 놀란 선배가 잠에서 깼다. 나는 애원하듯 부탁했다.

"선배, 오늘 같이 있어줄래요?"

멍하니 나를 보던 선배가 고개를 끄덕였다. 내 부탁을 어떤 의미로 이해했는지까지 신경 쓸 여유는 없었다.

집 앞까지 와서 마음이 변덕을 부렸다. 집 안에 남자를 들이는 일이 쉽지는 않았다. 선배는 잠시 고집을 부렸으나 곧 포기하고 돌아갔다.

목욕물을 받아놓고 오랫동안 반신욕을 즐겼다. 잠잘 때 입는 홈드레스로 막 갈아입었을 때 낯선 소리가 들렸다.

쿵쿵, 현관문을 두드리는 소리였다. 벨 소리가 아닌, 손으로 철문을 두드리는 소리가 분명했다. 떨리는 걸음으로 현관문 앞까지 다가갔다. 인기척은 없었다. 인터폰에 딸린 카메라를 통해 밖을 봤지만 분명히 현관 앞에는 아무도 없었다.

문을 열었다. 상자가 하나 놓여 있었다. 그리 크지 않은 검은색 종이 박스였다. 재빨리 상자를 집어 들고 문을 닫았다. 누가 그랬더라?

괴물보다 더 무서운 건 괴물이 숨어 있을지도 모를 어둠이다.

그 말이 맞았다. 상자 속에 들어 있는 '무엇' 때문에 숨이 막힐 지경이었다. 무게는 책 한두 권 정도에 불과했다. 상자의 모양도 납작한 형태였다. 천천히 뚜껑을 열었다.

액자가 들어 있었다. 사진이 들어 있지 않은 빈 액자. 귀퉁이 두 쪽에는 천으로 된 검은 띠까지 둘러져 있어 사진만 넣으면 딱 영정 사진이 될 터였다.

핸드폰으로 문자가 들어왔다.

웃는 얼굴로 사진 찍어둬. 우리 인연은 운명이야.

발신인 표시가 제한된 문자였다. 떨리는 손으로 핸드폰 자판을 눌렀다. 1.1.2.

"지금 김현주 씨가 이야기하는 내용이 완벽하게 들어맞지가 않아요. 예를 들어, 전화만 해도 그래요. 사실 박종삼 씨 번호로 전화가 왔던 건 처음 만난 직후 며칠밖에 없어요."

형사는 고개를 내저으며 말했다. 나는 발끈해서 쏘아붙였다.

"제가 전활 안 받았거든요! 그 사람 번호로 전화를 걸면 통화가 안 되니까, 그래서 교묘하게 다른 번호로 전활 한 거라고요!"

"어쨌든 그 번호는 전부 공중전화로 확인됐습니다."

"미치겠네!"

"그리고 문자 메시지의 경우도 마찬가집니다. 발신인이 드러나지 않거나 심지어 몇 개는 대포폰으로 확인된 번호예요."

"네? 대포폰이요?"

"번호가 추적이 안 되는 전화죠. 소유주가 누군지 알 수 없다는 얘기예요."

"말도 안 돼요! 그럼, 차 문을 열고 들어왔던 건요?"

"그건 사실 증거가 전혀 없잖습니까? 벌써 오래된 일이라 지문 채취도 힘들 것 같고요."

"그럼, 더 심각한 거 아닌가요? 그 사람이 대포폰까지 구했다면, 저를 해치려는 의도가 구체적이고 명백하단 얘기잖아요! 상식적으로 생각해봐도 그렇잖아요!"

"상식적으로 생각해봤을 때, 이 정도 상황으로 어떤 법적 조치를 취해드릴 수는 없어요."

나는 책상 위의 액자를 집어 올렸다.

"그럼, 이건 뭐예요? 이런 게 협박 아니면, 뭐가 협박이죠? 절 죽이겠단 얘기잖아요! 혼자 있는 여자에게, 그것도 한밤중에 이런 걸 보내는 게 협박이 아니고 뭐예요!"

"그걸 박종삼 씨가 놔두고 갔다는 증거가 없잖아요?"

"그 인간을 조사해보면 되잖아요!"

형사는 길게 한숨을 내쉬었다.

"김현주 씨, 저희도 규정이란 게 있습니다. 일단 연락은 해보겠지만, 본인이 거부할 경우 강제로 출두시킬 수는 없는 상황입니다."

"그 사람이 미쳤다고 자기 발로 여길 오겠어요? 여기, 경찰서 맞아요? 시민이 두려움에 떨고 있는데, 해줄 수 있는 게 아무것도 없다고요?!"

주변의 형사들이 힐끗 고개를 돌려 나를 쳐다보았다. 다들 날 미친년으로 보는 건가? 액자를 손으로 내리쳤다. 유리가 깨지며 손에서 피가 흘렀다.

"이러면 곤란합니다!"

형사가 액자를 치웠다. 나는 피가 흐르는 팔을 부들부들 떨며 형사를 노려보았다.

"여기서 이러면 공무집행방해로 처벌을 받을 수도 있어요!"

도리어 형사가 경고했다.

"전 무서워서 죽을 것 같다고요."

"일단 들어가시죠. 손도 치료를 하시고, 경찰서에서 이런 짓을 하다니. 제 정신입니까!"

나는 내 손을 보며 되뇌었다. 정말 내가 미친 걸까?

다음 날 병원에 들렀다. 경찰서에서 있었던 일을 모두 이야기했다. 의사는 약을 늘리라는 처방을 내려주었다. 과연 약으로 해결될 수 있는 문제인지 나 스스로도 의문이었다.

마감 날짜가 가까워오면서 월간 〈트렌디〉의 사무실은 빠른 리듬으로 움직였다. 야근을 하는 경우도 많았다. 차라리 일에 파묻혀 있을 때는 마음이 편했다. 경석 선배와 잠깐 동안의 커피 브레이크를 갖기 위해 건물 옥상으로 올라갔다. 밤하늘을 거울에 비춰놓은 것처럼 수많은 불빛이 빛나는 서울의 야경을 보면서 아메리카노를 홀짝였다.

"얼굴이 안 좋아 보이네. 눈이 토끼처럼 발갛잖아."

"요즘 좀 힘들어요."

"그 사람 때문이야?"

"그 사람 때문이기도 하고, 뭐랄까, 일이 뒤엉켜 있다고 할까요?"

"괜찮다면, 네 이야기를 들을 준비가 되어 있어."

선배는 진지한 표정이었다.

"선배한텐 정말 미안해요. 내가 미안해하고 있다는 거, 그것만 알아줘요."

"아직도 나를 못 믿겠니? 난 너랑 뭐든지 나누고 함께할 준비가 되어 있어. 경찰이 못 도와주겠다면 내가 그 사람을 만나볼까?"

"아니에요. 그럴 것까진 없어요. 잠깐 휴직을 해볼까요?"

"휴직? 갑자기 왜?"

"마음이 무거워서. 혼자 여행이나 다녀올까 생각 중이에요. 나중에 선배한테 말씀드릴 수 있을 거예요."

"내가 너한테 부족한 거니?"

"반대예요. 내가 선배한테 자신이 없어요."

"우리 인연은 운명이라고 생각해."

바로 그 말이었다. 영정 사진의 액자가 집 앞으로 온 날, 핸드폰에 찍힌 문자였다. 협박과 사랑 고백이 똑같을 수도 있구나.

결국 며칠 뒤 편집장님께 잠시 쉬고 싶다는 의사를 전달했다. 그녀는 휴직을 받아들이는 대신 긴 휴가를 허락해주었다. 그리고 내 등을 떠밀다시피 해서 사무실 밖으로 내보냈다.

여행지를 물색하고 여행을 계획하는 데도 며칠이 걸렸다. 일단은 태국 푸껫 쪽의 리조트에서 일주일 정도 쉬다 오는 쪽으로 결정을 내렸다. 당장이라도 떠나고 싶었다.

병원에서 처방받은 약을 세 알로 늘렸지만 환청과 환상은 더 심해졌다. 잠이 안 든 상태에서도 윤정이가 나타났다. 피투성이가 된 얼굴을 눈앞으로 들이밀었다. 윤정이의 눈동자는 원망이 가득했다. 그 애가 부는 플루트 소리가 지옥의 자장가처럼 귀를 어지럽혔다.

불면증 때문인지도 몰랐다. 불면증 때문에 환영과 환청이 생기는 건지, 환영과 환청에 시달리다가 불면증이 생긴 건지, 인과관계를 따지는 건 의미 없는 짓일지도 몰랐다.

여행사에 예약을 마쳤다. 이틀 뒤 토요일 아침에 출발해서 그다음 주 수요일에 돌아오는 일정이었다. 가장 가까운 스케줄이었다. 단 하루도 기다리기 싫었다.

여행지에서 입을 옷을 사기 위해 쇼핑을 나갔다. 사람들로 붐비는 백화점에 들어서자 다시 겁이 나기 시작했다. 나도 모르게 주변을 두리번거렸다. 공포감이 나를 짓눌렀다. 등 뒤에서 목이 졸리는 상상을 하다가 혼자 타고 있는 엘리베이터 안으로 종삼이 들어오는 상상을 하기도 했다. 재빠른 소매치기처럼 인파들로 북적이는 틈을 타서 칼로 찌르고 가버릴지 모른다는 생각도 들었다.

어떻게 옷을 고르고 집까지 왔는지 몰랐다. 몸이 많이 피곤해서 다행이었다. 어떻게 해서든 몸을 피곤하게 만들면 조금이나마 쉽게 잠들 수 있으니까.

이제 이틀 뒤 나는 먼 곳으로 떠난다. 아무도 나를 모르는 곳으로. 뜨거운 태양과 낯선 바다가 보이는 곳에서 책이나 읽으며 쉬게 될 거야!

스스로를 세뇌하듯 여행에 대한 기대감을 한껏 부풀렸다. 책상 앞에 앉아 인터넷 창을 띄웠다. 많이 돌아다니기보다는 리조트에서 쉴 생각이었지만 그래도 한 번도 가보지 못한 푸껫이라는 곳에 대해 알아보고 싶었다.

검색창에 '푸껫'이라는 글자를 쓰기 전에, 습관적으로 이메일을 먼저 열었다. 스팸 메일이 대여섯 통 와 있었지만 지우지 않았다. 막 '받은편지함' 창을 닫으려는데, 시선을 끄는 제목의 메일이 있었다.

발신인 아이디는 rememberemember.

기억하라고? 뭘?

이메일의 제목은 '너의 앞날이 궁금해?'였다. 메일을 열었다. 내용은 없었다. 다만 동영상 파일이 첨부되어 있었다. 자연스럽게 더블클릭을 해서 동영상을 작동시켰다.

화면이 뜨고 여자의 손이 클로즈업되었다. 때가 묻고 핏자국이 선명한 손이었다. 입을 틀어막은 여자의 신음 소리가 또렷하게 들려왔다. 카메라는 손에서 손목으로, 팔뚝으로 천천히 올라갔다. 원래는 희고 깨끗했을 여자의 팔은 상처투성이였다. 그러다가 뚝 끊겼다. 화면이 아니라 여자의 팔이. 팔꿈치에서 조금 아래 부분이 절단된 팔이었다. 절단 부위의 근육 조직과 핏덩이가 뭉친 모습이 선명하게 보이는 화면이었다. 여자의 끙끙거리던 신음 소리가 갑자기 찢어지는 비명으로 변했다. 그리고 검은 화면 위로 자막이 떠올랐다.

너도 곧 잘라줄게. 넌 내게서 도망갈 수 없어.

자리에서 벌떡 일어났다. 방문을 열고 나가 화장실로 향했다. 변기를 잡고 토를 하기 시작했다. 눈물이 흘러내렸다. 온몸이 후들후들 떨렸다. 화장실에서 한참 동안 토악질을 하고 난 후 바로 경찰에 연락했다. 이번에는 미친년 취급을 할 수 없겠지.

경찰은 아이피 추적을 해보겠다고 했다. 그리고 그놈에게 출두해달라고 전화를 걸었으나 거부했다는 말을 전해주었다. 아직까지는 강제 구인을 할 만큼의 연관성은 없다고 했다.

여행사에 전화를 걸어 예약을 취소했다. 그리고 내가 믿을 수 있는 유일한 사람, 경석 선배에게 구원을 청했다. 그는 흔쾌히 자신의 집 한 공간을 내주었다. 한시적인 '도피 동거'가 시작되었다.

선배의 집은 남자 혼자 사는 원룸치고는 아주 깨끗했다. 내 방보다 나았다. 소파 앞 테이블에 놓인 잡지가 눈에 들어왔다. 내가 쉬는 동안, 바로 어제 발간된 〈트렌디〉 최신호였다. 정신이 없어서 챙겨볼 생각도 못했는데. '여름특집기획 연쇄살인마열전'이라는 헤드라인이 표지를 장식하고 있었다. 선배가 쓴 기사였다. 내가 잡지를 들고 읽어보려는데 선배가 급히 빼앗았다.

"읽지 마. 끔찍한 내용이니까."

"반응은 어때요?"

"나쁘진 않아."

"괜찮아요. 선배가 쓴 것 읽고 싶어요."

"자, 일단 좀 씻고 쉬어. 내가 제육볶음 해줄게. 구내식당보다는 맛있어."

사람의 힘이란 대단했다. 그의 몇 마디 말과 따뜻한 밥상에 다시 힘이 생겼다.

포기하지 마. 끝까지. 넌 결국 이겨낼 거야. 그래서 이렇게 좋은 남자와 마음껏 사랑도 해봐야지.

능숙하게 설거지를 하는 선배의 뒷모습을 보며 힘을 냈다. 불쑥 눈에 눈물이 맺혔다. 그를 안고 싶다는 생각이 치밀어 올랐지만 동시에 그럴 자격이 없다는 생각에 주눅이 들어버렸다.

밤은 금방 찾아왔다. 식사 후에 TV를 잠깐 시청하다보니 밤 10시가 넘었다. 선배가 반팔 셔츠와 반바지를 내주었다.

"미안. 여자 옷이 없어서. 잠옷 대신 입어."

나는 선배의 옷을 받아들고는 피식 웃었다.

"미안하긴요. 옷도 한 벌 안 챙기고 대책 없이 와버린 내가 잘못이지."

"여기서 며칠 더 있을 거면 내일 같이 집에 가서 옷가지나 좀 챙겨오자."

벌떡 일어나서 선배를 안았다. 애절하게. 선배가 키스했다. 혀와 혀가 만나고, 우리는 소파 위로 누웠다. 선배는 갈증이 난 사람처럼 내 뺨과 이마와 목에 키스를 퍼부었다. 그리고 스웨터 안으로 손을 넣어 가슴을 만졌다.

안 돼!

나도 모르게 그를 밀쳐버렸다. 그 힘이 어찌나 급작스럽고 셌던지 그는 소파에서 굴러 떨어졌다. 미안했다. 이건 정말 아니다. 미친년. 스스로를 자책하면서 어색한 침묵이 오래도록 흘렀다.

"괜찮아. 좀 더 기다릴게. 다른 생각 하지 말고 그냥 자. 내가 소파에서 잘게."

선배는 나를 침대로 이끌었다. 그리고 내가 잠들 때까지 곁에 있어주었다.

똑같은 악몽을 꾸었다. 계단인 것 같기도 하고 산속으로 난 길 같기도 했다. 몹시도 좁고 가파른 길을 따라 내려가고 있었다. 어두침침한 주위는 아래로 내려갈수록 깜깜해졌다.

이러지 말아야 하는데, 저 암흑 속에 뭐가 있을지도 모르는데!

발길을 멈춰야 한다고 생각했지만 몸이 말을 듣지 않았다. 마음이 다급해지고 근육에 경련이 생길 지경이었다.

멈춰! 제발 멈춰! 들리지 않는 소리로 수없이 외쳐댔다.

나는 계속 걸음을 내딛고 있었다. 어둠 속으로, 천천히, 천천히.

눈을 떴을 때는 오전 10시였다. 창밖에서 빗소리가 새어 들어왔다. 침대에서 몸을 일으켰다. 오전 10시라는 시간이 무색할 만큼 집 안은 어두웠다. 방을 나가서 거실의 불을 켰다. 부엌 냉장고에 쪽지가 붙어 있었다.

'떡이 맛있어. 아침 꼭 챙겨 먹고. 점심은 너 좋아하는 카레 끓여 놨어.'

눈물이 핑 돌았다. 메모지를 떼서 손 안에 꼭 쥐었다. 온기가 느껴지는 듯했다. 나도 메모지를 찾아 글을 남겼다.

'선배는 이 세상에서 내가 아는 가장 좋은 사람이에요.'

경석의 메모가 붙어 있던 냉장고 문에 내 메모를 붙였다. 좁은 식탁 한가운데 먹기 좋게 썬 인절미를 담은 접시가 있었다. 떡 한 조각을 우물거리면서 〈트렌디〉 최신호를 집어 들었다. 끔찍한 내용이라는 경석의 경고가 떠올랐지만 내 손은 이미 잡지를 펼치고 있었다.

'여름특집기획 연쇄살인마열전'

'에디터 이경석'이라는 필자 난을 확인하고 기사를 읽기 시작했다. 무척 긴 기사는 이런 에필로그로 마감했다.

연쇄살인범도 누군가의 가족이었으며 친구였으며 이웃이었다. 눈으로 그들을 구별해낸다는 것은 불가능하다. 연쇄살인범에겐 어두운 과거가 있지만 성인이 되었을 때 그들의 모습은 천차만별이다. 사회부적응자가 있는 반면 지적 능력과 재력을 겸비한 사람도 있다.

항상 조심하기 바란다. 우리는 결코 천사와 악마를 구별해낼 수 없다. 지금 당신 옆에 있는 사람은 좋은 사람인가?

섬뜩했다. 연쇄살인범의 가슴속에 들어가본 사람처럼 생생하게 그들의 심리와 현장을 묘사했다. 잡지를 덮었다. 순간 핸드폰이 울렸다. 액정 화면에는 발신자 제한 표시가 있었다. 전화를 받지 않았다. 10초나 흘렀을까. 쿵쿵, 현관문 두드리는 소리가 울렸다. 고개를 홱 돌렸다. 분명 주먹으로 문을 두드리는 소리였다.

환청일까? 현실일까?

심장 박동이 빨라졌다. 주먹을 꽉 쥐면서 정신을 가다듬으려고 애썼다. 문을 두드리는 소리는 점점 더 커지고 빨라졌다. 소리는 한참 뒤에 사라졌다.

환청이었을까? 선배에게 전화를 걸어야 할까? 집 밖으로 나가는 게 나을까? 그냥 이렇게 버텨볼까? 그때 누군가가 방의 창문을 열려고 애쓰는 소리가 들렸다. 덜컹거리는 소리의 진원지는 경석의 방이었다.

이것도 환청일까? 벌떡 일어나 귀를 막았다. 창문을 열려는 소리는 점점 더 분명히 들렸다. 누군가가 집 안으로 들어오려는 것일까? 누굴까? 왜?

쥐가 모여들었다. 커다란 쥐, 갈색 쥐, 유난히 꼬리를 길게 세운 쥐…. 수십 수백 마리의 쥐가 집 안에 버글거렸다. 나는 비명을 지르며 밖으로 뛰쳐나갔다.

비가 내리고 있었다. 다세대 주택이 모여 있는 논현동 골목을 우산도 없이 달렸다. 모퉁이를 돌 때마다 뒤를 돌아다보았다. 누군가 따라오고 있었다. 어쩌면 현실에 존재하지 않는 사람일지도 모른다. 아니면 쥐떼일까?

그러다 젖은 바닥에 미끄러졌다. 팔꿈치 피부가 벗겨지고 무릎도 까지고 피가 났다. 일어날 힘이 없었다. 그때 누군가의 손이 앞으로 쓱 들어왔다. 한참 동안 그 손을 보았다. 익숙한 손이다. 누굴까?

"여기서 왜 이러고 있어요?"

정신과 의사 김영철이었다. 나는 덥석 그의 손을 잡았다.

"선생님, 저 좀 살려주세요!"

"왜 그래요?"

"선생님, 절 해치려고 해요! 저를 쫓아오고 있어요!"

"누가요?"

"그 미친놈이! 그리고 내 머릿속에 있는 괴물들이요!"

"일단 차에 탑시다. 계속 이렇게 있을 수는 없으니까요."

의사의 차는 대로변에 주차되어 있었다. 그제야 조금 정신이 드는 것 같았다.

"집이 이 근처거든요. 볼일 보고 병원에 가려던 길인데 우연히 현주 씰 봤어요."

의사가 운전석 문을 닫으며 말했다. 그는 콘솔박스를 열고 흰색 약병을 꺼냈다. 그리고 알약 두 개를 내밀었다.

"좀 진정이 될 거예요."

플라스틱 생수병도 함께 건네주었다. 나는 물과 함께 알약을 삼켰다. 그는 부드럽게 차를 출발시켰다.

차 안에는 음악이 없었다. 천장과 유리를 두드리는 굵은 빗줄기가 아프리카 토속 타악기의 연주처럼 이어졌다. 10분이 채 안 되어 마음이 편안해지는 걸 느꼈다. 졸음이 몰려올 정도였다.

"고마워요. 선생님은 정말 좋은 사람이에요. 근데 왜 이렇게 졸리죠?"

"당연한 겁니다. 방금 전에 먹은 약 있죠? 코끼리도 기절할 만큼

독한 수면젭니다. 아주 오랫동안 잠을 자게 될 거예요."

그러고는 주머니에서 또 다른 하얀색 약병을 꺼내 보였다. 내가 매일 세 알씩 먹던 약이었다.

"내가 처방전을 안 주고 따로 약을 구해준 게 이상하지 않았어? 이건 환각제야. 날 만난 뒤로 환각이나 환청이 더 심해졌지? 처음 약을 먹었을 때는 위약 효과 때문에 진정이 된다고 착각했을 수도 있겠지만 매일매일 병이 깊어지고 있었던 거야. 네 잘못은 아니야. 그 정도 복용량과 기간이었다면 멀쩡한 사람도 정신이 엉망이 되었을 테니까."

나는 무슨 말을 하려고 했지만 결국 맥없이 고개를 떨어뜨리고 말았다.

"조금만 더 기다려. 아주 재밌는 경험을 하게 될 테니까."

그가 카스테레오를 틀었다. 모차르트의 레퀴엠이 흐르기 시작했다.

정신을 차렸을 때는 구역질부터 찾아왔다. 먹은 음식이 별로 없었기에 헛구역질만 요란하게 계속하다 지쳐버렸다. 그다음 찾아온 것은 악취였다. 썩은 냄새, 퀴퀴한 곰팡이 냄새 그리고 피비린내 뒤섞인 냄새가 코를 찌르듯이 파고들었다. 그러고 나서야 겨우 고개를 들어 주변을 둘러볼 수 있었다.

창고였다. 아무것도 없이, 만들 당시의 시멘트 표면을 그대로 놔둔 공간이었다. 공간을 흐릿하게 비추고 있는 천장의 백열등과 뒤쪽 벽에 단단하게 고정된 쇠사슬 고리 그리고 뒤쪽 벽에 붙어 있는 좌변기를 빼면 아무것도 없는 시멘트 상자였다. 나는 그 상자 안에 갇혀 있었다. 쇠사슬 고리에 목줄이 채워진 채.

소리를 지르고 싶었지만, 공포가 목을 짓눌렀다. 나는 완전한 알몸이었다. 대체 무슨 일이 있었던 거지? 난방은 되는 것이 분명했다. 시멘트 창고는 옷 없이도 견딜 수 있을 만큼 더운 온도로 유지되고 있었다.

몸 곳곳을 괴롭히는 고통이 느껴졌다. 목에 채워진 쇠사슬 주변의 피부는 이미 자극을 받아 벌겋게 일어나 있었다. 발목도 심하게 삔 듯 움직일 때마다 통증이 몰려들었다. 엉덩이와 등도 심하게 얻어맞은 것처럼 뻐근했다. 그리고 수치심. 창고 천장의 구석구석에 카메라가 매달려 있었다. CCTV를 통해 누군가가 나를 보고 있었다. 나는 본능적으로 몸을 웅크리고 젖가슴을 가렸다.

철컥. 육중한 철문이 열렸다. 의사가 모습을 드러냈다. 열린 문 앞에 서서 말없이 나를 보고 있었다. 내 입에서 기어 들어가는 소리가 나왔다.

"살려주세요."

의사가 천천히 다가왔다. 너무 떨다가 심장이 멈춰버릴 것만 같왔다. 그는 한 걸음쯤 앞에서 멈췄다.

"저한테 왜 이러시는 거예요? 제발 풀어주세요. 시키는 대로 다 할게요!"

그는 수갑을 채우고 목줄을 풀었다.

"살려주세요! 제발 살려주세요!"

계속 애원을 했지만 그는 무응답으로 일관했다. 그러고는 개를 앞세우듯 나를 밀며 방을 나갔다.

복도에서는 창고 안과 또 다른 냄새가 났다. 창고 안에서처럼 코를 찌르는 냄새는 없었지만 소독약과 탈취제 뒤섞인 냄새가 기분 나쁘게 감돌았다. 복도 위 천장을 따라 빛을 뿜고 있는 형광등도 싸늘한 느낌을 더했다.

내가 갇혀 있던 방과 같은 곳들이 한두 개가 아니란 사실을 알았다. 복도를 따라서 양쪽으로 그런 방들이 이어져 있었다. 방은 육중한 철문으로 막혀 있고 방 안에 누가, 무엇이 있는지 짐작조차 할 수 없었다.

"선생님, 왜 이러세요? 얘기 좀 해봐요, 네?"

나는 정신을 옥죄는 공포감을 밀어내면서 의사와 대화를 시도했다. 그는 말없이 계속 등을 떠밀었다. 이윽고 복도 반대쪽 끝에 있는 방 앞에 섰다. 그 방 역시 검은색 철문으로 굳게 닫혀 있었다. 그는 허리춤에 찬 열쇠 뭉치에서 열쇠를 골라 방문을 열었다.

남자애가 있었다. 열다섯쯤 되었을까? 역시 알몸이고 목은 쇠사슬로 채워져 있었다. 문이 열리자 소년은 겨우 고개를 들어 의사 쪽을 바라보았다. 소년의 몸 상태는 한눈에 봐도 심각해 보였다. 오래 씻지 못한 몸 곳곳에 욕창이 생겼고 머리도 몇 년을 깎지 않은 듯 산발이었다. 심하게 맞은 듯 멍 자국과 흉터도 선명했다. 폐병 환자처럼 거칠게 숨을 몰아쉬며 기침을 했다. 나는 다리에 힘이 풀려 주저앉고 말았다.

의사가 입을 열었다.

"재작년인데, 기억나? 잡지사 기자니까 잘 알겠군. 연예계 최고 커플이라던 정민수 민혜란 부부 사건 기억나지?"

모를 수가 없었다. 고급스러운 도회적 이미지로 인기를 모았던 정민수와 드라마의 청순한 여주인공 역을 도맡아하던 민혜란 부부. 금실 좋은 남녀 톱스타 커플로서 세인들의 부러움을 한 몸에 받던 그들에게 일어난 끔찍한 사건이었다. 초등학교 6학년인 아들이 실종된 것이었다. 경찰은 대대적인 수사를 진행했다. 아이의 부모에겐 원한을 살 만한 인간관계가 없었고 그렇다고 돈을 요구하는 범인도 없었다.

부모는 방송, 신문, 인터넷을 가리지 않고 모든 매체에 모습을 드러냈다. 스타의 모습이 아니라 지옥을 경험하고 있는 처참한 모습으로 등장해 아들의 무사귀환을 도와달라고 호소했다. 아들을 무사히 찾게 해주는 분에게는 10억 원의 보상금을 주겠다는 공언을 하기도 했다. 그렇게 한 달 두 달 시간이 흘렀고 결국 사건은 미궁으로 빠져버렸다.

"좀 위험한 미션이었는데 잘 됐지. 근데 곱게 커서 그런가? 얘가 몸이 좀 약해. 폐렴이 왔어. 두세 달 더 버틸까 모르겠다."

의사는 높낮이의 변화가 없는 목소리로 말을 이었다. 삶의 의지를 완전히 강탈당한 소년의 기침 소리가 죽음으로 다가가는 말발굽 소리처럼 텅 빈 공간을 울렸다.

의사는 나를 다른 방으로 데려갔다. 방의 모습은 똑같았다. 쇠줄로 목을 감은 희생자만 다를 뿐. 이번에는 나이를 분간할 수 없는 사람이었다. 젖가슴을 보고서야 여자라는 성별을 확인할 수 있었다. 머리는 온통 산발에 몸이 때투성이라는 점은 맞은편 방에 갇혀 있는 소년과 마찬가지였다. 여자는 알 수 없는 말을 중얼거리며 방을 왔다 갔다 계속 걸어 다녔다. 목에 걸린 쇠사슬의 길이만큼 몇 발자국씩을 계속 왕복하는 꼴이었다. 문이 열렸는데도 여자는 같은 행동을 멈추지 않았다.

"쟨 좀 오래됐는데, 지방에서 데려온 애야. 첨 왔을 땐 참 고왔는데. 보면 알겠지? 완전히 정신이 나갔어. 그래도 건강 상태는 좋아. 어떻게 하면 좋을까? 그냥 죽여버릴까?"

의사는 나에게 의견을 구했다. 어떤 말도 할 수 없었다. 그는 여자에게 다가갔다.

"죽고 싶어? 이제 그만할래?"

여자의 몸이 더 심하게 떨렸다. 그는 무슨 생각을 했는지 고개를 끄덕이다가 일어섰다.

"자, 그러면 본론으로 들어가볼까?"

의사는 또 다른 방으로 나를 데려갔다. 여자 한 명이 목줄이 채워진 채 바닥에 앉아 있었다. 몸은 부스럼과 종기, 얼룩 등등 피부병으로 엉망이었다. 문이 열렸는데도 여자는 전혀 반응이 없었다. 얼핏 보면 앉은 채로 죽어 있는 사람으로 보일 정도였다. 그전에 봤던 방 안의 사람들 중에서 상태가 최악으로 보였다.

"내 첫 번째 수집품이야. 즉, 이 갤러리에서 제일 오래된 작품이란 뜻이지. 항생제에 완전히 찌들었어. 그동안 죽어도 몇 번을 죽었을 텐데, 내가 지금까지 겨우겨우 살려놓은 거지. 누구에게나 첫 번째는 의미가 있잖아. 껍데기만 살아 있다 해도, 나에겐 의미가 있는 거잖아. 안 그래?"

의사가 여자의 몸을 발로 찼다. 여자는 느린 동작으로 몸을 웅크렸다.

"아직 자극에 반응할 줄도 알아. 정신분석학적으로 아주 흥미로운 상태지. 지적 능력은 90퍼센트 이상 소멸된 상태고, 심지어 본능 중에서도 몇몇 부분은 생리적인 신호 체계마저 왜곡되어버린 것 같아. 밥을 주지 않으면 먹지를 않으니까 말이야. 10년 넘게 여기 있다보니 머리도 마음도 텅 빈 상태가 되어버렸다고 할까?"

그는 여자의 머리를 발로 툭 차면서 말했다.

"윤정아, 언니 왔다!"

내 귀를 의심했다. 윤정아? 언니? 죽어가는 짐승처럼 움직임이 없던 여자의 몸이 꿈틀하며 반응을 보였다.

"나도 이런 순간이 올 줄은 몰랐어."

의사가 내 앞에 마주 섰다. 머리가 새하얗게 타들어가는 느낌이었다.

"너흰 열세 살이었어. 우리 동네에서 제일 예쁜 쌍둥이 자매였지. 그때 난 대학생이었는데, 기억 안 나지? 몇 번이나 동네에서 마주친 적도 있었는데. 아빠 엄마 손을 잡고 다니던 너희 자매의 얼굴을 난 지금도 잊을 수가 없어. 정말 행복해 보이더라. 진부한 표현이지만 정말 천사처럼 해맑아 보였어. 너흰 아이스크림을 참 좋아했잖아. 영신 슈퍼 기억나니? 거기서 아이스크림을 자주 사먹었지. 내가 열세 살 때는 뭘 먹었는지 알아? 창고에서 쥐를 뜯어 먹었어. 살아 있는 쥐를. 어떤 맛인지 알아? 쥐 뼈가 얼마나 단단하고 날카로운지 알아? 쥐 내장이 썩으면 어떤 냄새가 나는지 알아?"

그의 목소리는 이상하리만큼 차분하게 가라앉고 있었다.

"어느 날 밤엔 너희 자매 둘이서 동네 놀이터 벤치에서 악기 연주를 한 적이 있었어. 아빠 엄마를 앞에 세워놓고, 넌 바이올린을 연주하고 동생은 플루트를 불었지. 지나가던 동네 사람 몇몇이 그 모습을 구경했어. 나도 그중에 한 명이었어. 가만히 놔둘 수가 없었어. 정말 망쳐버리고 싶었어. 나처럼. 나랑 똑같이 만들어버리고 싶었어. 그때 이미 난 사람을 죽여본 적이 있었어. 그것도 여러 명을. 어른도 아닌 애를 죽이는 건 그렇게 어려운 일이 아니었어. 근데 내 목표는 그렇게 간단하지 않았거든. 난 죽이고 싶지 않았던 거야. 망치고 싶었던 거지. 그래서 1년 동안 꼼꼼하게 준비를 했어. 혼자 살고 있던 집에서 빈 방 하나를 사육실로 꾸며놓았지. 지금 이 갤러리의 시초인 셈이지. 제일 어려운 일은 둘 중 누구를 고르느냐의 문제였어. 어차피 얼굴도 옷 입는 것도 똑같아서 구별할 수 없었지만 그래도 나에겐 중요한 문제였어. 난 고민 끝에 바이올린을 골랐어. 너였지."

나는 고개를 숙였다. 그는 내 턱을 치켜들고 강제로 시선을 마주했다. 내 눈 속에서 뭔가를 찾아내려는 듯 집요하게 들여다보았다.

"너희 둘은 항상 같이 다녀서 납치하기가 쉽지 않았어. 일주일 이상을 지켜보다 기회가 생겼지. 혼자서 학원에서 돌아오던 아이를 따라가다 내가 봐둔 골목에서 뒤통수를 내리쳤어. 너무 세게 쳐서 죽지 않았을까 걱정이 될 정도였지. 집에 데리고 온 후에야 알수 있었어. 가방에 플루트 교본이 있었거든. 바이올린 교본이 아니라! 난 혼란스러웠지. 난 계획에 어긋나는 일은 참지 못하는 편이거든."

기억이 났다. 윤정이가 실종되던 그날. 나는 심한 감기 몸살에 걸려 학교를 쉬었다. 항상 같이 다니던 둘은 며칠 동안 떨어질 수밖에 없었다. 그런데 윤정이 혼자 학원을 다녀오다 사라져버린 것이었다. 동생을 지켜주지 못했다는 죄책감이 더 컸던 것도 그 때문이다.

"껍데기는 어차피 똑같다고 나 자신을 위로하려 했지만 쉽지 않았지. 하지만 어쩌겠어. 괜히 무리하다간 모든 걸 다 망쳐버릴 수도 있었으니까. 난 윤정이를 집에서 키우기 시작했어. 여기 이 집을 마련한 건 5년쯤 전이야. 그때부터 다른 친구들도 몇 명 더 데려왔지."

의사가 내 팔을 잡고 윤정이 앞에 꿇어 앉혔다.

"동생이 할 얘기가 많을 거야. 16년 동안 쌓였으니."

윤정이의 얼굴 위로 늘어진 머리채를 쓸어 넘겼다. 동생의 얼굴은 상처와 반점으로 뒤덮여 흉측했다. 쌍둥이 자매라고는 상상할 수도 없을 만큼 달라진 얼굴.

"윤정아, 언니 왔어. 윤정아."

의사는 그런 나를 보고 있었다. 너무나도 행복한 표정으로.

"현주야, 그거 아니? 나도 가끔 네 생각을 했어. 넌 내 인생의 유일한 실수였거든. 그 동네를 떠나면서 다신 못 볼 줄 알았어. 근데 네가 제 발로 날 찾아온 거야. 네가 처음 우리 병원에 왔을 때 내 기분이 어땠는지 알아? 난 단번에 널 알아볼 수 있었지. 그때 처음 으로 신의 존재를 믿었어. 신의 질서와 섭리를."

그때 윤정이의 텅 빈 눈에 조금씩 빛이 들어오기 시작했다. 도저 히 정신을 차릴 수 없을 것 같던 동생이 입을 열었다. 그 목소리는 지옥에서 들려오는 음성이었다.

"언니, 우린 똑같이 생겼잖아. 그게 좋은 걸까, 나쁜 걸까?"

동생의 말에 온몸이 굳어버리는 것 같았다. 순간, 동생이 두 팔 을 뻗어 내 목을 꽉 조르기 시작했다. 무기력하게 늘어져 있던 사 람의 힘이라고는 믿을 수 없는 엄청난 힘이었다. 동생의 목에 매달 린 쇠사슬이 철렁 철렁 떨리면서 소리를 냈다. 나는 버둥거리며 빠 져나가려고 애를 썼지만 동생의 손아귀는 꼼짝도 하지 않았다. 동 생은 핏발 선 눈으로 나를 보며 다시 물었다. 어린 시절 자주 묻던 그 질문.

"대답해봐, 언니. 우린 똑같이 생겼잖아. 그게 좋은 걸까, 나쁜 걸 까?"

의사가 소리를 내어 웃다가 중얼거렸다.

"내 문자 받았지? 우리 인연은 운명이라고."

그제야 뒤엉켜 있던 퍼즐 조각이 제 자리를 찾아갔다.

"종삼이라는 친구, 아주 절묘한 타이밍으로 나타났지. 순진한 친구 같은데, 잘 써먹었어. 나랑은 일면식도 없지만 내 방패막이를 해준 셈이지."

그가 윤정이의 머리를 후려쳤다. 내 목을 조이던 손이 풀리고, 나는 정신을 잃었다.

동생의 시체는 눈을 반쯤 뜬 채로 천천히 썩어갔다. 지하실 틈새를 악착같이 뚫고 들어온 파리들이 동생의 죽은 몸에 알을 깠다.

며칠 전이었다. 의사가 동생을 내가 갇힌 창고로 데려왔다. 내 눈앞에서 천장에 목을 매달았다. 일종의 처형이었다. 손이 닿지 않는 곳에 매달린 동생은 며칠째 부패되고 있었다.

처형의 날을 계기로 달라진 게 있었다. 때가 되면 꼬박꼬박 들어오던 음식 공급이 중단되었다. 낮과 밤의 경계가 없어서 정확한 시간은 알 수 없었지만 이틀은 굶은 것 같았다. 결국 변기의 물을 손으로 퍼 마셨다. 며칠이 지났을까? 그가 방으로 들어왔다.

"잘 썩고 있네."

그는 매달려 있는 동생의 시체를 보며 중얼거리고 나가면서 덧붙였다.

"곧 친구들이 올 거야. 먹을 걸 갖고 말이야."

현기증이 날 정도로 허기가 질 때쯤 창고 안에 낯선 존재가 나타났다. 쥐였다. 거친 털로 뒤덮인 쥐들이 어디선가 나타나 창고 안을 휘젓고 다녔다. 창고 구석의 하수구를 통해 들어온 것 같았다. 처음에는 한쪽 하수구 구멍에서 나타나 반대편 하수구 구멍으로 사라졌다. 한두 마리이던 쥐들은 금방 여러 마리로 불어났다.

다시 의사가 나타났다. 빵과 고기를 창고 구석구석에 놓아두었다.

"저한테 좀 주세요! 배가 고파요! 죽을 것 같아요!"

그는 나의 절규를 아예 무시했다. 음식을 집기 위해 안간힘을 다했지만 정확히 한 뼘이 모자랐다. 목에 걸린 쇠사슬의 길이 때문에. 목의 피부가 벗겨져 피가 날 정도로 최대한 몸을 움직여보았지만 딱 한 뼘이 모자랐다. 쥐떼는 약을 올리듯 음식을 찾아 먹었다.

배고픔이 온전한 정신을 위협하기 시작했다. 나는 몇 시간씩이나 멍하니 쥐들을 지켜보았다. 이제 쥐떼들은 나를 두려워하지 않고 내 몸을 스치며 돌아다녔다.

마침내 나는 통통하게 살이 오른 쥐를 움켜잡았다. 쥐는 털이 듬성듬성한 꼬리를 휘두르며 있는 힘을 다해 꿈틀거렸다. 서로에게 고통스러운 시간이 지속되었다. 두 손으로 쥐를 눌러 죽였다. 왼손으로 쥐를 잡고, 오른손으로 가죽을 벗겨내기 시작했다. 억센 털과 가죽은 쉽사리 떨어지지 않았다. 두 손이 피투성이가 되고 나서야 가죽이 벗겨졌다. 내장을 뜯어내고 피가 뚝뚝 흐르는 고기를 먹었다. CCTV 화면이 나의 몰락을 보고 있었다.

철문은 오랫동안 열리지 않았다. 창고 천장에 매달린 윤정이의 시체는 형체를 알아보기 힘들 정도로 부풀어 올랐다. 물리학적, 미생물학적, 화학적 변화를 고스란히 목격하고 있는 셈이었다. 죽고 난 직후에는 체온 하강, 혈액 침하, 시체 경직 등의 물리적 변화가 일어났다. 조금 더 시간이 지나자 배 부분이 변색되기 시작했다. 시체의 입과 코, 눈 등에 파리가 붙고, 피부는 탁하고 푸르스름한 색으로 부풀어 올랐다. 사타구니 주변 곳곳에는 부패 수포가 생겼다. 이윽고 형체를 알아볼 수 없는 썩은 고깃덩어리로 변해갔다. 구더기들이 번데기로 변했고, 부패 액이 바닥에 떨어져 지독한 악취를 풍겼다.

하수구 입구에서 기어 나온 쥐떼가 그 부패 액을 핥아 먹고, 나는 그 쥐를 잡아 산 채로 뜯어먹었다. 창고 구석구석엔 쥐 껍질과 내장이 널브러졌고, 그것들 역시 천천히 썩어 들어갔다. 악취에 마비된 코는 더 이상 냄새를 맡지 못했다. 정신도 혼미해졌다.

구토와 설사가 시작되었다. 쥐를 먹은 탓인 듯했다. 내장까지 다 쏟아낼 것처럼 고통스러운 과정이었다. 살아남겠다는 의지가 점점 흐려졌다. 차라리 이렇게 의식이 희미한 상태에서 편안하게 죽을 수 있다면. 마음속으로 빌기도 했다.

그렇게 며칠이 더 지나갔다. 정확한 시간 개념은 없었지만, 적어도 보름 이상은 갇혀 있었을 거라고 추측했다. 번데기들이 파리가 되어 창고 안을 날아다닐 때, 다시 문이 열렸다. 김영철이었다.

옆에 누군가가 있었다. 역시 알몸이었는데, 머리에는 두건이 씌워져 있었다. 동정심조차 느낄 수 없었다. 그런데 의사의 행동이 이상했다. 철제 의자를 내 앞에 놓고 데려온 남자를 거기에 앉혔다. 그리고 고문할 때 쓰는 것 같은 테이블까지 준비했다. 이윽고 의사가 남자의 머리에 씌워져 있던 두건을 벗겨냈다.

경석 선배였다. 그는 눈이 풀린 채 힘겹게 고개를 지탱하고 있었다. 정신이 든 그가 나를 알아보는 듯했다. 입술이 달싹거렸지만 끝내 소리는 나오지 못했다.

"남자 친구가 널 구하겠다고 여기까지 왔더라. 근처에서 얼씬거리는 놈을 잡아서 데리고 왔지. 대체 여긴 어떻게 찾은 거야?"

그는 우리 둘을 지켜보면서 뿌듯한 표정이 되었다.

"연구는 많이 했던데, 실제로 만나보니까 어때? 책에서 본 살인마들하고 비슷한 것 같아? 수사 전문가에 심리학자처럼 아는 척을 했던데?"

선배의 뺨을 툭툭 치면서 비아냥거렸다.

"엄밀히 말하면 난 사이코패스는 아니야. 사람의 정신 상태를 뭐라고 분류하는 것 자체가 웃긴 일이지. 굳이 학자들이 얘기하는 범주를 적용하자면, 난 가학성 성격 장애의 일종이라고 할 수 있겠지. 그게 무슨 뜻인 줄 알아? 남을 괴롭히면 괴롭힐수록 쾌감을 느낀다는 거야. 경험이 반복될수록 그 극치는 점점 높아지지."

선배는 조금씩 정신이 드는 듯 눈을 완전히 떴다.

"오늘 한 번 실제로 겪어봐. 일단 잘난 척하지 못하게 입술을 오려줄까?"

의사는 테이블에서 큼직한 가위를 집어 들었다. 그리고 선배에게 다가가 가위 끝을 입술에 댔다.

"아냐. 글을 쓰는 기자 놈이니까, 손가락부터 잘라준 다음에 입술을 오려줄게."

의사는 가위를 테이블 위에 놓고 커다란 칼을 집어 들었다. 선배의 손은 이미 철제 의자의 넓은 팔걸이에 단단하게 고정되어 있었다. 선배가 멍한 표정으로 의사를 쳐다보았다. 의사는 빙긋이 웃으면서 칼날을 선배의 오른쪽 새끼손가락 위에 올렸다.

"하나, 둘, 셋."

뚝, 소리와 함께 선배의 새끼손가락이 잘려나갔다. 정확히 한가운데가 잘린 새끼손가락에서 피가 쭉 흘러나왔다.

그제야 선배가 고통스러운 비명을 지르기 시작했다. 의사는 다시 칼을 들었다.

"무서워? 많이? 여길 어떻게 알게 됐는지 말해. 솔직히 말하면, 편히 죽을 수 있도록 해줄게."

선배는 말을 하지 않았다. 이번에는 선배의 약지손가락이 통째로 잘려나갔다. 손가락을 두 개나 잃어버린 선배의 오른손이 심하게 떨렸다. 손목에 채워진 금속 족쇄가 그의 팔을 꽉 붙들고 있었다. 선배의 비명 소리는 더 커졌다. 의사가 콧노래로 모차르트의 아리아를 흥얼거렸다. 오페라 〈마술 피리〉에 등장하는 〈밤의 여왕의 아리아〉였다.

피가 팔걸이를 타고 바닥으로 떨어졌다. 방울이 맺혀 떨어지다 줄기가 되어 흘러내렸다. 의사는 선배의 가운뎃손가락도 잘라냈다. 뼈 부서지는 소리가 아까보다 크게 들렸다. 선배는 곧 죽을 것이다. 나도 마찬가지고.

의사는 선배의 네 번째 손가락까지 잘라냈다. 엄지손가락만 남은 선배의 손은 기괴한 모습으로 변해 있었다.

"엄지는 장식으로 남겨둘까?"

의사는 테이블 위에 나란히 놓인 네 개의 손가락을 만지작거렸다. 그리고 잘라낸 순서대로 새끼손가락부터 선배의 입 안에 쑤셔 넣었다.

"계속 물고 있어, 시끄러우니까. 이제 왼쪽 손가락을 잘라줄게."

의사는 다시 칼을 들었다. 그의 이마 위로 한 줄기 땀이 흘렀다. 그가 중얼거렸다.

"덥다."

순간, 의사의 동작과 표정이 멈췄다. 무릎을 꿇고 털썩 쓰러졌다. 의사 뒤에 종삼이 서 있었다. 종삼은 의사의 등에서 칼을 뽑아 다시 배에 찔러 넣었다.

　정신과 전문의 김영철은 5년 동안 열두 명을 납치했고, 그중 아홉 명을 죽였다. 지하실에 치밀하게 만들어놓은 창고를 이용해 납치한 사람들을 가둬놓고 지켜보았다. 그리고 그들이 망가지고 죽어가는 과정을 CCTV로 녹화했다. 자신의 어린 시절과 범행 과정 그리고 그 당시의 심정까지 자세하게 일지로 남겨놓았다.
　김영철은 어린 시절 알코올중독자인 엄마에게 심한 학대를 당했다. 엄마는 그를 창고에 묶어놓고 만취한 상태에서 목을 매 자살했다. 그는 일주일 동안 엄마의 시체가 부패하는 걸 지켜봤고 굶어 죽지 않기 위해 창고에 버글거리는 쥐를 산 채로 잡아먹으면서 버텼다.

　경석 선배가 찾아오게 된 경위는 이랬다. 그는 내가 실종된 지 며칠 지나지 않아서 한 통의 전화를 받았다. 목소리가 차분한 여성이 연쇄살인마 특집 기사를 보고 연락했다면서 꼭 전할 이야기가 있다고 했다. 경석을 만난 그녀는 놀라운 이야기를 털어놓았다.
　수녀를 꿈꿨던 그녀는 한때 부유한 자선 사업가였다. 오래전 복지 시설에서 김영철을 알게 되었다. 어린 영철의 안타까운 사연을 알게 된 후 아들로 입양해 키웠다. 아이는 똑똑했지만 이상한 구석이 많았다. 그리고 어른이 되자 의심스러운 행동을 많이 하게 되었고 결국 악마성을 보이기 시작했다.

그녀는 화상 후유증 때문에 외출하기 힘들 정도로 몸이 불편했다. 10년 전, 김영철이 집에 불을 질러 가족이 모두 죽고 자신만 겨우 살아남은 것이라고 증언했다. 그리고 물증은 없지만 확증이 가는 김영철의 살인 행각을 털어놓았다. 경찰에도 몇 번 제보를 했지만 증거 부족으로 본인만 미친 여자로 몰렸다고 했다.

현재 개업의로 활동하는 정신과 의사가 살인마라는 제보는 도저히 믿기 힘들었다. 선배는 일단 이야기를 다 들은 다음 집으로 돌아왔다. 그는 행방이 묘연한 나를 계속 찾고 있었다. 그러다 내 지갑에 있는 정신과 의사의 명함을 보게 된 것이다. 김영철. 그 여자가 알려준 바로 그 살인마의 이름이었다.

선배는 병원 앞에서부터 미행을 해서 김영철을 따라왔다. 그리고 양수리 깊은 곳에 있는 김영철의 집 안을 살피다 당한 것이었다.

김영철의 엽기적인 일생은 언론에서도 대서특필되었다. 유영철이나 정남규 사건보다 희생자 수는 적었지만 범인이 의사였다는 점과 범행의 치밀함은 충분한 화젯거리가 되었다. 신문과 방송, 인터넷 매체에서는 스릴러 영화의 카피 문구 같은 헤드라인을 붙여

김영철의 범행을 재구성했다.

죽은 자는 말이 없었다. 종삼의 칼에 몇 번을 찔린 김영철은 병원으로 옮기기 전 과다 출혈로 사망했다.

잘린 손가락을 접합하는 일은 그렇게 어려운 수술이 아니다. 하지만 경석의 경우, 절단 부위가 오염되고 훼손이 심해서 완벽한 접합 수술은 불가능했다.

나도 입원해서 치료를 받아야 했다. 영양실조와 각종 감염 그리고 정신적인 공황 장애까지. 나는 적극적으로 치료에 임했다. 퇴원하기 며칠 전, 종삼이 문병을 왔다. 우리는 병원 옥상에서 잠시 햇볕을 쬐었다.

"거기까지 어떻게 알고 오셨어요?"

내가 물었다.

"형사한테서 접근하지 말라는 경고를 받았지만 현주 씰 그냥 내버려둘 수가 없었어요. 협박 문자니, 영정 사진틀이니. 누군가가 현주 씨를 해치려 한다는 생각이 들더군요. 그래서 현주 씨를 멀리서 지켜보다 그 의사가 현주 씨를 미행하고 있다는 걸 알게 되었죠."

"제가 너무 나쁘게 굴었죠?"

내 말에 종삼은 쓸쓸하게 웃으면서 팔목의 자해 상처를 보여주었다.

"상처가 똑같다고 마음도 통하는 줄 알았어요. 바보같이, 너무 쉽게 생각했던 거죠. 또 제가 워낙 감정적이라서. 현주 씨의 반응에 거칠게 대응했어요."

"감정에 솔직하지 못한 저보단 낫죠. 저야말로 괜히 예민했어요. 죄송해요. 호의를 있는 그대로 받아들이지 못해서요."

잠시 어색한 침묵이 흘렀다. 나는 애써 밝은 목소리로 물었다.

"제 친구 중에 좋은 사람이 하나 있는데, 만나보실래요?"

"이번엔 남자 친구 없는 분이죠?"

종삼도 장난으로 내 질문을 받았다. 나는 종삼을 가볍게 끌어안으며 말했다. 진심으로.

"고마워요."

햇볕이 따듯했다. 이제 모든 게 끝났어. 좋아질 일만 남았어.

경석이 입원한 병실은 창이 넓어서 볕이 잘 들었다. 그는 한쪽 손에 깁스를 한 채 누워 있었다.

"아까 의사가 왔었는데, 수술 결과가 썩 좋진 않나봐. 그래도 걱정했던 것보단 많이 붙었대."

경석이 깁스한 팔을 들어 보이며 말하고 피식 웃었다. 오른손 네 개 중 중지와 검지 두 개는 붙고, 새끼손가락과 약지를 잃었다.

"어차피 독수리 타법이었어. 기사 쓰는 데는 문제없어. 이런 손으로 프러포즈하기 미안해서 그렇지."

마음이 환한 빛으로 물들었다. 나는 긴 키스로 그의 프러포즈를 받아들였다.

중독자의 키스

죽어가는 남자.
　　　　갇혀 있는 여자. 엿보는 남자

우린 타인을 속이는 것보다 더 자주 우리 자신을 속인다.
때론 스스로를 위로하기 위해 자신을 기만하고,
때론 변화에 대한 두려움 때문에 자신을 속인다.
오랜 세월 동안 반복되는 거짓말은
세뇌를 가능하게 만든다.
세뇌는 비열함을 현명함으로 믿도록 만들기도 하고,
필름 속의 영상을 현실 세계로 믿게도 만들고,
사랑의 감정을 우정으로 바꿔놓기도 한다.
돌이키기엔 이미 늦어버릴 때쯤,
세뇌가 풀리면 후회와 아쉬움이 남는다.

그림자는 오늘도 뒤를 쫓았다.

자신의 존재가 이미 드러났음을 아는지 모르는지, 여느 때처럼 조심스럽게 내 뒤를 밟았다. 회사 지하 주차장에서부터 동호대교를 지나 아파트 주차장까지. 도시의 빛과 어둠을 나와 함께 호흡했다.

그림자의 시선을 느끼면서도 나는 아무렇지 않은 일상적인 동작으로 차를 댄 후 엘리베이터를 탔다. 그가 저녁 8시의 아파트 엘리베이터 안으로 쫓아올 만큼 용기 있는 사람이 아니라는 걸 잘 알고 있었으니까.

"다녀왔습니다."

골프 교습 비디오를 보고 있는 언니와 형부에게 간단히 인사를 했다.

"어, 처제 왔어?"

"저녁은 먹었니?"

언니가 물었다.

"응."

짧게 대답하고 방으로 들어왔다.

불을 켜지 않고 창가로 다가갔다. 커튼을 조금 열고 아래를 내려다보았다. 희뿌연 가로등이 아파트 앞에 있는 놀이터를 비추고 있었다. 그림자는 놀이터 벤치 옆에 서 있었다.

네가 날 엿보듯 나도 널 엿보고 있어.

미소를 지으며 방에 불을 켰다. 바깥 공기를 쐬려는 것처럼 자연스럽게 창문을 열고 밖으로 고개를 내밀었더니 그림자는 슬쩍 고개를 돌리며 어둠 속으로 사라졌다.

방의 불을 끄고 다시 커튼 틈으로 몰래 그림자를 지켜보았다. 그는 금세 벤치 옆으로 돌아와서는 불 꺼진 내 방 창문을 하염없이 바라보기 시작했다.

그래. 그에게는 불 켜진 방을 보며 내가 뭘 하고 있을까 상상하는 것이 큰 기쁨일지도 몰라. 나는 불을 켜놓은 채 방을 나갔다.

욕실로 들어가 옷 꺼풀마다 묻은 일상과 피로를 하나씩 벗었다. 알몸으로 거울 앞에 섰다.

세월의 흔적이 엿보이는 얼굴, 연인의 다정한 애무를 받아본 지 1년도 더 지난 젖가슴, 군살이 붙기 시작한 아랫배, 옛 애인이 '신비의 문'이라는 유치한 이름을 붙여주고는 그다지 신비스럽지 않게 드나들곤 하던 생식기, 길고 마른 팔다리.

'수아'라는 이름을 갖고 있는 서른 살의 미혼 여성. 평범한 가정에서 태어나 평범한 성장 과정을 거쳐 평범한 이십대를 보냈음. 지금은 영화사 프로듀서라는 명함을 갖고 있으며 하루에 영화를 한 편 이상 보지 않으면 잠을 이룰 수 없는 영화광.

모르는 남자가 필사적으로 쫓아다니기에는 부족한 프로필이다.

내 뒤의 남자. 내 앞이나 곁에 서지 못하고 언제나 뒤에 숨기만 하는 남자. 이름도 모른다. 언제부터 나를 뒤쫓아 다니기 시작했는지도 정확히 알지 못한다. 두 달쯤 전 누군가가 내 뒤를 밟고 있다는 사실을 눈치챘고, 한 달쯤 전에 그의 모습을 볼 수 있었다.

신경 써서 보니 남자는 거의 매일 한 번씩 내 주위를 맴돌았다. 퇴근길 미행이 가장 잦고 쇼핑을 갈 때나 혼자 극장에 갈 때, 실내 수영장에서도 볼 수 있었다. 얼굴을 제대로 본 적은 없다. 나이는 대충 서른 중반 정도로 짐작한다.

사실 처음 그의 존재를 알았을 땐 먼저 짜증이 났다. 누군가가 집 담장에 구멍을 뚫고 안을 엿보고 있는 듯한 불쾌한 기분이랄까. 두렵기도 했다. 영화나 TV에서 본 끔찍한 스토커들 생각도 났다.

시간이 지날수록 짜증과 두려움은 사라졌다. 그가 절대 선을 넘지 않았기 때문이다. 정면으로 모습을 드러내 날 불편하게 만드는 일도 없었고, 스토킹 영화의 진부한 장치처럼 죽은 짐승의 시체나 기타 등등 끔찍한 선물을 보내는 일도 없었고, 노골적인 내용이나 협박 메시지를 담은 전화 통화도 없었다. 그저 멀리서 날 지켜볼 뿐이었다.

사실 모질게 맘을 먹는다 해도 그 정도로는 신고할 일도 되지 않았다. 증거도 없었다. 괜히 복잡한 문제를 만들기도 싫었다.

그를 허락하기로 했다. 멀찍이 떨어져 쉬고 있는 파리를 쫓지 않고 내버려두는 일요일 오후의 느긋한 게으름 같은 심정으로. 그를 '그림자'라고 부르기로 했다. 그가 그 이름을 좋아할지는 의문이다.

긴 목욕을 마치고 방으로 돌아왔다. 조심스럽게 커튼 틈새로 밖을 엿보았다. 그림자는 사라지고 없었다.

침대에 누웠다. 잠이 쉽게 들지 않았다.

수인이가 그랬다. 잠이 오지 않으면 꾸고 싶은 꿈을 생각하라고. 그러면 그 꿈을 꾸면서 잠들게 된다고. 아, 무슨 꿈을 꾸고 싶은지 도저히 모르겠다.

"사람들이 제일 무식해 보일 때가 언젠지 알아? 살 뺀다고 아침

안 먹는 사람이 배가 거북할 정도로 근사한 저녁을 먹을 때."

언니는 내 앞에 놓인 샐러드 접시에 큼직하게 썬 피망 조각을 옮겨 담으며 말했다.

여느 때와 같은 아침 풍경이다. 부엌과 거실 중간에 있는 원형 등나무 테이블 주위로 나, 언니, 형부, 일곱 살 난 조카 성호와 여섯 살 난 유진이가 앉아서 언니가 준비한 '건강 아침'을 먹는다.

식탁 위엔 철저하게 계산된 칼로리 식단이 차려져 있다. 물론 맛도 기가 막히다. 얼큰한 김치찌개부터 프렌치키스처럼 입 안에서 녹는 게살 그라탱까지 언니는 못하는 요리가 없으니까.

"맞아. 특히 우리나라 사람들이 아침은 거르고 저녁은 거창하게 먹는데, 정말 안 좋은 습관이야. 저녁 이후엔 별로 활동 없이 잠들기 때문에 오히려 소식을 해야 한다고."

형부의 부연 설명에 언니는 미소를 지으며 고개를 끄덕였다.

생각이 비슷한 사람끼리 결혼하는 게 좋은 인연이라면 언니와 형부는 천생연분이라고 할 수 있다. 적어도 그들이 생각 차이 때문에 다투는 소리는 들어보지 못했으니까.

사실, 둘이 나누는 대화의 대부분은 하루 스케줄, 또는 한 달, 1년 계획에 관한 것들이다. 그들은 병에도 걸리지 않고 돈 걱정도 없이 오래오래 잘살 것이다.

의사라는 형부의 직업부터 시작해 아들 하나 딸 하나가 딱 좋다는 가족계획, 식생활뿐 아니라 운동 스케줄도 칼날같이 철저하게 짜여 있다. 그들은 생의 돌발 상황을 용서하지 않고 아무리 적은 가능성이라도 빈틈없는 계획으로 철저히 봉쇄해버린다. 고난, 위험, 슬픔, 눈물 따위는 그들의 철저한 계획 앞에서 무릎을 꿇고 만다.

그들과 함께 산 6개월 동안 나도 훨씬 더 건강해진 것 같다. 그런 건강함이 불편할 때도 있다. 예전에 원룸에서 혼자 살 때는 건강하지 않은 일상이 이어졌다. 지쳐서 눈이 감길 때까지 영화를 보다가 소파에서 늘어져 잠들고, 알람시계에 겨우 눈을 뜨고, 회사에 출근해 아침 겸 점심으로 전주댁 식당에서 '조미료 덩어리'인 갈비탕을 먹던 생활. 가끔 그립다.

"수아야, 오늘 저녁 집에서 먹을 거지?"

언니가 단정하게 김이 오르는 녹차 잔을 내 앞에 놓으며 묻는다.

"아니, 약속 있어."

"애인?"

형부가 웃으며 묻는다. 별로 달갑지 않은 관심이다.

"네."

거짓말을 하고 자리에서 일어났다.

"우와, 이모, 애인 생겼어? 결혼할 거야? 아기도 낳을 거야?"

조카 성호도 끼어들었다. 녀석의 머리를 쓰다듬어주고 일어섰다.

"어머, 수아 너 애인 생겼어? 진짜?"

언니는 현관까지 쫓아 나와 극성을 피웠다. 난 힐을 고쳐 신으며 장난스러운 표정으로 고개를 내저었다.

"기집애…. 너 올해 시집 못 가면 여기서 안 내보내줄 거야."

가끔씩 언니는 마음에도 없는 소리를 한다. 그것도 빈말이라는 게 너무나도 티 나는 얼굴로.

"정말 여기 눌러앉을까?"

언니가 유머 감각이 없다는 사실을 깜빡 잊었다. 당황한 언니에 게 농담이라고 얘기해주고는 집을 빠져나왔다.

사실, 반년 정도만 있으면 난 일산 신도시 아파트촌으로 입주한 다. 물론 나 혼자서. 꼭 독신으로 살아야겠다는 것도, 꼭 결혼을 해 야겠다는 쪽도 아니지만 당장으로선 '혼자'라는 상황이 금방 바뀔 것 같진 않다.

나에겐 지금까지 애인이라고 부를 만한 남자가 셋 있었다. 둘은 대학 다닐 때 만났고, 하나는 일 때문에 만나 사귀다 1년 전에 헤 어졌다. 그중 둘과는 별 거부감 없이 잠자리도 같이했다.

냉정하게 생각해보면 셋 다 좋은 남자들이었다. 모두 원만한 성 격이었고 현실적인 조건도 나쁘지 않았다. 어쨌든 지금 난 혼자다.

이별의 이유는 분명하지 않다. 알 수 없는 거리감. 어느 정도 이 상 가까워질 수가 없었다. 많은 문제가 그 원천적인 이유에서 파생

되어 관계를 끝으로 치닫게 했다. 같은 패턴이었다. 제목이 기억나지 않는 영화의 남자 주인공이 그랬다. 일생에 진짜 사랑은 단 한 번이라고. 그렇다면 난 아직 진짜 사랑을 못해본 셈이다.

출근길이 별로 막히지 않아 회사에는 금방 도착했다. 보름 후 촬영에 들어가는 새 영화 때문에 할 일이 한두 가지가 아니었다. 그런데도 일할 의욕이 나지 않고 몸만 찌뿌드드했다. 주연 여배우 매니저와 만나기로 한 일도, 시나리오 각색 작가하고의 점심 약속도 부담스러웠다. 하루는 언제나 그랬듯이 내 기분과 상관없이 흘러갔고, 난 그 흐름에 맞춰 충실히 톱니바퀴를 돌렸다.

퇴근을 하고 혼자 극장에 갔다. 극장에 붙어 있는 패스트푸드점에서 햄버거 세트로 저녁을 때웠다. 관객이 거의 없는 상영실로 들어갔다. 앞에서 대략 열 번째 줄 가운데 자리. 내가 가장 좋아하는 자리다.

스크린 위로 펼쳐지는 빛의 세계에서 나는 사람을 넷이나 죽였다. 그리고 수사관이 된 옛날 애인의 총에 맞아 최후를 맞는 화끈한 삶을 살았다.

집으로 오는 길에는 그림자가 나타나지 않았다. 샤워를 하고 몇 번 더 창밖을 내다보았지만 텅 빈 놀이터뿐.

잠이 오지 않아서 컴퓨터로 영화를 한 편 더 봤다. 〈첨밀밀〉. 열 번까지 숫자를 세다가 그만둘 정도로 자주 본 영화다. 대사와 배우들의 눈빛까지도 다 기억한다. 여명과 장만옥이 10년이 넘도록 이어졌다 떨어졌다 긴 사랑을 이루고 나서도 내 정신은 말똥말똥 얄밉게 살아 있다. 붉은 액정 글씨로 새벽 2시를 알리는 침대 곁의 탁상시계를 눈에 안 보이는 곳으로 치워버린다. 베개 위에 얼굴을 묻었다.

"잠드는 게 싫어. 잠에서 깨는 게 싫어서. 그런데도 요즘 잠이 쉽게 들어."

수인이가 말했다. 그는 아주 특별한 친구다. 10년이 넘도록 누구보다 친하게 지내면서 한 번도 이성으로서 대면한 적 없는 남자 친구. 이를테면 아주 오래된 의자처럼. 동성 친구보다도 더 편하다.

"수아, 넌 이런 기분 이해 안 가지?"

"반대지. 요즘은 잠이 안 와서 죽겠는걸."

수인이를 처음 만난 건 대학교 1학년 때 철학 동아리에서였다. 처음 본 날. 그는 선배들과 함께한 술자리에서 '죽음이 뭔지 알고 싶어 태어난 것 같다'는 개똥철학을 토해냈다.

커다란 키에 마른 체구. 항상 더부룩한 머리 아래로 작고 하얀 얼굴. 그런 곱상한 외모가 여학생들의 모성애를 자극했는지 대학 시절 그의 주변엔 여자들이 많았다. 하지만 정작 그는 여자들에게 무관심했다. 아니, 정확히 얘기하면 모든 것에 무관심해 보였다.

그러다 작년 겨울, 수인이가 잠적해버렸다. 대학 시절만큼 자주는 아니었지만 직장인이 된 후에도 몇 년 동안 매달 한두 번은 만나 영화도 보고 술도 마시곤 했는데 갑자기 뚝 연락이 끊겨버린 것이다. 두 달을 기다리다 그가 다니던 직장을 찾아갔다. 이미 일을 그만두고 사라진 후였다.

몇 달이 더 지나고 올봄에서야 전화가 왔다. 왜 잠적했냐는 물음에 그는 아무렇지도 않게 '죽음이 뭔지 알고 싶어서'라고 대답했다. 그리고 병원 이름과 병실을 알려주었다.

심한 몸살쯤에 걸렸나보다, 하는 생각으로 주스와 꽃다발을 들고 찾아갔다. 나를 보자마자 가슴 한구석을 무너뜨리는 미소와 함께 그가 입을 열었다.

— 나 곧 죽을 거래.

그는 거짓말을 했다. 의사에게 물어서 사실을 확인했다. 수인이 정도의 상황에서 사망할 확률은 반도 되지 않는다고 했다. 그러나 수인이의 상황은 점점 더 악화되었다.

몇 달 동안 들락거린 그의 병실에서 가족을 만난 적이 한 번도 없다는 것도 이상했다. 언제나 내 또래의 여자 간병인이 그 곁에 앉아 책을 읽고 있을 뿐이었다. 내가 오면 수인이는 간병인을 밖으로 내보냈다.

가끔은 어떤 과거가 숨겨져 있을까, 상상을 해보곤 했다.

혹시 버림받은 아이 아니었을까? 실패한 결혼생활의 산물? 엄마는 자살하고, 어려서부터 새엄마 그리고 배다른 동생들과 함께 살아온 걸까? 그리고 몰인정한 아버지와 계모, 배다른 형제들은 그의 병실을 지키는 대신 간병인을 샀겠지. 혹시 멀쩡한 집안에서 잘살다가 훌쩍 집을 떠나온 뒤 지금껏 혼자 살아온 건 아닐까? 혹시 부모가 내가 상상할 수 없을 정도로 중요하고 바쁜 인물들은 아닐까? 혹시….

한참 상상의 나래를 뻗다가 근거 없는 억측을 접어버리곤 했다.

수인이의 가장 친한 친구임이 분명한데도 그의 과거, 가정 상황, 주변 사람에 대해 난 아무것도 알지 못했다. 가끔씩 물어보면 수인이는 특유의 말씨로 질문 자체를 무의미하게 만들어버렸다.

하지만 이제 그런 일들은 중요하지 않다. 중요한 건 살아날 가능성이 훨씬 많다는 의사의 진단에도 불구하고 차츰 죽음을 향해 다가가고 있는 수인이의 발걸음이었다. 그리고 난 그 앞에서 아무렇지도 않은 척 연극을 해야 했다. 삶의 의지를 다그치는 일 또는 그와 함께 슬퍼하거나 절망하는 건 그를 잘 모르는 사람들이 할 수 있는 일이다. 그런 빤한 행동은 그에게 희망보다는 갑갑함으로 받아들여질 테니까. 내가 줄 수 있는 최고의 도움은 아무렇지도 않은 척 예전의 모습을 그대로 연기하면서 그와 함께 있어주는 것이다.

"정말 꿈을 꾸는 것 같을까?"

수인이는 천장을 보며 멍한 표정으로 중얼거렸다.

"뭐가?"

"햄릿 3막 1장. 죽음이란 아마도 잠을 자는 것, 꿈을 꾸는 것이리라. 정말 그럴까?"

"몰라. 어쨌든 살아 있는 게 훨씬 낫지 않을까?"

"왜?"

나는 대답하지 않고 병실 가습기에 물을 채웠다.

"수아야, 대답을 해줘야지. 왜 사는 게 죽음보다 더 낫다는 거지?"

"그건 당연한 거야. 그건 이 가습기보고 왜 이름이 가습기냐고 물어보는 거랑 똑같아."

"부탁이야. 네 생각을 얘기해줘. 삶이 죽음보다 더 나은 이유. 내가 살아야 하는 이유."

유치할 정도로 형이상학적인 그의 고민에 분노가 치밀었다.

네 꼴을 좀 봐! 그런 쓸데없는 고민이 널 조금씩 죽여가고 있는 거야! 햄릿을 집어 던지고 암과의 전쟁에서 이긴 사람들의 투병기를 읽으라고!

긴 침묵 속에서 서로를 응시했다. 서로의 눈길이 도저히 풀어지지 않을 것처럼 엉켜버렸을 때 난 자리에서 벌떡 일어났다. 수인이는 굳은 얼굴로 날 바라보았다. 숱이 다 빠진 머리를 헐겁게 감고 있는 하얀 두건 위로 가습기의 수증기가 흩어졌다.

"갈게."

내가 인사했다. 그는 작별 인사를 하지 않았고, 나도 뒤를 돌아보지 않았다. 문 닫는 소리가 다소 세게 났는지 복도 의자에 앉아 여성지를 읽고 있던 간병인이 깜짝 놀라 병실 안으로 들어갔다.

천천히 복도를 걸었다. 그의 목소리가 울리는 것 같았다.

— 말해줘. 삶이 죽음보다 나은 이유. 내가 살아야 하는 이유.

우린 살아 있으니까 사는 거야. 죽으면 다시 살아날 수 없으니까 끝까지 살아보는 거라고. 수인아, 손을 놓지 마. 제발.

병원을 나와 다소 과격하게 차를 몰아 집까지 갔다. 언니와 형부가 성호와 유진이를 데리고 시댁에 갔다 늦게 온다는 메모를 남겼다. 곧장 방으로 들어가 침대 위로 몸을 던졌다.

컴퓨터를 켰다. 화면 속으로 빨려 들어가기를 기도했다.

답답한 세상 밖으로 몸을 던지고, 매그넘 44로 권태를 파괴하고, 끝없이 질척대는 섹스와 마약에 육체와 정신을 맡기고 싶었다. 그러나 영화가 끝나고 남은 것은 정적과 어둠, 두 볼 위로 말라붙은 눈물의 흔적뿐.

멍하니 모니터 화면만 보다 침대에서 일어났다. 창문으로 가서 조심스럽게 아래를 내다보았다.

그림자가 벤치에 앉아 있었다. 물론 고개를 내 방 쪽으로 향한 채.

청바지와 면 티셔츠를 걸쳐 입고 집을 나섰다. 1층까지 재빨리 계단을 내려가서 잠시도 머뭇거리지 않고 놀이터로 달려갔다. 늦었다. 그림자는 사라지고 없었다. 그림자의 흰색 소나타도 사라지고 없었다. 내가 나오는 걸 눈치채고 도망갔는지, 아니면 내가 나온 것과는 상관없이 갈 시간이 되어 집으로 돌아갔는지는 알 수 없었다.

놀이터에 남아 있는 건 멀리 퍼지지 못하는 가로등 불빛뿐. 가쁜 숨을 진정시키며 놀이터를 한 번 더 돌아보았지만 역시 난 혼자였다. 오랫동안 서 있다가 발길을 돌렸다.

그때 누굴 생각했는지 모르겠다. 수인인지, 그림자인지, 바로 나 자신인지.

다시 방으로 돌아와 영화를 한 편 더 보았다. 데이비드 린치의 〈로스트 하이웨이〉. 화면은 내게 안정제와도 같다. 언니나 형부가 식단, 운동, 재테크 계획을 짜며 행복해하듯이 난 무수한 화면의 움직임 속에서 편안하다.

스포츠카를 타고 고속도로를 달리기 시작했다. 종착지를 알 수 없는 고속도로는 끝없이 펼쳐진 어둠으로 통했고, 난 갑갑하고 잔인한 어둠 속을 밤새도록 달렸다.

시내의 한 모텔에서 새벽 4시까지 작업을 했다. 감독과 시나리오 작가와 함께 머리를 맞대고 '씬 바이 씬'이라고 불리는 최종 각색 작업을 끝내고 집으로 돌아왔다. 지쳐 있었다. 화장도 지우지 않고, 옷도 벗지 않은 채 침대에 엎어져 잠이 들었다.

정오쯤 잠에서 깬 나는 곧장 샤워를 했다. 허기진 배를 라면으로 채우고 싶었지만 언니 집에는 라면뿐만 아니라 어떤 인스턴트식품도 존재하지 않는다는 사실을 깜빡 잊고 있었다.

요리를 하기도 귀찮고, 그렇다고 뭔가 시켜 먹을 것도 생각나지 않아 막 짜증이 나려던 차에 언니가 돌아왔다. 에어로빅과 수영을 마치고 전혀 화장기 없는 얼굴로.

나보다 두 살 많은 언니는 나보다 두 살 더 젊어 보인다. 언니의 몸은 쉼 없는 운동과 미용 케어를 통해 이십대 초반의 애들처럼 팽팽하게 균형이 잡혀 있다. 게다가 선탠으로 보기 좋게 그을려 있기까지 하다.

배가 고파 라면을 먹고 싶다고 말한 지 30분 만에 내 앞에는 정통 이태리식 크림 스파게티가 차려졌다. 포크로 스파게티를 건져 먹고 있는 내 앞에 앉아 언니는 밝은 얼굴로 말했다.

"우리도 이사를 갈까 해."

언니와 형부의 이사 계획은 놀랄 만한 일이었다. 그것도 내가 신도시의 아파트로 입주하기로 한 날짜에 또 다른 신도시로 이사를 간다니.

언니네가 이사하는 곳은 내가 갈 곳과는 정반대 방향이다. 난 서울의 북쪽, 그들은 서울의 남쪽. 거리로 보나 소요 시간으로 보나 쉽게 왕래하긴 힘들 것이다. 사실, 별로 왕래할 일도 없을 테지만.

그들이 이사를 하는 이유는 두 가지다. 첫 번째는 점점 커가는 아이들을 위해서. 언니네가 가는 곳은 아파트가 아니라 작은 정원까지 딸린 주택인데, 아이들의 성장 과정에 좀 더 넓은 공간과 녹색의 환경이 중요하다는 둘의 의견이 완벽하게 일치했던 것이다. 그리고 나머지 하나를 꼽자면 재테크의 차원이었다. 언니가 아주 자세하게 설명을 해줬는데도 불구하고 난 '피가 되고 살이 된다'는 그 내용을 전혀 기억하지 못한다.

어쨌든 몇 달 뒤 이 집은 내가 전혀 알지 못하는 어떤 사람에게로 넘어갈 것이다. 네모난 공간들로 이루어진 이곳에서 나의 존재는 완벽하게 지워지겠지. 정확히 말하면 나와 내 모든 흔적은 또 다른 네모 속으로 이동하는 것이다. 지금 집보다 더 작은 네모 속으로.

몇 년 전 수인이와 나눈 대화가 떠올랐다.

— 우린 모두 사형수야. 아파트에, 직장이 있는 빌딩에, 좁은 컴퓨터 스크린 안에, 강박관념 속에 갇혀서 죽음을 기다리고 있지. 특히 너나 나는 거의 운명적이라고 할 수 있어.

— 운명적이라고?

— 바보. 네 이름을 봐. '수아'잖아. 내 이름을 봐. '수인'이잖아. 넌 갇혀 있는 아이, 난 갇혀 있는 사람이야. 그래도 모르겠어?

— 수인아, 넌 너무 비관적이야.

— 정도의 차이만 있을 뿐이지 인간이란 존재는 모두 비관적이야. 그리고 솔직히 너도 그다지 밝아 보이진 않아. 좀 인정해라.

그 대화의 끝엔 뭐가 있었지?

아마 꽤 늦게까지 술을 마시다가 택시를 타고 각자의 집으로 돌아갔을 것이다.

한 달이 넘도록 수인이를 찾아가지 않았다. 하루에도 몇 번씩 그의 핸드폰 번호를 누르다 플립을 닫아버리고, 일주일에도 몇 번씩 병원 앞까지 갔다가 핸들을 돌려 집으로 돌아오곤 했다. 그도 나에게 전화를 하지 않았다. 별 이유도 없이 그렇게 한 달이 지나갔다.

내가 먼저 찾아가야 한다. 아무 일도 없었던 것처럼 한 달 동안의 고통스러운 무관심을 가장된 평정으로 가리고, 곁에서 책을 읽고, 함께 TV를 보고, 스포츠 신문 퀴즈를 풀어야 한다.

"뭘 그렇게 멍 때리고 있어? 나 학원 간다."

외출 준비를 하고 나온 언니는 나를 힐끗 돌아보고 나갔다. 힘찬 걸음으로. 성호를 임신하기 전까지 인기 있는 영어 강사로 출강하던 언니. 성호가 유치원에 입학한 작년부터 혼자 이것저것 공부를 하더니 요즘 다시 강사 일을 시작했다.

일을 하는 것이 육체적으로나 정신적으로나 건강에 좋기 때문이라는 언니를 이해할 수 없다. 언니에게 유일한 의미는 '건강'이다. 육체적, 정신적, 물질적 건강. 생의 건강. 살기 위해 건강한 건지, 건강하기 위해 사는 건지 알 수가 없다. 하긴 언니도 하루 종일 영화에 파묻혀 사는 날 이해할 수 없을 테지.

그림자를 생각했다. 그림자는 변함이 없다. 일주일에 하루 이틀을 빼놓고는 내 곁에 자신이 있음을 확인시킨다. 이쯤 되면 그림자가 나를 엿보는 건지 내가 그림자를 엿보는 건지 모르겠다. 한 달쯤 전 그를 보고 놀이터로 쫓아 나간 것은 정말 위험천만한 일이었다. 만약 그때 다가갔더라면 그는 영원히 도망쳐버렸을 것이다.

나는 텅 빈 모니터 화면을 바라보며 침묵 속에 앉아 있었다. 컴퓨터를 부팅하고 영화 폴더로 들어갔다. 대용량 외장 하드에 수백 편의 영화가 빼곡히 들어차 있다. 제목도 제대로 보지 않고 아무 영화나 더블 클릭. 넘겨보다가 다시 다른 영화를 불러왔다.

네모난 바다 속으로 뛰어들어라. 난 처절한 알몸이다. 역시 알몸의 남자가 다가온다. 사랑을 속삭이며 우린 서로의 몸을 탐한다. 외계 괴물이 다가온다. 여전사가 되어 화염방사기로 괴물에 맞선다. 빨리 광속 전투기 팔콘호를 몰고 알데란 행성으로 가야 한다. 은하계 평화의 존망이 걸린 문제다.

팔콘호는 사라지고 암울한 도시의 뒷골목. 몸통에 노란 페인트칠을 한 택시 핸들을 잡고 술과 마약에 취한 손님들을 부지런히 죄악의 소굴로 실어 나른다. 열네 살 창녀와 섹스를 하는 개자식들의 대갈통을 매그넘 44로 날려버리고 탈주가 불가능한 감옥에 갇힌다.

감옥의 이름은 알카트라즈 또는 쇼생크, 어떤 것이라도 좋다. 중요한 건 내 이름, 수아.

난 갇혀 있다. 언제부터 갇혀 있었는지는 모르지만 어른이 되기도 전부터 갇혀 있었던 탓에 수인도 되지 못하고 수아로 남았다.

정사각형 감옥의 벽이 파랗게 물들어간다. 아크릴 냄새가 난다. 파란 아크릴 물감의 늪이 내 알몸을 휘감아 질식시키려 한다. 수많은 아크릴 혓바닥들이 내 몸 구석구석을 빨아댄다.

누가 날 좀 꺼내줘.

"죽기 전에 돌아와서 다행이야."

수인이는 정확히 두 달 만에 날 만나자마자 그렇게 말했다.

그의 담당 의사를 만나고 오는 길이었다. 의사는 수인이의 병이 점점 악화되고 있는 건 삶에 대한 의지가 부족한 탓이라고 했다. 조금의 고통도 견디길 싫어해 치료가 제대로 되지 않고 있다며 곤혹스러워했다. 어쨌든 보름 후에 대수술을 할 텐데 5년 이상 생존할 확률은 30퍼센트쯤 된다고 했다.

그렇구나. 의지가 사라진 너의 목숨은 5와 30이라는 숫자로 얘기할 수 있는 '사건'이구나.

한참 동안 별말 없이 수인이 곁에 앉아 있었다. 눈에 띄게 파리해진 그의 얼굴을 보고 있자니 괜히 화가 치밀어 올랐다. 겨우 마음을 억누르고 대화를 시도했다.

우린 아직 한참 남은 크리스마스에 대해 이야기했다. 수인이는 전날 밤 크리스마스 꿈을 꿨다고 했다. 온갖 장식으로 가득한 크리스마스트리 앞에 혼자 앉아 있는 꿈. 난 조금만 더 꿈이 계속되었으면 나부터 시작해서 수많은 사람이 그 트리 주위로 모여들었을 거라고 말했다. 수인이는 그저 피식 웃기만 했다.

"수아야, 그날 미안했어."

그는 담담한 목소리로 말했다. 사과를 들으러 온 게 아니라고, 사과를 하러 온 것도 아니라고 말하려 했지만 쉽게 입술이 열리지 않았다. 다시 수인이가 입을 열었다.

"어쩔 수 없어. 내 머릿속에는 온통 그런 생각들밖에 없는걸."

"좋아. 그럼, 그런 얘기들만 실컷 해봐. 오늘 밤새도록 죽음에 대해 이야기해봐."

내 목소리에 약간 가시가 돋아 있었나? 그는 말없이 천장으로
시선을 돌렸다.

밖에는 비가 내리고 있다. 9월의 비. 몇 년 전, 역시 9월 어느 날
저녁이었다. 집에서 영화를 보고 있는데 전화가 왔다. 수인이었다.
그는 불쑥 물었다.

— 같이 비 맞을 생각 없어?

난 없다고 대답했다. 왜 전화했느냐는 말에 그는 비 때문이라고,
단지 그뿐이라고 했다.

그 얘길 할까 하다가 말았다. 수인이가 조용히 입을 열었다.

"내가 사라지면 뭐가 남을까?"

"글쎄."

막상 죽음에 대해 실컷 얘기하라고 해놓고도 대화에 선뜻 참여
할 수 없었다.

"네가 사라지면 뭐가 남을 것 같아?"

수인이가 물었다.

"난 아주 오래오래 살 거야."

나는 건성으로 대답했다.

"어쨌든, 오래오래 후에 사라지고 나서 말이야."

"몰라."

"넌 오랜 세월이 지나면 허름한 극장 창고에서 발견될 거야. 철 지난 포스터들이 쌓여 있는 곳. 네가 제작에 참여한 영화 포스터 아래쪽에 아주 작은 글씨로, 관객들 누구도 보지 않는 작은 글씨로 '프로듀서 이수아'라는 이름 석 자가 박혀 있겠지. 네 얼굴과 모습이 담긴 사진들도 어딘가에서 색이 바랜 채 서서히 죽어갈 거야. 그래도 그런 것들은 너보다는 훨씬 더 오래 세상에 남아 있겠지? 아마 그럴 거야."

"아무려면 어때."

뭔가 다른 화젯거리가 필요했다. 그때 그림자 생각이 났다. 왜 내가 그 얘기를 하지 않았을까?

"요즘 내가 스토킹당하고 있다는 얘기 해줬나?"

"스토킹?"

"어떤 남자가 내 주위를 맴돌아. 거의 매일. 퇴근길에 내 차 뒤를 쫓아서 집 앞까지 와. 멀찍이 차를 대놓고 내가 집에 들어갈 때까지 기다려. 그리고 아파트 놀이터에서 내 방을 하염없이 바라보는 거야. 나쁜 사람은 아닌 것 같고, 오히려 겁이 많은 쪽인 것 같아. 나랑 마주치는 걸 무서워하거든."

수인이는 잠시 생각하다가 진지하게 물었다.

"무서워한다고? 그걸 어떻게 알아?"

"여자의 직감이라는 말도 못 들어봤어?"

"여자의 직감이 틀리는 경우를 더 많이 봤는데?"

"이번엔 맞을 거야."

"그래서 어떻게 할 건데?"

"뭘 어떻게 해? 어떻게 하기도 귀찮아. 그냥 있는 거지 뭐. 한참 지나면 떨어지던가, 용기를 내서 다가오던가 하겠지."

"다가오면 어떻게 할 건데?"

"나도 몰라."

"재미있는데?"

수인이 얼굴에 호기심 어린 미소가 그려졌다.

"어때? 나 이래봬도 아직 쫓아다니는 남자까지 달고 다닐 정도로 현역 처녀라고. 나한테 대시라도 한 번 해볼 걸, 후회되지?"

내 말에 수인이는 환하게 웃었다.

그래, 수인아. 그 미소를 보려고 온 거야. 너와 이런 얘길 하려고 온 거야. 난 사과를 받으려고 온 것도, 사과를 하려고 온 것도, 죽음에 대해 토론하려고 온 것도 아니야.

하지만 순식간에 그의 얼굴이 차갑게 굳었다. 그리고 읊조리듯 말했다.

"낮에 가끔 일어나서 창밖을 봐. 문득 정겹게 느껴져. 하늘이, 햇살이, 구름이, 도시가, 사람들이 이렇게 살가운 존재들이었다니. 예전엔 왜 몰랐을까?"

9월의 비는 가슴을 아프게 한다.

수인이의 수술이 닷새 남은 저녁, 한 통의 전화를 받았다.

10시쯤이었나. 아침에 터진 생리 때문에 피곤했던 탓에 평소보
다 일찍 잠자리에 들었을 때였다. 몇 달 동안의 불면증도 잠재워버
릴 만큼의 피로였다. 끊임없이 울리는 핸드폰 벨 소리에 잠시 망설
이다가 전화를 들었다.

"여보세요?"

내 물음에 아무 대답도 없었다. 잘못 걸린 전화라고 생각하고 끊
어버렸다. 다시 눈을 감은 지 10분쯤 지나서였을까. 막 잠이 들 때
쯤 또 전화벨이 울렸다.

"여보세요?"

역시 대답은 없었다. 그제야 일어나 창가로 다가갔다. 커튼을 살
짝 들고 놀이터를 내려다보았다. 벤치에 앉은 나의 그림자는 핸드
폰을 든 채 내 방을 보고 있었다. 그는 바로 전화를 끊어버렸다. 흰
색 소나타에 올라타고 다소 급한 동작으로 주차장을 빠져 나갔다.

다음 날도 정확히 같은 시각에 전화가 걸려왔다. 예상대로 그림
자의 전화였다. 역시 아무 말도 없이 짧은 침묵의 통화 뒤에 전화
가 끊겼다. 방을 뛰쳐나갔다.

"수아야! 어디 가니!"

마루에 나란히 앉아 요가 비디오를 보고 있던 형부와 언니가 소리쳤다. 난 대답하지 않은 채 현관문을 열고 계단을 달려 내려갔다.

놀이터 앞으로 달려갔을 때 그림자의 차는 사라지고 없었다. 각오했던 바였다. 차에 키를 꽂고 액션 영화에서처럼 급하게 시동을 걸고 핸들을 돌렸다. 대로까지 나갔지만 그림자의 흔적은 보이지 않았다.

아득하게 많은 네온사인, 흐릿한 별빛, 도로를 가득 메운 붉은 브레이크 등이 날 에워쌀 뿐.

다음 날. 밤 10시만 되길 기다리며 그림자와 대면할 계획을 짰다. 퇴근 후 놀이터에서 내 방을 보고 있는 그를 덮치는 게 가장 효과적일 터였다. 준비는 완벽했다. 퇴근길에 그림자가 내 뒤를 따라오는 것도 확인했다. 집에 도착한 후 커튼을 열고 보니 그림자는 여느 때처럼 벤치 위에 앉아 있었다. 방에 불을 켜놓은 채 조용히 집을 나섰다. 계단 하나에 질문 하나씩이 따라 내려왔다.

어떻게 생겼을까? 내가 아는 사람일까? 왜 내 뒤를 쫓는 걸까? 뭘 하는 사람일까? 어제 갑자기 전화를 한 이유는 뭘까?

놀이터가 가까워지자 심장 박동이 느낄 수 있을 정도로 가빠졌다. 출생의 비밀이라도 알아내려는 순간처럼 몸 전체가 긴장

되었다.

그런데 놀이터는 텅 비어 있었다. 예상보다 빠른 놈이다.

"좀 피곤해 보여."

수술 직전의 암 환자에게 피곤해 보인다는 말을 듣다니. 독하기로 소문난 기획이사가 4박 5일간의 긴 휴가를 허락해줄 만했나보다.

수술을 앞두고 있는 사람치고 수인이는 너무나도 담담했다. 여느 때와 다름없는, 다소 가라앉은 분위기 그대로였다. 우리는 옛날 이야기를 하며 시간을 보냈다.

이름이 비슷해 서클 내에서 남매로 오해받았던 일, 친구들과 일출을 보러 정동진에 갔다가 과음을 해서 늦잠을 자느라 모두 일출을 놓친 얘기, 대학 시절 자주 가던 카페, 내 옛날 남자 친구들 얘기, 그들과 헤어질 때마다 밤새도록 우리 둘의 손에서 부딪히던 소주잔, 함께 보러 갔던 에릭 클랩튼 공연. 원더풀 투나잇.

옛날이야기를 하면서 그의 눈동자는 유난히 반짝거렸다. 그가 행복해 보였기에 나도 최대한 기억을 더듬어 함께한 일들을 끄집어냈다. 그를 만난 지 10년, 삶의 구석구석마다 그의 체온이 함께하고 있었다.

"수아야, 너 기억나니?"

"뭐?"

"네가 영화 제작부 막내로 들어가서 첫 월급 탔을 때 나한테 사준 팬티."

난 웃음을 터뜨렸다. 첫 월급을 타면 부모님 속옷을 사준다는 얘기는 취직 전부터 자주 들은 터였다. 고생 죽도록 하고 받은 얼마 되지도 않은 돈을 들고 백화점 속옷 코너로 갔었다. 부모님 속옷을 사는 데는 5분도 걸리지 않았다.

내 손으로 돈을 벌었다는 사실이 너무나도 감격스러웠던 그때, 난 누군가에게 속옷을 한 벌 더 사주기로 했다. 그 팬티 한 장을 고르는 데 한 시간도 더 걸렸다. 마침내 고른, 당시엔 고급스러워 보이던 남색 팬티. 그 팬티를 어떻게 잊겠는가?

수인이는 힘겹게 몸을 일으켰다. 그러곤 애써 내 쪽으로 등을 돌리고 환자복 바지를 조금 내렸다. 하얀 살결과 짙은 남색 팬티가 드러났다. 그는 다시 옷을 고쳐 입었다. 그리고 환하게 웃었다.

가슴이 아렸다. 눈물샘에 자극이 느껴졌다.

"그걸 뭐하러 아직까지 입고 있어? 바보같이."

내 목소리가 떨렸다.

"꼭 보여주고 싶었어."

수인이는 다시 애써 몸을 일으켰다. 그리고 침대 아래쪽으로 손을 뻗어 뭔가를 집으려고 애썼지만 제대로 되지 않았다.

"왜? 뭘 하려고?"

"침대 밑에 상자가 있어. 좀 꺼내줘."

침대 아래에는 사과 상자보다 좀 작은 크기의 하얀색 플라스틱 상자가 하나 있었다. 꽤 묵직했다.

"이게 뭐야?"

"열어봐."

천천히 상자를 열었다. 수인이가 군대에 있을 때 내가 보낸 편지, 크리스마스카드, 그의 자동차에 달라고 사줬던 액세서리, 10년 동안 내가 줬던 생일 선물. 책, CD, 티셔츠, 잘 말린 장미꽃 한 송이, 다 쓴 향수병. 나와 관련된 모든 물건이 상자 하나에 모아져 있었다. 우리의 시간이 차곡차곡 쌓여 있었다.

나는 모른다. 수인이가 나에게 보냈던 편지가 어디에 있는지. 그가 짧은 메모와 함께 선물해준 시집과 철학서들도, 몇 년 동안 내 머리맡을 지키던 곰 인형도, 생일 선물로 받은 브래지어와 팬티도, 깜찍한 미키 마우스 잠옷도 세월과 무관심을 견디지 못하고 사라져버렸다.

"왜 이런 것들을."

나는 목이 메어 말을 잇지 못했다.

"그냥."

수인이는 애써 웃으려 했다. 그리고 내게 물었다.

"혹시 지금 네 사진 갖고 있어? 증명사진 같은 거."

나는 지갑 안에 넣고 다니던 대학 시절의 증명사진을 빼주었다. 수인이는 엄숙하게 내 사진을 받았다. 잠시 들여다보더니 상자 안에 사진을 넣고 뚜껑을 닫았다.

"수아야, 상자 다시 넣어줄래?"

수인이의 상자, 우리의 상자를 침대 아래로 밀어 넣었다.

침대 곁에 앉아 상황을 정리하려고 애썼다. 하얀 햇살이 눈부셨다. 온통 하얗기만 한 병실처럼 내 머릿속도 하얗게 비어버렸다.

"이젠 이 병실도 정이 들었어. 난 여기 들어오기 전보다 더 행복하지 않지만 더 불행하지도 않아. 조금 나아진 게 있다면 거기선 탈출구가 없었는데 이젠 탈출구가 생겼다는 거야. 눈을 감고 영원히 뜨지 않으면 다 끝나는 거지. 난 탈출하는 거야."

그는 힘겹게 심호흡을 하고 계속 말했다.

"2년 전 어느 비 오던 가을날 저녁, 기억해? 내가 전화했었지. 비 때문에 전화했다고, 같이 비를 맞을 생각이 없냐고."

"기억 나."

"그때 네 집 앞에 있었어. 하고 싶은 말이 있었거든. 난 하고 싶은 말을 쉽게 할 수 있는 사람이 못 되니까 용기를 내서 전화를 했었는데."

의자에서 일어나 침대 곁에 섰다. 힘없이 늘어져 있는 수인이의 손을 꼭 잡았다. 우린 서로의 깊은 눈빛 속에 잠겨 있었다.

우린 타인을 속이는 것보다 더 자주 우리 자신을 속인다. 때론 스스로를 위로하기 위해 자신을 기만하고, 때론 변화에 대한 두려움 때문에 자신을 속인다. 오랜 세월 동안 반복되는 거짓말은 세뇌를 가능하게 만든다. 세뇌는 비열함을 현명함으로 믿도록 만들기도 하고, 필름 속의 영상을 현실 세계로 믿게도 만들고, 사랑의 감정을 우정으로 바꿔놓기도 한다. 돌이키기엔 이미 늦어버릴 때쯤, 세뇌가 풀리면 후회와 아쉬움이 남는다.

허리를 굽혀 천천히 몸을 숙였다. 내 친구 수인이의 얼굴 앞으로 내 얼굴을 가까이 가져갔다. 우리의 코끝이 맞닿는 순간, 우리의 체온이 하나로 녹아드는 순간, 수인이의 얼굴에 10년의 우정 뒤에 숨어 있던 감정이 드러났다.

우리 둘을 제외한 모든 존재를 지워버리는 긴 키스. 우린 도시에서 탈출해 무지개를 넘었다. 대기권을 뚫고 지구가 파란 구슬처럼 보일 때까지 날았다. 별들이 곁을 스쳤다. 우리는 우주의 심장 고동 소리에 맞춰 왈츠를 추며 서로에게 낮은 숨결로 속삭였다.

"꼭 낫는 거야. 알았지? 다시 건강해진 몸으로 함께 비를 맞아야 하니까. 밤새도록 비를 맞아야 하니까. 그러면서 키스하자. 약속하는 거지?"

따뜻하게 젖은 내 속삭임에 수인이는 환한 미소로 대답했다.

비가 내린다.

이른 저녁. 아파트 옥상에 서서 회색빛으로 젖은 콘크리트 정글을 내려다보며 비를 맞고 있다. 머리칼도 옷도 몸 구석구석까지 비에 흠뻑 젖었다. 기분이 그리 나쁘지 않다. 가끔씩 이렇게 비를 맞는 것도 괜찮을 것 같다. 산성비면 어떤가. 우린 어차피 오염된 공기를 숨 쉬고 오염된 음식을 먹으며 오염된 세상에서 살고 있는데.

너무 뒤늦게야 깨닫는 일들이 있다. 아쉬움이라는 한 단어로는 온전히 표현할 수 없다. 고통스럽기까지 하다.

수인이는 약속을 지키지 못했다. 수술을 집도했던 의사는 그가 마취에서 깨어나지 못했다고 했다. 깨어나지 못한 게 아니라 깨어나지 않은 거라고 나는 확신한다.

마침내 수인이는 세상의 감옥에서 탈주했다. 그가 남긴 유언은 하나. 병원 침대 밑에 있는 상자를 자신과 함께 묻어달라는 부탁.

하관의 순간, 관과 함께 흙더미에 묻혀 사라지는 우리의 상자를 보며 난 참고 있던 눈물을 터뜨리고 말았다. 10년 동안의 세뇌에서 겨우 깨어났는데, 우린 겨우 첫 키스를 했을 뿐인데.

유난히 쓸쓸했던 장례식에서 눈물을 보인 사람은 나 혼자뿐이었다. 그에게는 부모도, 형제도 다 멀쩡하게 살아 있었다. 나도, 그들도 서로에 대해 묻지 않았다.

장례식이 끝나고 집에 돌아오자마자 수인이의 흔적을 찾기 시작했다. 시집 한 권, 편지 뭉치들. 그뿐이었다. 편지는 그리 많지 않았다. 꽤 많이 받은 것 같은데, 몇 번의 이사를 하면서 다 잃어버렸는지 모두 다섯 통밖에 찾을 수 없었다. 방바닥에 앉아 다섯 통의 편지를 날짜 순서대로 읽었다. 그와 만난 지 1년쯤 지나고 받은 편지의 한 구절이 오래도록 가슴에 남았다.

'네가 영화에 미쳐 있듯이 나도 미쳐 있는 게 하나 있어. 사람들이 죽음이라고 부르는, 나는 끝이라고 부르는 친구지. 넌 스크린이 있어 외롭지 않다고 했지? 난 죽음이 있어 외롭지 않아.'

보고 싶었다. 한동안 일이 손에 안 잡힐 정도로 그리웠다. 사진을 찾으려고 내 주변을 모두 뒤졌다. 놀라웠다. 수인이와 함께한 10년 동안 단 한 번도 사진을 같이 찍은 적이 없었다. 그 흔한 디카, 폰카조차도.

오, 하느님. 제 사랑을 흔적도 없이 데려가셨군요.

우리가 함께한 시간은 다시 꿀 수 없는 꿈처럼 흔적을 남기지 않고 끝났다. 찾아낸 물건을 전부 모아 작은 상자에 담았다. 수인이의 상자처럼. 이사 갈 때 그 상자만큼은 직접 들고 갈 생각이었다. 그리고 먼 훗날 그 상자를 들고 수인이를 만나러 가리라.

난간에 기대니 놀이터가 내려다보인다. 비에 흠뻑 젖은 놀이터엔 아무도 없다. 내 가슴속에도 아무도 없다. 도시도, 세상도, 우주도 텅 비어 있다.

잘 가. 내 진짜 사랑.

수인이의 장례식이 끝나고 열흘쯤 지난 어느 날이었다.

여느 때처럼 회사에 출근해서 이메일을 체크했다. 각색 작가에게서 온 이메일, 소품 협찬 회사에서 온 이메일 외에 한 통의 이메일이 더 있었다. 별생각 없이 이메일을 열었다. 그리 길지 않은 편지는 '안녕하세요?'라는 말로 시작했다.

안녕하세요? 저는 정확히 1년 동안 당신의 뒷모습을 지켜본 남자입니다.

먼저 고맙다는 얘기를 하고 싶군요. 당신이 있어서 전 행복했으니까요.

그리고 죄송하다는 말씀을 드려야겠군요. 허락이나 동의도 없이 당신을 연인으로 삼고 1년을 살았으니까요.

이 편지, 당신에게 보내는 첫 편지는 이별의 편지입니다. 이별하는 까닭은 당신이 저를 알게 되었기 때문입니다.

당신의 목소리를 듣고 싶어 며칠 전 전화를 했었지요. 그때 집 앞으로 달려 나오는 당신을 보며 처음엔 우연인 줄 알았습니다. 하지만 다음 날. 계단 층층마다 나 있는 창문으로 보이던, 황급히 달려 내려오는 당신의 모습에 이별의 순간이 왔음을 직감했습니다.

당신을 영원히 떠나기 전에 꼭 만나야 할 이유가 있습니다. 이런 말씀을 드리는 건 우습지만, 전 절대 다른 사람을 해치거나 이용하는 사람은 아닙니다. 그래도 절 직접 만나는 것이 싫으시다면 이 편지를 마지막으로 다시는 당신 곁에 다가가지 않겠습니다.

오늘 밤 10시에 당신의 창문이 보이는 놀이터에서 기다리겠습니다. 절 만나지 않으시겠다면 방의 불을 켜놓으십시오. 마지막으로 당신의 불빛을 보며 돌아서겠습니다.

사랑하는 그대. 그럼 안녕히.

이메일을 받고 나서 한동안 아무 일도 하지 못했다.

답장 이메일을 보내야 할까? 아니야, 그런 방식은 아니야. 일단 상황을 정리해보자. 얼굴도 모르는 사람이 1년 동안 날 사랑했고, 이제 내가 그의 존재를 알게 되었다는 이유로 이별을 해야 하고, 저녁에 날 찾아오겠다는 약속을 한 것이다. 난 선택을 해야 하고.

몸이 안 좋다는 이유를 대고 회사에서 일찍 나와 가장 가까운 극장으로 들어갔다. 커다란 스크린 위로 흐르는 빛의 입자들 속에 두 시간 동안 빠져 있었다.

사람들은 현실에서 잠시 벗어나기 위해 극장을 찾는다는 말을 많이 한다. 나는 다르다. 나에게 스크린은 또 다른 현실이다. 스크린 속에서 난 더 행복하다.

기도했다.

영원히 영화가 끝나지 않게 해달라고. 영화 속의 한 인물이 되어

두 시간마다 새로운 삶을 살고 싶다고. 카메라 앵글과 조명 속에서 가장 멋진 모습으로 존재하고, 넘치지도 모자라지도 않게 다듬어진 대사들을 말하며, 결코 지루한 법 없이 흘러가는 장면들 속에서 밀도 높은 시간을 보내고, 눈물도 웃음도 권태도 오르가슴도 탄생도 죽음도 사랑도 엔딩 크레디트와 함께 단정하게 정리되는 삶을 살고 싶다고.

집에 오자마자 더운 물로 샤워를 했다. 이제 곧 나의 그림자를 만날 시간이다. 이제 나의 그림자와 헤어질 시간이다.

무슨 옷을 입을까 한참 고민하다 흰색 원피스를 골랐다. 9시 50분, 방의 불을 끄고 놀이터로 나갔다.

예상대로 놀이터엔 아무도 없었다. 그가 늘 앉던 벤치에 앉아서 그의 모습을 상상하기 시작했다. 하지만 막상 떠오르는 모습은 수인이였다. 수인이의 얼굴은 쉽게 지워지지 않았다. 그가 원망스러웠다. 사진이라도 있었으면, 그의 말대로 육체보다 조금이라도 더 오랜 세월을 견딜 수 있는 사진이라도 있었으면 그 원망이 덜 했을 것이다.

나에겐 몇 번이고 다시 돌려 볼 수 있는 영화 파일이 1000개도 넘게 있었다. 그런데 그 끝없는 영상 중에 수인이의 모습이 담겨 있는 장면은 하나도 없었다. 현실에서도, 영상 속에서도 수인이는 영원히 사라져버렸다.

그립다. 그의 창백한 모습이 죽도록 그립다.

마침내 하얀색 소나타 한 대가 내 앞으로 천천히 들어왔다. 의식적으로 등을 자동차 쪽으로 돌리고 다른 쪽을 보았다. 등 뒤로 들리는 자동차 엔진 소리가 멎고 차 문이 열렸다 닫히는 소리, 단정한 발소리가 점점 가까이 다가왔다.

"수아 씨?"

고개를 돌리고 그림자의 모습을 보았다.

보통 체격, 깔끔한 회색 양복 차림, 까맣고 깊은 그의 눈은 내 시선에서 약간 빗겨나 있었다. 내가 옆으로 자리를 비키자 그는 조심스럽게 내 곁에 앉았다.

나의 그림자는 황폐한 모습의 정신병자도 아니고, 망토를 입은 유령도 아니고, 모델처럼 잘생긴 남자도 아닌 허무하리만큼 평범한 모습이었다. 내 이름을 부르는 그의 목소리도 서른 중반의 남자 목소리를 상상할 때 충분히 감을 잡을 수 있는 음성이었다.

우린 한참 동안 서로의 어두운 침묵 속에 앉아 있었다. 그림자가 먼저 입을 열었다.

"고맙습니다. 이렇게 만나주셔서요."

"어떻게 생긴 분이신지 궁금했어요."

"실망하셨습니까?"

"유령이 아니라서 다행이에요."

그는 내 말에 작은 소리로 웃었다. 자신의 정체를 어떻게 알게 되었는지 묻는 그의 질문에 난 사실대로 대답해주었다.

"제가 따라다녀서 불쾌하진 않으셨습니까?"

"별로요. 피해를 입은 것도 없고 귀찮게 하지도 않으셨잖아요."

"어떤 사람들은 누군가가 자신에게 다가왔다는 이유만으로도 거부감을 느끼죠."

"이런 일을 자주 하시나보죠?"

"가끔요."

"왜 사람들 뒤를 쫓으세요?"

잠시 말이 없던 그는 높낮이 없는 어조로 짧게 대답했다.

"중독자니까요."

"중독?"

"다른 많은 사람들처럼요. 다만 알코올, 인터넷, 성공, 일 같은 흔한 대상 대신 타인을 엿보는 데 중독이 되어 있을 뿐이죠."

"이제 어떻게 하실 건가요?"

"다른 타인을 찾아야죠. 수아 씨는 이미 타인이 아니니까."

난 그를 잘 이해하기라도 한다는 듯 고개를 끄덕이며 발끝으로 앞에 있는 흙바닥을 문질렀다. 이해할 수 없을 만큼 편안한 침묵이 흘렀다.

"이걸 드리려고 만나자고 한 겁니다."

그림자는 꽤 큼직한 봉투를 하나 내밀었다. 일급 군사 기밀이 담겨 있을 것처럼 꼼꼼하게 봉한 봉투가 그의 손을 떠나 내 손에 들어왔다. 그는 일어섰다.

"이게 뭐죠?"

그는 대답 대신 조용히 웃었다.

"이별 선물이라고 생각하십시오. 그럼, 행복하십시오."

그림자는 천천히 내 곁에서 멀어졌다. 마술에라도 걸린 듯 난 꼼짝도 하지 못했다. '잠깐만요'라는 입에 가장 익숙한 단어조차도 내뱉지 못하고 그의 뒷모습만 바라볼 뿐이었다. 자동차 문 여닫는 소리와 시동 거는 소리, 타이어와 아스팔트 맞닿는 소리가 점점 멀어졌다.

이제 다시는 그림자를 보지 못할 것이다. 퇴근하는 내 뒤를 따라오는 사람도, 내 방 창문의 불빛을 바라보는 사람도, 실내 수영장에서 날 엿보는 사람도 없을 것이다.

연한 갈색의 봉투가 날 기다리고 있었다. 손으로 만져봐서는 그 안에 뭐가 들었는지 도무지 알 수가 없었다. 봉투는 책 한 권 무게는 충분히 나갈 정도로 무거웠다.

수인이의 상자를 열 때와 비슷한 기분으로 봉투를 뜯었다. 봉투 안에서 날 기다리고 있던 것은 작은 메모지 한 장과 수십 장의 사진 뭉치였다. 메모지의 글씨체는 깔끔했다.

'당신에게 중독되어 있었던 1년. 행복했던 시간이었습니다.'

희미한 가로등 불빛에 비친 사진들 속엔 멀리서 망원 렌즈로 찍은 내 모습이 담겨 있었다. 그림자의 방에 붙어 있었는지, 사진 귀퉁이에 압핀 구멍이 몇 개씩 나 있고 봉투 안에는 필름도 담겨 있었다.

회사 주변 거리를 걷고 있는 사진, 극장 앞 야외 테이블에 앉아 커피를 마시는 모습, 실내 수영장 2층 휴게실에서 찍은 것 같은 수영복 차림의 나, 창가에 비친 나의 실루엣, 수인이가 있던 병원에서 찍힌 내 모습, 병실 창을 통해 수인이와 이야기를 나누는 모습도 있었다.

마지막으로 본 사진 속에서 수인이와 나는 키스를 하고 있었다. 첫 키스이자 영원한 작별의 키스.

한참 동안 마지막 사진을 보았다. 직사각형의 틀 속에 우리는 분명 함께 갇혀 있었다.

눈을 감았다. 가슴속에서 일어난 뜨거운 파도. 높이 튀어 오른 물방울이 눈꺼풀을 비집고 볼을 타고 흘러 내렸다.

이사 가기 전날이다. 포장 이사라곤 하지만 꼭 내 손으로 챙길 짐만 해도 적은 양은 아니다. 해외 출장용 커다란 가방이 하나 가득 찼고, 등에 메는 색도 소중한 잡동사니들로 꽉 찼다.

마지막으로 침대에 누워 내 방을 둘러본다. 1년밖에 살지 않은 방이지만 정이 들었다. 내 인생에서 그 어떤 곳보다 더 많은 추억을 남긴 방이다.

"수아야! 형부랑 같이 볼링 치러 갈까?"

문 밖에서 목소리가 들리더니 잠시 후 언니가 문을 열고 고개를 내밀었다.

"아니, 됐어. 좀 피곤해서."

나는 건성으로 대답했다.

"너 운동 부족이라서 그래. 언니랑 같이 아침 헬스 다니자니까? 잘 다니던 수영장은 왜 그만뒀니?"

"나 좀 잘게."

"그래. 그럼 쉬어."

언니는 문을 닫고 나갔다. 난 천천히 몸을 일으켜 책상 앞에 앉았다.

책상 위에서 날 응시하고 있는 상자. 그 안에 수인이의 흔적이 모여 있다. 아래쪽으로 갈수록 오래된 흔적들이다. 가장 위에 있는 것은 그림자가 전해준 사진들이다. 수인이의 손끝 하나라도 잡힌 사진은 모두 상자에 넣었다.

그림자는 사진들을 보며, 내 얼굴을 떠올리며 무엇을 했을까?

끝없는 상상을 했을까? 일기를 썼을까? 자위를 했을까? 눈물을 흘렸을까? 탈주를 생각했을까?

고독은 중독을 낳고 중독은 무감각을 낳는다.

나에게 영화가 없었다면, 수인이가 죽음에 중독되어 있지 않았다면 우린 더 일찍 사랑할 수 있었을까? 우린 고독하지 않았을까?

이 도시에 고독하지 않은 사람이 있을까? 중독자 아닌 사람이 있을까?

비가 내리기 시작한다. 창문을 열고 손을 밖으로 내민다. 툭툭, 손바닥 위로 빗줄기 떨어지는 느낌이 좋다.

빗소리를 들으며 사랑 고백을 결심한 남자. 고백 대신 '비 때문에 전화를 했다'는 고색창연한 대사를 한 남자. 실패한 고백 뒤 10년이 더 지나서야 처음이자 마지막 키스로 사랑의 고백을 하고 떠나버린 남자의 잔영이 빗줄기처럼 내 가슴을 적신다.

상자에 마지막으로 합류한 사진을 꺼내 들여다본다.

그 속에는 두 명의 고독한 중독자들이 있다. 구스타프 클림트의 그림처럼 서로를 꼭 끌어안은 둘. 적어도 현실 속에서보다는 행복해 보인다.

내 생의 마지막 순간이 지나간 뒤에도 우리는 존재할 것이다. 육체보다도, 영화 포스터에 찍힌 이름보다도 더 오랫동안 남아 있을 긴 키스로.

다섯 번째 책이 나왔습니다. 언제나 설레고 감사하고 가슴 벅찬 순간입니다. 이 책에는 다섯 편의 소설이 들어 있습니다. 모두 다른 색깔과 장르의 소설들이지요.

〈카시오페아 공주〉는 외계인, 복수, 구원 등등 다양한 테마가 얽혀 있는 소설입니다. 캐나다 밴쿠버 외곽의 한적한 호텔에서 밤하늘을 보며 글을 썼습니다. 재희야, 잘 있니? 갑자기 울컥 보고 싶구나. 브랜든! 한국에 오면 맥주 한 잔 살게. 에블린의 사랑스러운 눈동자에 건배하자.

〈섬집 아기〉는 고전적인 '무서운 이야기' 테마의 현대적인 변주라고 할 수 있겠네요. 아이디어가 떠오르자마자 미친 듯이 몰입해서 썼습니다. 시작한 지 꼬박 이틀 밤낮 만에 완성했던 기억이 나네요.

20세기 말의 사랑 이야기 〈레몬〉. 문예지인 월간 《문학사상》을 통해 발표했던 단편소설입니다. 존경해 마지않는 김윤식 선생님이 평론을 써주셨고 과분한 평에 감격했던 기억이 납니다. 그래서 더욱 각별한 의미가 있는 소설입니다.

〈좋은 사람〉은 상상을 초월하는 강력 범죄들을 보면서 쓴 소설입니다. 무슨 이유에서일까요? 생명에 대한 최소한의 존경심조차 결여된 범죄자들이 점점 늘어나는 것 같습니다. 고개를 돌리고 싶지만 작가이기에 이렇게 불편한 현실조차도 직시해야 한다고 생각합니다. 작년 여름에 장편으로 써놓은 소설을 툭툭 잘라서 단편으로 만들어봤습니다.

마지막으로 〈중독자의 키스〉. 저는 이 소설의 정서가 참 좋습니다. 슬픈 노래 같아요. 쓸쓸하지만 가끔 머금고 싶은 정서랄까요? 수아야, 아직 서울에 있니? 행복하길 빌어줄게.

사랑보다 더 행복한 감정을 알지 못합니다.
자유보다 더 소중한 가치를 알지 못합니다.

그러니 독자 여러분께 빌어드리겠습니다.

이 책을 읽고 사랑의 감정이 자극받았기를.

자유로운 상상의 기쁨을 누렸기를.

Tommy! I Always Love You.

2010년 9월

이재익

카시오페아 공주

1판 1쇄 인쇄 2010년 9월 6일
1판 1쇄 발행 2010년 9월 13일

지은이   이재익
발행인   허윤형
영업마케팅   김창희
펴낸 곳   황소북스
주소   서울 마포구 서교동 375-37번지 303호
전화   02)334-0173 팩스 02)334-0174
홈페이지   www.hwangsobooks.co.kr
블로그   blog.naver.com/hwangsobooks
트위터   @hwangsobooks
등록   2009년 3월 20일(신고번호 제 313-2009-56호)

ISBN 978-89-963287-5-9(03810)
ⓒ 2010 이재익